www.ingramcontent.com/pod-product-compliance
Lightning Source LLC
Chambersburg PA
CBHW072006210726
48294CB00013B/1682

هِرا

محمد فرقانی

Kidsocado Publishing House

خانه انتشارات کیدزوکادو

ونکوور، کانادا

تلفن: ‏+1 (236) 333 7248

واتس آپ: ‏+1 (236) 333 7248

ایمیل: info@kidsocado.com

وبسایت: https://www.kidsocado.com

سریال کتاب: P2445240235

عنوان: حِرا

نویسنده: محمد فرقانی

نام هنری نویسنده: دادار

طراح جلد: مهدی پوریان

صفحه آرا: شرکت سیب آوا

شابک: ISBN: 978-1-77892-174-2

موضوع: رمان فلسفی، علمی و تخیلی

مشخصات کتاب: کتاب جلد مقوایی، سایز A5

تعداد صفحات: ۲۵۲

تاریخ نشر در کانادا: آگوست ۲۰۲۴

انتشارات در کانادا: انتشارات بین المللی کیدزوکادو

بی مقدمه

داستانی که پیش روی شماست، آمیخته ای از تخیلی است تنیده بر تار و پود واقعیت، که چهره ای واقعی به خود گرفته تا به ما نشان دهد انسان موجودی تک بعدی و مادی بر خلاف آنچه علوم و ایدئولوژیهای انسانی میگویند، نیست. او تنها موجود زنده دو بعدیِ فرامادی، در کره زمین است. موجودی که به گفته مذاهب از حلول روح خداوند در جسمی مادی تشکیل شده است. جسم انسان پیله ایست که چند صباحی آگاهی یا به بیان دیگر روح و ماهیت ما را در خود جای داده و پرورش میدهد تا به اصل وجودی خود برسیم. آنچه پروانه در پیله میکند صبر است تا او را از کرمی انگلی به پروانه ای تبدیل کند که بهترینها از آن اوست. جسم ما پیله ایست که در آن نه تنها باید صبر کرد که باید خود را ساخت تا آماده زیبایی شد. آنچه میخوانید داستانی ساده یا رمانی صرفا تخیلی نیست. با خواندن این رمان شما نه تنها در پیچیدگی ارتباطات انسانی بیشتر غرق میشوید، که با دریدن پرده تابوهای تحمیل شده بر زندگی، به واقعیت جسم و روح پی میبرید. داستان با برخورد شروع میشود، چیزی نظیر بیگ بنگ. با حلول فکر در جسم، انسان خردمند شکل میگیرد. عادات و تابوهای تنیده بر تار و پود زندگی مادی را در هم میشکند. به عروج میرسد تا در اوج خود را بیابد. سیاهی و جاذبه های مادی را میشکند تا به خود برسد، خودی که خداست. خدایی که او را در هر جایی میجوئیم جز بارگاه اعظمش، خویشتن خویش.

هرا یک رمان ساده نیست. این رمان در کنار داستان جذابی که دنبال میکند آینه ای جلوی شما میگذارد تا خود را بجویید. هرا ریشه در مولانا دارد وقتی می پرسد:

در اندرون من خسته دل ندانم کیست   که من خموشم و او در فغان و در غوغاست

یا وقتی چیزی در خود یافت که آنچه میشناخت و میدید، نبود:

تو مپندار که من شعر بخود می گویم   تا که هشیارم و بیدار یکی دم نزنم

هرا داستان یک انسان نیست، ماهیت انسانیت است که سالهاست در پی اندیشه های توتالیتر ایدئولوژیک گم شده است. هرا دایره المعارف جدیدی از مفاهیمی است، که مفهوم باخته اند. هرا با تلفیق فکری پویا به جسمی هوسباز و زیبا عملا شما را روبروی خود واقعیتان قرار میدهد تا یکبار برای همیشه خود را از ورای فیلترهای رنگی ایدئولوژیهایی که ریشه در چیزی جز استعمار ندارند، بیابید. هرا با اینکه انسانی خیالی از جسم و روانی مجزاست اما به ماهیت اصلی انسان اشاره دارد که به عنوان موجودی زنده چون دیگر زندگان زمین به قدرتی مسلح میشود که در هیچ جاندار دیگری نمیتوان یافت، او هوشیار میشود.

هم در پی بالائیــان ، هم من اسیـــــر خاکیان   هم در پی همخــانه ام ، هم خـانه راگم کرده ام
آهـــــم چو برافلاك شد اشكـــم روان بر خاك شد   آخـــــر از اینجا نیستم ، كاشـــانه راگم كرده ام

مولانا خویشتن واقعی خویش را از هرآنچه ما میپنداریم هستیم سوا میکند:

مـــن اگـــر مست و خرابم نه چو تو مست شرابم   نه ز خاكم نه ز آبم نه از این اهــل زمـــانم

هرا در پاسخ به مولانا که از خویش میپرسد:

کیست در گوش که او میشنـــــــود آوازم   یاکدامیست سخن میکند اندر دهنم
کیست در دیده که از دیده برون می نگرد   یا چه جانست نگویی که منش پیرهنم

وقتی برای اولین بار با خود در آینه روبرو میشود، خودی که میشناسد را نمیابد:

"هیچ چیش شبیه چیزایی که میشناخت نبود. نه چیزایی که میدید، نه اونایی که حس میکرد. گیج تر از قبل، بدون اینکه حتی بدونه به چی تو آینه خیره شده، فقط زل زده بود، تو آینه ای که انگار بازتاب هر چیزی بود غیر از خودش. مرد توی آینه دنبال خودش میگشت، خودی که تو

آینه نبود.

نمیدونست چیزی که توی آینه میبینه واقعیه، یا اونی که آینه رو؟"

هرا داستان همه انسانهای اندیشمندیست که خود را در پیچ و خم آنچه ایدئولوژی، فرهنگ، سیاست یا قانون میداند که صرفا بعد جسمی انسان را در بر میگیرد، گم کرده اند و به دنبال راه فراری از این ماتریکس تنیده بر تار و پود خویش اند. هرا تلاش میکند تا بند تابوهای بیمعنی تنیده شده در بی ماهیت خود را بگشاید. تابوهای جسم را درهم شکند تا راه را برای آنچه واقعیت اوست هموار کند. اگر خود را بیشتر از جسمی که میمیرد میدانی همراه شو رفیق:

حیلت رها کن عاشقا دیوانه شو دیوانه شو
و اندر دل آتش درآ پروانه شو پروانه شو

هم خویش را بیگانه کن هم خانه را ویرانه کن
و آنگه بیا با عاشقان هم خانه شو هم خانه شو

رو سینه را چون سینه ها هفت آب شو از کینه ها
و آنگه شراب عشق را پیمانه شو پیمانه شو

باید که جمله جان شوی تا لایق جانان شوی
گر سوی مستان میروی مستانه شو مستانه شو...

حرف دل

یکـی بـود یکی نبـود. روزی مـردی بود کـه کودکیش در تقدس خانواده ای گم شـد که جـز حرف مـردم بـرای چیـزی نزیسـت. شـادی در زندگیـش نایاب بود، هرچند از داشـتن کوچکترین چیزی خوشـحال میشـد.

کودکیـش را انقلابـی بـه یغمـا بـرد کـه زندگـی میلیونهـا انسـان را بـرای سـالهای زیـادی دگرگـون کـرد، انقلابـی خـود کـرده کـه جز گلولـه و شلاق و بطـری چیزی برای مردمـش، نداشـت. سـالهای کودکیـش کـه بهترین روزهای زندگـی یک انسـان است در راهروهـای دراز مدارسـی گـم شـد کـه بهـای درخـوری بـرای زمانی کـه میگرفت، نداشت.

بـا جنـگ جوان شـد. جوانی سـن خامـی و اشـتباه بود اما او به سرنوشـتی دچار شـد کـه امکان هیـچ اشـتباهی نبـود، مین با کسـی شـوخی نداشـت.

عاشـق زندگی بـود، نه کشـتن میدانسـت، نه میخواسـت. مرد جنگ بود اما کشـتن نـه. آنقدر بـا تـرس غریبـه بود، کـه برای گریـز از کسـالت نگهبانـی، هر شـب در میانه دو ارتش تا دندان مسـلح بی هیـچ سلاحی تا صبح همنشـین مینها بود. مـردی که افتخـارش شـلیک نکـردن حتـی یک گلولـه در جنگی بـود که از سـربازان مسـلح هم پیـش تـر رفتـه بـود، مـرز اصلـی بیـن دو ارتش در جنـگ، میدان مین است.

جوانیـش تاب فشـار سـرد زندگی را نداشـت، تنهایی شـانه هایش را همنشینی سـر رفیقـی پر کرد کـه مفهوم زندگی مشـترک را میدانسـت. در مملکت خود، خانه نداشت کـه مهاجـر شـد تا حتی سـرزمین هم نداشـته باشـد. او که برای سـرزمینش هر شـب بـا مرگ همنشـین بود، بی سـرزمین مانـد. غربت دردناک اسـت اما وقتی در سـرزمین

مـادری هـم کسـی تـو را درک نمیکند، غربت بـا قربت توفیـری ندارد.

او کـه زاییـده مذهب بـود تلاش کرد مذهبـش را درک کند تا بـه خدایـش برسـد، اما بـه خـودش رسـید چرا کـه خدایـی کـه از رگ گـردن بـه او نزدیکتر بـود را هیچوقت نتوانسـت در جایـی جـز خـود بیابد. بیهـوده تلاش کرده بـود آنچه خود داشـت ز بیگانه تمنـا کند.

آنچـه میخوانیـد طغیان تفکر مردی است کـه در طول زندگی نـه چندان طولانیـش، تمامـی بلایایـی کـه انسـان میتواند بـه روز خود بیاورد را تجربه کـرد. او مفهوم درد بود.

زندگی چنـد صباحـی زندانـی بودن در زنـدان تن است. آنچـه از درون ما را بـه جاودانگـی سوق میدهـد، در جسـم تحقـق نمیابـد. اصل وجودی انسـان جاودانه اسـت. اصلـی کـه اگـر درک شـود، خـدا خواهد شـد. خدایـی کـه میتواند جهانـی دیگر بیافرینـد. جهانـی از بینهایت جهـان مـوازی. ایـن داسـتان، جهـان موازی من اسـت. آنچـه میخوانیـد گذشـته نیسـت آینده است.

فصل اول

برخورد

روزای بارونی حال خاصی داشت، انگار تو یه روز بارونی بدنیا اومده بود یا شاید قرار بود تو یه شب بارونی بره. شیشه نیمه بخار گرفته ماشینش کدر بود، درست مثل همه اون چیزایی که رو فکرش سنگینی میکرد و افکارش رو کدر کرده بود، اما شیشه داشت با بخارشکنی که روشن کرده بود، تمیز میشد. با خودش فکر کرد کاش مغزم یه بخار شکن داشت.

عاشق جاده تاریک بود و بارون و رانندگی با یه موزیک کلاسیک. انگار شعرِهیچ ترانه ای دیگه نمیتونست احساساتش رو غلغلک بده. آهنگ مورد علاقش "باران عشق" با پیانوی ناصر چشم آذر بود. همیشه با این آهنگ صورتش خیس میشد. نورای زرد و قرمز و گاهی سفید صفحه نمایش داشبورد ماشین کلاسیکِ قدیمیش با عقربه سرعت شمار و دور موتور که با هر گاز ماشین بالا و پایین میرفت، انگار داشت میرقصید. رقصی که خودش هیچوقت تجربه نکرده بود، حتی تو عروسیش.

***

فرار از بارونی که دیگه بی پروا میبارید، خیسش کرده بود. نگاهش به عادت همیشه از شیشه جلو، رفت روی آینه عقب. چراغونی مراسم عروسیش و مردی

که سعی میکرد خودش رو بهش برسونه، داشتند تو آینه عقب ماشینش خودنمایی میکردند، که ماشین الکتریکیش بی هیچ صدایی روشن شد و راه افتاد. تو قاب بزرگ شیشه جلوش، خیابون خیس بارون زده نزدیک میشد، تو قاب آینه عقبش، مراسم عروسیش دور و محو و مردی که خیس بود. همه تزیینات لباس عروسیش رو کند. انگار داشت از چیزی فرار میکرد، چیزی غیر از خودش.

ماشین برقی کوچولو و دخترونش با داشبورد الکترونیکیش تو شب، تلفیقی از هنر و تکنولوژی و نور بود که با صدای بارون و گاهی برق کوچیکی که آسمون رو روشن میکرد، فضایی رو درست کرده بود که نمیدونست باید دوست داشته باشد یا تنفر. بقدری گیج شده بود که حتی نمیدونست الان باید خوشحال باشد یا گریه کنه. صورتش از بارون خیس شده بود اما چشماش هم بی تقصیر نبودند. جزو معدود دخترایی بود که واسه بدست آوردن یا از دست دادن چیزی، گریه نمیکرد. چون یاد گرفته بود، هرچیرو میخواد، بدست بیاره. اما انگار وسط اونهمه درد و ناراحتی یه نقطه روشن تو زندگیش دیده باشه، لباش به لبخند باز شد. تکه اضافی لباس عروسش که آستینش رو دنباله دار کرده بود، کند. شیشه رو کشید پایین، دستش رو از ماشین در آورد. رقص تور سفید توی باد با موزیک شادی که گذاشته بود تا از هوای بدی که داشت در بیاد، اونقدر هماهنگ بود که خودش رو هم به وجد آورده بود. آزادی تنها چیزی بود که میخواست و بدون اون هیچ تمایلی به زندگی نداشت.

***

شب، بارون، موزیک همه چیزی بود که داشت تا باهاش فشار دردی رو که میکشید، کم کنه. دردی که زندگی رو براش غیر ممکن کرده بود. ولی سعی میکرد زنده بمونه، تا یه راهی پیدا کنه. معتقد بود اگه روی هر چیزی تمرکز کنی، به راه حل مناسبی میرسی. جایی که همه درگیر دیوونگی بودند او به راه فرار فکر میکرد. دردها رو میدید، درک میکرد اما کاری ازش برنمیومد. دردی که میکشید نه از خودش بود، نه به خاطر خودش. نگاهش جاده رو هاشور میزد. خط هایی که تکرار میشد، ممتد و منقطع. فکری که مغزش رو درگیر کرده بود گاهی تا جنون. هروقت خیلی بهش فشار میومد، سوار ماشین دوست داشتنیش میشد و میزد به دل جاده و خیابون. این درد میراثی بود که رو شونه هاش سنگینی میکرد. میراث سنگینی که درمونی غیر تحمل درد نداشت. تنها بود، نه قدرت داشت، نه همفکر و همراهی که بتونه ازش کمک بگیره.

درد مردمی رو میکشید، که درک واضحی از چیزی که بهشون میگذشت، نداشتند. مردمی که احتیاج جوری با ژنشون عجین شده بود که حتی با مرگ هم تموم نمیشد. بخار ذهنش بیشتر شده بود از لابلای این کدورت فکری، شعری مغزشو به بازی گرفت، شعری که حرف دلش بود تومغزش پیچید و ریخت روی زبونش. با صدای دورگه گرفته اش روی آهنگ باران عشق شروع به زمزمه کرد:

"افسوس!

آفتاب

مفهومِ بی‌دریغِ عدالت بود و

آنان به عدل شیفته بودند و

اکنون

با آفتاب گونه‌یی

آنان را

اینگونه

دل

فریفته بودند!

ای کاش می‌توانستم

خونِ رگانِ خود را

من

قطره

قطره

قطره

بگریم

تا باورم کنند.

ای کاش می‌توانستم

یک لحظه می‌توانستم ای کاش ـ

بر شانه‌های خود بنشانم

این خلقِ بی‌شمار را،

گردِ حبابِ خاک بگردانم

تا با دو چشمِ خویش ببینند که خورشیدِشان کجاست

و باورم کنند.

ای کاش

می‌توانستم"!

***

حرکت تور سفیدی که توی باد میرقصید، رقص روح سرکشش بود. حس عجیبی داشت یه پارادوکس غیرقابل باور. عاشق آزادی بود. چیزی نمونده بود که آزادیش رو از دست بده. انگشتش رو ترانه "لعنت" باران خواننده مورد علاقش، ضربه ای زد و آهنگ شروع شد. با همه وجودش عاشق شده بود، ولی الان همه عشقش، درست مثل چراغ های عروسیش، داشت تو آیینه ماشینش گم میشد. صدای باران شروع شد:

با خیال تو هر شب همینجام
اشک چشمام تمومـــی نداره

هرچند از زندانی که داشت واردش میشد فرار کرده بود ولی هنوزنمیدونست، کاری که کرده درسته یا نه؟ نگاهش مثل شیشه ماشینش خیس بود و کدر. پلک زد، حباب کدورت نگاهش شکست. دلش روشن شد. فقط از یه چیز خوشحال بود، آزادیش. هیچوقت فکر نمیکرد، چیزی بتونه آزادیش رو ازش بگیره. این اولین باری بود که عاشق شده بود و عشق کاری کرده بود که از آزادیش بگذره. درست لحظه ای که نگاه همه به بهونه انتظار "بله" محو لبای شهوت انگیزش بود، مکثش طولانی شد. هزار تا فکر با هم داشت مغزش رو منفجر میکرد، از هزینه هایی که شده بود، آدمایی که دعوت شده بودند و مخصوصا نگاه منتظر اطرافیاش که ناخودآگاه میکشوندنش به سمت گفتن بله، حتی عاقد که انگار بعد از عقد

نوبت خودش بود.

حوصله فکر کردن نداشت، انگشتش روی علامت مثبت ولوم فرمون انقدر موند تا خونه های صدا توی صفحه نمایشگرش پر و قرمز شد. سایه کدر یه فرشته تو تاریکی شیشه جلوش منعکس میشد که قرمز بود.

باران به اوج ترانه ش رسید:

لعنت

***

چشماش توی داشبورد ماشین لوکسِ کلاسیک و کمی قدیمیش، داشت دنبال یه موزیک دیگه میگشت. حال اونو نه یه موزیک ملایم عاشقونه، بلکه یه ترانه حماسی میتونست تعریف کنه. کوییین انتخاب بعدیش بود. "وی ویل راک یو" رو انتخاب و با خودش زمزمه کرد:

"وی ویل، وی ویل راک یو".

این ترانه ضربان قلبشو بالا میبرد، نفسش رو تند میکرد، خون توی رگاش به جوش میومد. فقط با دو تا ترانه به این حال میرسید همین ترانه و ترانه یار دبستانی من .

"وی ویل، وی ویل راک یو"

جوری داد میزد که انگار میخواست تو خودش چیزی بسازه، رویایی که مال خودش نبود. تودنیای رویاش نه مرز بود نه جنگ، نه ثروت بود نه قتل، نه دین بود نه جهاد. توی اوج ترانه سرش به فریاد بالا اومد که با نور شدید و مستقیم

روبرو داد زد:

"لعنت..."

صداش لرزید، تکرار شد. اول سعی کرد ماشین رو کنترل کنه تا از مسیر برخورد با نور شدید ماشین روبرویی که توی چشماش افتاده بود، فرار کنه ولی دیگه دیر شده بود. صدای وحشتناک برخورد دوتا توده آهنی با هم توی مغزش پیچید و ساکت شد. سکوت عمیقی مغز پر هیاهوش رو خاموش کرد.

***

پلکاش باز شد. نور داغی چشاش رو سوزوند. سوختن کابوسش بود. این حجم درد قابل تحمل نبود، خاموش شد.

***

دیگه سنگین نبود. اونقدر سبک شده بود که روی زمین بند نمیشد. به رویاش رسیده بود، به پرواز. بی وزنی لذت ناآشنایی بود که نمیشناختش، ولی حالا داشت با همه وجود حسش میکرد. همه زندگیش رو یه بار دیگه زندگی کرد، ولی این تکرار یه ثانیه هم نشد. سالها عمر و زندگی واسش یه ثانیه بیشتر نکشید. یه ثانیه ای که واسه کسایی که داشتن نجاتش میدادند، حتی درک نشد ولی خودش یه بار

دیگه زندگی بود. از اوجی که گرفته بود به سمت خودش برگشت. ماشین قشنگش طعمه بیرحم آتیش شده بود و مردی که میسوخت.

تاریک شد.

***

حس خنکی دوباره چشاش رو نیمه باز کرد. چیزی نمیدید فقط یه نور قرمز که خاموش و روشن میشد و صدایی که میگفت:

"هنوز زندست. هنوز زندست..."

ولی خودش مطمئن نبود.

***

دکتر آدام اورژانس.... دکتر آدام اورژانس.

در اورژانس باز شد. دکتر بسرعت وارد شد و رفت رو سر مجروحینی که تازه آورده بودن. اولی میشه گفت چیزی از بدنش نمونده بود. اونقدر سوخته بود که نه تنها نمیشد شناختش، که حتی نمیشد تشخیص داد، چی هست؟ دکتر چشم مریض رو که از شدت سوختگی کاملا بسته شده بود، به زورانگشتاش باز کرد. چراغ قوه رو انداخت توی چشمش. دکتر آدام:

"این هنوز زندست..."

اما از چیزی که گفته بود مطمئن نبود. ادامه داد:

"ببریدش ICU سوختگی تو اتاق ایزوله اکسیژن، تا ببینیم چی میشه. امیدی بهش نیست، ولی شاید بشه یه راهی پیدا کرد."

مریض بعدی، غیر زخم کوچیک پیشونیش که یه مقدار خون خوشرنگ قرمز، سفیدی شفافش رو تزیین کرده بود به نظر مشکل دیگه ای نداشت، اما بیهوش بود. دکتر وقتی چشمش رو واسه معاینه باز کرد، هیچ رفلکسی به نور ندید.

دکتر با تاثر:

"متاسفانه فکر کنم این brain death شده. واسه اطمینان یه ام آر آی ازش بگیرید و نتیجش رو سریع برام بفرستید. اینم بفرستید ICU."

***

دکتر آدام روی تخت درگیر حالی بین واقعیت و رویا بود، با لبخند گرم گوشه لبش. چشماش هنوز گرمای خواب رو تجربه نکرده بود که صدای باز شدن در اتاقش، رویاش رو به بیداری تلخی کشید. پریدن از رویای عشق به کابوس مرگ جهش خوبی نبود ولی اتفاق افتاد.

دکتر آدام با بی حوصلگی:

"بیا تو..."

دوست داشت هیچی مزاحمش نمیشد تا واسه همیشه توی رویای قشنگش بمونه. اما رویاش تو واقعیت، کابوسی بود که داشت روی تخت بیمارستان، تموم میشد. در باز شد. همکارش بدون اجازه سریعا پشت کامپیوتر اتاقش نشست. با اولین کلیک صفحه کلید نمایشگر کامپیوتر روشن شد.

دکتر بی حوصله و خسته بود. با بیمیلی سردی:

"چی شده باز؟"

نیم خیز شد. دستی به موهاش کشید. نگاهش سر خورد رو مانیتور. با خودش غر زد:

"چه شبی بشه امشب! ؟."

همکارش مانیتور رو به سمتش چرخوند، با ناراحتی:

"دکتر MRI مریض رسید... تشخیصت درسته.! بیمار قشنگت brain death شده. متاسفم دکتر."

دکتر که از رویا به کابوس رسیده بود با چشمای باز چیزی رو که میدید، مرور کرد. گاهی با اینکه مطمئنی ولی دلت میخواد اشتباه کرده باشی. با ناراحتی:

"وای خدای من، اینجا رو ببین. همه این ناحیه هماتومه؟"

دلنازک شده بود. خودش نمیدونست چی اونو به موجودی که روی تخت دراز کشیده بود، پیوند میزد. هر روز بیمارای زیادی بر اثر تصادف و ضربه مغزی میاوردن. ولی چیزی تو وجود این دختر معصوم بود، که مغز دکتر رو درگیر کرده بود. چیزی شبیه عشق با یک نگاه. دلش گرفته بود. حسرت لحن صداش بود:

"حیف، حیف، حیف...حیف از اینهمه زیبایی که فقط چندتاعضوش زنده بمونن! کاش میشد یه نفررو بهش پیوند زد.."

سکوت کوتاهی حس سنگین از دست دادن رو تو وجودش کمی کنترل کرد:

"راستی... جریان لباسش چیه؟ شبیه لباس عروس نیست؟ پس چرا تنهاست؟ چرا لباسش پاره است؟ کسی دنبالش نیومده ؟"

دوستش صمیمی تر ازاون بود که نتونه حال بدش رو تشخیص بده:

"دکتـر جـون، مـا سالهاسـت بـا هـم داریـم روی پیونـد کامـل مغـز مطالعـه میکنیم. پیـدا کـردن یـه مغـز و یـه بدن تـو شـرایطی که امکان عمـل باشـه یا خیلـی نادره یا نایاب. من تنهایـی نمیتونـم تصمیم بگیـرم دکتـر!"

نگاهـش تـو چشـمای مسـخ شـده دوسـتش دنبـال یـه تغییـر میگشـت، ولـی بهت دکتـر، خیلـی پررنگتـر ازیـن بـود کـه تحـت تاثیـر قـرار بگیـره:

"واسـه ایـن عمـل مـا کـه الان بهتریـن نمونـه رو داریـم، درسـته؟ چشـم دنیـا بـه انگشـتای هنرمند و قادر تو دوختـه شـده دکتر جان.   لحظه حساسـیه واسـه تصمیـم گیریت، ممکـن چنـد دقیقـه دیگه یکـی شـون نباشـه دکتـر..."

نگاهـش تـو چشـمای دکتـر دنبـال جواب بـود. بهت تو نگاهش جاشـو بـه گیجی تو تصمیـم گیـری داده بـود. دوسـتش میدونسـت، مغـزی کـه آمـاده پذیـرش هسـت رو نبایـد آروم گذاشـت:

"عزیـز مـن تـو کـه دائمـا از همزمانـی حـرف میزنـی چـرا ایـن همزمانـی دقیـق رو نمیبینـی؟ همـه چـی آمـاده سـت، منتظـر چـی هسـتی آخـه؟"

انگیـزش غلغلـک شـده بـود ولـی نه کامـل، دکتر بـا شـک و تردیدی که نشـون میداد تحـت تاثیـر قـرار گرفتـه:

"از خونـواده هاشـون چـه خبر؟ خبری ازشـون داری؟ اگه اونا اجازه نـدن، چـه کاری از دسـتمون برمیاد؟"

دوسـتش از وسواسـی کـه دکتـر بـه خـرج میـداد تعجـب کـرده بـود. آدامی کـه اون میشـناخت واسـه هـر خطـری لحظـه شـماری میکرد حـالا چـی شـده بود که شـک و تـرس دلش رو پر کـرده بـود؟ باکلافگی:

"دکتر جان فقط تو باید بخوای، این تاییدش هم با خودش اومده."

مکثی کرد، آخرین تیرشم زد. میدونست دوستش به بعضی چیزها اهمیت میده:

"یه همزمانی فوق‌العاده است دکتر."

چشمای دکتر برق ریزی زد. بلند شد. روپوشش رو صاف کرد و با لبخند مرموزی بسمت در رفت. همکارش اونقدر دکتر رو میشناخت که بدونه چی تو سرشه. دنبالش از در بیرون رفت.

آدام تو موقعیتی بود تیزتر از لبه تیغ. قصد کاری رو داشت، که هرگز انجام نشده بود هرچی بود صرفا تحقیقات تئوری بود، که بیشترش رو خودش ارایه داده بود. این پیوند یک عضو نبود. پیوند هستی یه نفر بود به نیستی یه نفر دیگه. پیوند گذشته بود به آینده ای که هیچوقت، وجود نداشت. هر چه بیشتر به حساسیت عمل فکر میکرد، بیشتر میترسید. اون نمیتونست مسئولیت سنگین کاری که تو ذهنش بود رو تنهایی به عهده بگیره. هرچند هدف بزرگی داشت ولی این بیشتر از حد تحملش بود. پس تصمیم گرفت بقیه رو هم تو این انتخاب شریک کنه.

از تو مراجعینی که گم کرده ای داشتند، خونواده دختر با داشتن عکسش، براحتی پیدا شدند. بلافاصله به اتاقش دعوتشون کرد. دیدار گرمی نبود. پر درد بود. در اتاقش که باز شد، دو تا کبوتر بی پناه، انگار با ترس از شاهینی که تا هنوز سایه مرگش رو سرشون بود، وارد شدند. با اون همه تکیدگی و درد، هنوز زیبا بودند. نیازی به کارت شناسایی نبود. زیبایی سند بود.

دکتر فکر نمیکرد گفتن این موضوع اینقدر براش سخت باشه. خبر مرگ زیاد داده بود ولی این انگار، مرگ خودش بود. با ناراحتی:

"من از اینکه تو این شرایط با شما آشنا میشم، خیلی متاسفم. لطفا تاسف منو بپذیرید و اجازه بدید، بدون اتلاف وقت بریم سر اصل مطلب. الان مهمترین چیزی

که نمیدونیم چقدر داریم، زمانه. هر لحظه ممکنه خیلی دیر بشه."

تو مغزش دنبال یه شروع بود. هزار بار با خودش این گفتگو رو تمرین کرده بود، ولی تو واقعیت نمیشد. چه جوری میتونست این خبر رو به پدر و مادرش بده. خودش که فقط یه بار اونو دیده بود، نمیتونست چهره رویاییش رو فراموش کنه، چه برسه با خانوادش. تازه میفهمید واژه بیچاره یعنی چی. نگاهش رو از چشمای نگرانشون دزدید تا بتونه، حرف بزنه. دل بدریا زد:

"اتفاقی که افتاده اصلا خوب نیست. تصادف شدیدی که دختر پریچهرتون داشته، متاسفانه باعث مرگ مغزیش شده."

چشمای بهت زده شون، خیس و وحشت زده شد. نمیدونستند چیزی که میشنوند واقعیته یا یه کابوس وحشتناک. چند ساعت بیشتر نبود که بهترین روز زندگیشون داشت، شکل میگرفت، بی تکرارترین روز. ولی الان به شبی دچار شده بودند که امید طلوع دیگه ای نداشت. دکتر بعد مکث کوتاهی:

"من تو شرایط معمولی، واسه مرگ مغزی حرف زیادی برای گفتن نداشتم. نهایتا میتونستم ازتون خواهش کنم واسه نجات یه قسمتایی از بدن دختر فریبنده تون، اجازه اهدای عضو رو امضاء کنید. که میدونم دردناکترین کاریه که یه پدر و مادر میتونن انجام بدن. ولی خبر بهتری براتون دارم، آماده هستین؟"

دکتر خودش با این مسئله کنار اومده بود ولی حس اونا فرق داشت. اون کسی رو از دست میداد که قبلا هم نداشت ولی اونا یه تکه از خودشون رو از دست میدادند. تیکه ای که بدون اون زندگی واسشون هیچ مفهومی نداشت. بیچارگی و بی پناهی تو نگاهشون هک شده بود. هر دو موفق و قوی به نظر میومدن، ولی تحملشون

جای کافی واسه این درد نداشت. با نگاه بهت زده و حرکت آهسته سر با هم تایید کردند، ولی لباشون قدرت گفتن بله رو نداشت. تا چند ساعت پیش منتظر شنیدن این کلمه تو شادترین لحظه زندگیشون بودند، حالا چجوری میتونستند واسه مرگ زندگیشون، از همون واژه استفاده کنند. چقدر مفاهیم ناپایدارند.

دکتر با تاثر ولی به ناچار:

"میدونم تحملش سخته، خیلی سخت. ولی تو شرایط معمولی اهدا عضو، تنها شانس واسه زنده نگه داشتن یه قسمتی از جگر گوشتونه."

مکث کرد. چقدر درد تو چشماشون موج میزد. درد خودش هم کمتر نبود. دلش تو سینش بند نمیشد:

"اما یه شانس، یه اتفاق واسه اولین بار هست که میتونه کمکش کنه."

نتونست ادامه بده، چشماش میسوخت. نگاهش پشت اشکی که چشمش رو پوشونده بود، تار شد. از پشت میزش بلند شد. نفس عمیقی کشید. بسمت یخچال کوچیک اتاقش رفت، درش رو باز کرد. وانمود کرد سرش تو یخچال، مشغول پیدا کردن چیزیه. دست راستش سمت چشماش رفت، تکونی خورد و برگشت تو یخچال. یه لحظه بعد دکتر با سه تا قوطی نوشیدنی و یه لبخند ساختگی، برگشت. نوشیدنیها رو مؤدبانه روی میز گذاشت. با اشاره تعارف کرد. یکی رو واسه خودش باز کرد، یه جرعه نوشید. یه لبخند روی لبش میتونست این امید زندگی رو دوباره به چشماشون دعوت کنه، لبخند زد:

"معمولا دکترها ارتباط خوبی با داروهای گیاهی و طب سنتی ندارن. بهشون آموزش داده شده این چیزها توی درمان بی تاثیرند. ولی من معتقدم، اگه بتونیم درست ازشون استفاده کنیم، کمتر به دارو، نیاز پیدا میکنیم. این یه نوشیدنی

گیاهیه که واسه آرامش و قلب خیلی خوبه. بدون اغراق بگم، پشیمون نمیشید. بفرمایید گلوتون رو تازه کنید، بفرمایید لطفا."

نوشیدنیها خالی شد. نگاهشون به دکتر برگشت.

"و اما خبر خوب..."

دهان دکتر هنوز از گفتن خبر تصادف دختر خوشکلشون تلخ بود. نوشیدنیش رو سر کشید. هیچ صدایی جز طپش بی امان قلبای شکسته شون نبود. نگاهشون کرد. هر دو بیشتر از نگرانیشون خوشکل بودند و بیشتر از خوشکلیشون نا امید.

دکتر با ذوق مانیتورش رو جوری تنظیم کرد، که براحتی ببینند. تصویر دوربین مدار بسته اتاق مراقبتهای ویژه، روی تختی بود که انگار یه فرشته روش خوابیده بود. تصویر زوم شد. زیبایی بیشتر و آشناتر شد. مثل یه پری رویایی بایه پانسمان کوچیک روی پیشونیش خوابیده بود. ملاقات ممنوع بود.

نگاه عاشق و مشتاقشون رو فیلم زنده دختری که بی هیچ حرکتی روی تخت خوابیده بود و جز زیبایی هیچ علامتی از زندگی نداشت، خشک شده بود. نگاهشون، ضربان قلبشون، لبایی که ناخودآگاه میپرید، تراژدی دردناکی بود که به اشک نشست.

تصویر عوض شد. زیر یه چادر ایزوله اکسیژن، چیزسیاهی شبیه یه آدم بود که هیچ علامتی از زندگی نداشت، جز ریتم منظمی که مانیتور گوشه تصویر نشون میداد. دوربین ارمغانی جز مرگ نداشت، اما دکتر داشت:

"یه راه دیگه ای هست که با توجه به اتفاقاتی که افتاده، فکر می کنم احتمال موفقیتش زیاد باشه."

چشماشون برق زد. دوربین رو برگردوند رو صورت دختر. انگار امید تو صورت

پژمرده شون جوونه زد. با لبخند:

"راجع همزمانی چیزی میدونید؟"

منتظر جواب نموند:

"از بد یا خوش شانسی ما اینجا دو نفر رو داریم که با هم تصادف کردند. دختر قشنگتون بدون هیچ جراحتی، به علت نبستن کمربند ایمنی، دچار ضربه مغزی شده و..."

یه اسکن مغزی رو مانیتور جای تصویر دختر قشنگشون رو پر کرد. هماتوم و آسیب دیدگی قسمت جلو و عقب مغز نشون از عمق فاجعه داشت. دوباره دوربین رو برد روی بدن سیاهی که زیر چادر اکسیژن خوابیده بود:

"بیمار دیگه همونیه که با دختر شما تصادف کرده، البته انگار هردو به دلیل بی توجهی به رانندگی از مسیرشون خارج شدند، چون درست وسط جاده به هم برخورد کردند. ماشین نفر دوم دچار آتیش سوزی میشه که متاسفانه با حجم سوختگی ای که داره، من بعید میدونم زیاد دووم بیاره. ما هیچ زمان مشخصی نداریم. ممکن همین الان هم دیر باشه."

دکتر ضمن نمایش تصویر دوم اسکن مغزی توی مانیتور با تعجب:

"نکته ای که میگفتم اینه: این مغز هیچ آسیبی ندیده. از همه نظر سالمه. این غیرقابل باوره. منظورم از همزمانی همین بود. با اینکه این اولین بار توی دنیاست که قراره یه عمل پیوند کامل مغز انجام بشه، به خاطر همین اتفاق من مطمئنم موفق آمیزه، ولی خوب نباید ریسک ها و مشکلات این عمل رو فراموش کنیم. تکرار میکنم، این اولین باره پیوند کامل مغز انجام میشه. پیوند اعضا یا حتی ترمیم قسمتی از سیستم عصبی انجام شده ولی هیچکس تا حالا موفق نشده کل مغز

رو پیوند بزنه."

مکث کرد. نفس عمیقی کشید. هیجان شدید، طپش قلبش رو زیاد کرده بود:

"رو راست بگم من خیلی خوشبینم. نمیدونم شما چقدر به همزمانی اعتقاد دارید؟ من دارم. اینهمه همزمانی بیسابقه است. همه چیز جوری کنار هم چیده شده، که هیچ راهی غیر از این نداشته باشیم. متوجه منظورم که هستید؟"

دکتر تقریبا مطمئن شده بود، که اونا هم متوجه شدند اجبار یعنی چی. نفس عمیقی کشید. بازدمش با لبخند قشنگی همراه شد که نگاه مضطربشون رو آروم کرد:

"من الان به رضایت شما واسه این عمل نیاز دارم. بعد اگه خونواده بیمار دیگه هم پیدا بشن و موافقت کنند، میتونیم عمل رو شروع کنیم یعنی مغز بیمار اونا رو به بدن دختر فریبنده شما پیوند بزنیم."

مکث کرد. تو چشاشون نگاه کرد، نفس عمیقی کشید:

"البته من باید قبل از رضایت شما یه نکته رو توضیح بدم. دو مورد تو این عمل خیلی مهم خواهد بود که یه موردش دست منه و دومیش با شماست. یکی عوارض و زخمای بعد از عمله که با توجه به صورت بینظیر دختر شما این نکته خیلی مهمی واسش خواهد بود. من به شما قول میدم دختر قشنگتون بعد از این عمل درست مثل قبلش خوشگل و سالم حتی بدون یه اثر زخم روی پوستش خواهد بود. واسه اینکار من از دوستم دکتر جیک معروفترین متخصص زیبایی دعوت به همکاری کردم و ایشون پذیرفتند. این رو من تضمین میکنم.

ولی نکته ای که به شما مربوط میشه، اینه که دخترتون بعد از بهبود از نظر مغزی یه شخص دیگه ست. شخصی که کاملا با دختر شما فرق داره. بعدا حتما

بیشتر براتون توضیح میدم. فقط باید این نکته رو بدونید که اولش هیچ شناختی از شما نداره، نه فقط از شما، حتی از دخترتون. چون در واقع علیرغم ظاهرش اون یه نفر دیگست. یکی که هنوز نمیشناسیمش."

خود دکتر متوجه نکته دردناکی که گفته بود، شد. سعی کرد با یه توضیح درستش کنه:

معمولا ما آدما یه حافظه دیگه هم داریم، که چون اتفاق مشابهی قبلا نداشتیم کسی بهش توجهی نکرده، حافظه بدنی. به قول قدیمیها خون یا همخونی. چون بدن اون به شما وابسته است، شما رو میشناسه و بودن باهاتون حس خیلی خوشایندی بهش میده. فقط کافیه بهش فرصت بدین تا شما رو بپذیره و بهتون عادت کنه. سعی بیشتر باهاش ارتباط لمسی داشته باشید. این تماسها و لمسها میتونه ایمپالسهای خوشایندی رو به مغزش ارسال کنه و هر ایمپالس خوشایندی میتونه مغز رو معتاد خودش کنه، یه حس شبیه دوست داشتن. نقش شما اینجا خیلی مهمه. اینکه چه جوری باهاش برخورد کنید، باهاش کنار بیاید، بهش زمان بدین و هر کاری که میتونه کمک کنه که بهش نزدیکتربشید."

حرف دکتر تموم شد واسه اینکه بهشون یه فرصت کوتاه واسه فکر کردن داده باشه، با احترام اجازه گرفت، چند لحظه اتاق رو ترک کنه.

تشویش تو نگاهشون موج میزد، فقط به خاطر یه سوال. نگاه بی پناهشون جز چشم همدیگه جایی نداشت. پاهای کشیده و قشنگش تاب این بار سنگین رو نداشت. پاش ضعف رفت، چشماش سیاهی، ول شد تو بغل مردی که تنها پناهش بود. خودش بی پناه ترین مرد دنیا بود ولی باید پناه کسی میشد، که بی بودنش، پناه هم دیگه مفهومی نداشت. قلب خودش داشت از سینه اش بیرون میزد ولی

باید دلـی رو آروم میکـرد کـه ناآرومیـش، دلش رو به آتیش میکشید.

پـدر بـود. پنـاه خانواده بـود، ولی بی پنـاه. درد ندیدن جگرگوشـه اش، تـرس از دسـت دادن همـه چیـش و غـم دختـرش کـه حاضر بود واسـه یـه قطره اشـکش، دنیـا رو زیـر و رو کنـه، یـه قسـمت کوچیـک از عذابـش بـود. درد سـنگینی کـه حتـی واسـه شـونه هـای پهـن و مردونـه اون هـم قابـل تحمل نبـود. نگرانیـش فقـط اون قسـمت نبـود کـه میدونسـت، بیشـتر نگران قسـمتی بود کـه نمیدونسـت. نمیدونسـت داره پاره تنـش و کـی مـی سـپره. نمیدونسـت فردا کـه جگرگوشـش بیدار شـه، کیه؟

ولـی واسـه یـه پدر، واسـه چشـمای تر عشـقش، هیچی نمیتونسـت مهمتـر از دیدن دوبـاره دختـرش باشـه. یـه شـونه پهـن، سـنگینی درد دو تا سـر رو، به دوش میکشـید. سـکوت محـض بـود، انگار حتـی از گفتن حرفای دلشـون به هم میترسـیدند. هرچند، چشماشـون، آغوششـون، ضربـان قلبشـون ، گویاترین و بهترین زبونـی بـود کـه میشناختند.

دکتـر بـا یـه کاغـذ وارد شـد. دیدنشـون تـو اون وضعیـت دوبـاره دلـش رو لرزونـد. دردشـون رو میشـناخت ولـی جـز دلداری، کاری ازش برنمیومـد. سـعی کـرد قیافه ناراحـت، خـودش رو آرومترنشـون بـده. بـا یـه لبخند ملایـم برگـه دسـتش رو روی میز گذاشـت. خـودکارش رو در آورد و بـا احتـرام جلـوی پدر نگـه داشت. با خوشـرویی: "داریـم کار خیلـی بزرگـی رو شـروع میکنیـم. شـاید امـروز یـه روز خـاص، یـه نقطـه عطف، یـه مبدا تاریخـی، نـه فقـط تـو تاریخ پزشـکی کـه همـه تاریخ بشـه."

نامـه سـریعا امضـاء شـد. نامـه و خودکاردودسـتی و محترمانـه بـه دکتـر برگشـت. پدر نفـس عمیقـی کشـید و بـا نگرانـی،

"جناب دکتر، جسارتا اگه خدایی نکرده پیدا نشن، یا دیر پیدا بشن، چی؟"

دکتر با احترام:

"نه، امکان پیدا نشدنشون که نیست. مگه واقعا کسی رو نداشته باشه که در اونصورت هم مشکلی واسه ما پیش نمیاد، اما امکان تاخیرش هست. همونطور که گفتم زمان واسه ما حیاتیه، متوجه هستید چی میگم؟ هر دو بیمار به شدت آن-استیبلند. پس باید زودتر عمل رو کنیم."

بعد در حالیکه داشت برگه رضایت رو لای پرونده ای که همراهش بود میذاشت:

"من با رضایت شما و مسئولیت خودم عمل رو شروع می کنم. اگه خانواده دیگه پیدا بشن و رضایت بدن که مشکلی نیست. ولی اگه بر حسب محال پیدا بشن و رضایت ندن، مسئولیتش با من خواهد بود."

پرونده رو بست. با تلفن به بخش مراقبتهای ویژه، خواست هر دو مریض رو واسه عمل آماده کنند. بعد رو به پدر و مادر دختر کرد و گفت:

"نگران نباشید. عمل خیلی طول میکشه. خیلی بیشتر ازونکه بتونید، منتظر باشید.من دو تا آرامبخش خوب بهتون میدم که کمکتون کنه بخوابید. امیدوارم وقتی بیدار میشید، خبرای خوبی براتون داشته باشم .

چشمای خیس مادر مثل الماس میدرخشید. جذابیت زلال چشماش پشت حباب خیس اشکی که مثل یه هاله نگاهش رو تار کرده بود، دیدنی بود. دکتر که شدیدا تحت تاثیر اون ظرافت و درد قرار گرفته بود، با اعتماد به نفس و احترام:

"من قول میدم که حتی جونم رو پای این عمل میذارم. پس مطمئن باشید و استراحت کنید."

بلند شد. به سمتشون رفت، بغلشون کرد. بهشون حس نزدیکی بیشتری داد چون میدونست که آغوش گرم، تنها چیزیه که میتونه استرسشون رو کم کنه.

چشم همشون خیس بود. دکتر ازشون جدا شد. چشماش رو پاک کرد و سریع به سمت اتاق عمل رفت. تو مسیر که حرکت میکرد با خودش فکر میکرد:
"اتفاقای بد گاهی اثرای قشنگی تو زندگی میذارن، بقدری قشنگ که نمیشه گفت اتفاق بد".

***

مرد تلاش کرد چشماش رو باز کنه، اما نتونست. خواست چیزی بگه اما صدایی نداشت. تنها چیزی که بهش حس زنده بودن میداد، گوشاش بود که هنوز میشنید. صدای گنگ و مبهمی مثل صدای بیمارستان توی گوشش رو پر کرده بود، پچ پچ نامفهوم تیم درمان بهش میفهموند هنوز زنده‌ست. تو اون همه پچ پچ، صدای بلندی گوشاش رو پر کرد:
"دکتر آدام به آی سی یو.... دکتر آدام به آی سی یوو "
صدا قطع شد.....

***

"نه... نه... نه... اصلا..."
دکتر همونجور که با زور توی تخت نگهش داشته بود که تکون نخوره:
" مراقب باش عزیزم... شرایطت اصلانرمال نیست، نخاعت خیلی آسیب دیده. هر تکونی میتونه واست خطرناک باشه... حداقل یه هفته دیگه طول میکشه تا

زخمـات ترمیم بشـن."

با سر به پرستارواسه تزریقش اشاره کرد:

"هـر تکونـی ممکنـه باعث آسـیب جبران ناپذیری بهت بشـه عزیزم. میدونم خیلی

سـخته ولی مجبوریم."

مکثی کرد تا پرستار کارش رو تموم کنه:

"نگران نباش عزیزم... ما با دارو کمکت میکنیم بخوا...ب...."

صدای دکتر در حین آهسته شدن محو شد.

***

"خـوب عزیزم...حـالا آهسـته چشـمای قشـنگت رو بـاز کـن... آفرین، آفرین تو

میتونی... بـاز کـن... آهـا بازتـر...، بازتر...آره خوبه...خوبـه... همینه...یه کم بیشـتر."

دکتـر بـا چراغ قوه، واکنـش مردمـک چشـمای قشـنگش رو بـه نور چک میکرد.

پلکش کمی بـاز شـد. تو چشـم مـرد انگار از درز باریـک در چوبی یه انباری قدیمی،

نـور ضعیفـی بـه نگاهش ریخت، یه نور زرد و مبهـم. انباری که خیلی وقت بود، درش

بـاز نشـده بـود. دوبـاره تاریـک شـد.

***

دریچـه نور باز شـد. اینبـار نور بیشـتری به انبار نگاهش ریخت. سـایه های رنگی

تـوی نـور شـکل گرفتنـد. تکـون خوردند. واضح تر شـدند. مـرد چند تا صورت مشـتاق رو

میدید که با تعجب و اشتیاق نگاهش میکردند.

"نورو میبینی عزیزم؟"

دکتر با چراغ قوه ای که توی دستش اینطرف و اونطرف میکرد پرسید:

"این نوری که حرکت میکنه رو میبینی؟"

تصویر کم کم واضح شد و مرد خواست سرش رو به علامت تایید تکون بده، اما نتونست. برای اولین بار بعد از مدتها متوجه درد شدید و گنگی تو همه بدنش شد، چشماش از حجم درد تو هم رفت، دوباره تاریک شد.

***

وقتی پلکهای درشتش با مژه های بلند تر از هرچی رویا، تو دنیاست، به آرومی باز شد. نگاهی طلوع کرد که جای مهتاب رو گرفت. سقف بیروح سفیدی که پر بود از لامپای مهتابی رنگ تو نمای سرد و بیروح بیمارستان، اولین تصویری بود، که از دریچه چشمای بینظیرش میدید. یه تصویر سرد و پر از درد. نگاهش از سقف تا دیوار روبرویش پیش رفت و به پایین دیوار نرسیده بود که برگشت روی سقف. نتونست بشینه. با همه زوری که زده بود بزور نیم خیز شده بود، که اونم نشد. دوباره ولو شد روی تخت. نفسی تازه کرد. سعی کرد یه کم سرش رو به اطراف بچرخونه تا شاید بتونه دورو برش، کسی رو ببینه تا واسه بلند شدن کمک بخواد، ولی کسی نبود. به زور سرش رو کمی بلند کرد. تنها، روی یه تخت با کلی سیم و شلنگ و سرم دراز کشیده بود. شاید دلیلی که نمیتونست تکون بخوره، همین سیمها و سرمها بود. دوباره تلاش کرد بنشینه، ولی اینبار به کمک دکمه های

تنظیم تخت، پشتی تخت رو تا جایی که جا داشت بالا آورد. انگار کوه جابجا کرده بود، ولو شد روی پشتی بالا اومده تخت. نگاهش همه اتاق رو چک کرد، هیچکی غیر از خودش نبود.

دوباره همه توانشو جمع کرد. اول سعی کرد، پاهاش رو از تخت آویزون کنه. تنه اش رو به سمت لبه تخت چرخوند. یه لحظه اون پایین نگاهش به دوتا پای کشیده ظریف و سفید افتاد. تا جایی که یادش میومد، مرد پرمویی بود. نگاه متعجبش روی پاهاش موند. بعد یه هو انگار چیزی یادش اومده باشه دستاش رو بالا آورد. تعجبش بیشتر شده بود. دستاش هم اونقدر ظریف و قشنگ بود که باورش نمیشد. به عادت همیشگی وقتی تعجب میکرد دستش ناخودآگاه رفت سمت سرش که سرش رو بخوارونه و فکر کنه ولی دستش لای موهای بلندش گم شد. با دستپاچگی موهاش رو کشید جلوی چشماش. تازه متوجه موهای بلند و خوشرنگش شد. کابوس میدید یا بیدار بود، نمیدونست. هیچ چیش مثل قبل نبود.

کلافگی، استرس، اضطراب... یه مجموعه ای بود از همه حسهای بد دنیا. گیج شده بود. دورو برش رو نگاه کرد. کسی نبود. ترسیده بود. سعی کرد فریاد بزنه و کمک بخواد اما تا صدای ظریف خودش رو شنید، بیشتر شوکه شد. یه کم نفس گرفت. اونقدر ضعیف شده بود که همین حرکتای ساده هم، براش سخت بود. دورو بر خودش دنبال آیینه یا هرچیزی که بتونه خودش رو توش ببینه گشت، ولی چیزی ندید. همه توانش رو جمع کرد و خودش رو به سمت جلو هل داد. بدن ظریف و بینظیرش از تخت جدا شد ولی اگه حواسش نبود و خودش رو محکم نگرفته بود همه زحمت هاش ازبین میرفت و دوباره ولو میشد روی تخت. خودش رو جمع کرد. سریع سیمها و شلنگها رو از تنش جدا کرد. دوباره همه زورش رو جمع

کرد و خودش رو کشید به سمت جلو تا بتونه پاهاش رو برسونه به زمین.

به سختی سرپا شد. ضعف شدیدی توی پاهاش حس میکرد، میخواست هر جوری شده خودش رو به دستشویی برسونه. اونجا تنها جایی بود که میتونست آینه پیدا کنه.انگار همه چیز حتی راه رفتن یادش رفته بود. مثل یه بچه به سختی تعادلش رو حفظ میکرد. خودش باید میرفت، کسی نبود کمکش کنه. با کمک لبه تخت و بعد از اون دیوار خودش رو به پشت در دستشویی رسوند . یهو چشمش به دستش که واسه باز کردن در بالا آورده بود افتاد، یه خط قرمز خوشرنگ از آرنجش تا مچ دستش جاری بود تا به قطره میرسید. پشت سرش از تخت تا دستشویی رد پای همون قطره های سرخ خوشرنگ بود. مغزش به قدری درگیر مشکلی که باهاش داشت شده بود، که هیچ اهمیتی به خونی که از جای سرمش میرفت، نداد.

چراغ دستشویی روشن بود. اونقدر استرس داشت که نمیدونست میتونه این کار تموم کنه یا نه ؟ نمیدونست ترسه یا ضعف. هرچی بود، حس خوبی نبود. اون هیچوقت از ضعیف بودن خوشش نمیومد.

یه کم صبر کرد تا بتونه نفسش رو آروم و خودش رو کنترل کنه. خواست وارد دستشویی بشه، اما ترسید. نمیدونست چی ممکن بود ببینه. هنوز یک دقیقه از بیداریش نگذشته بود که یه دنیا سوال بیجواب تو سرش، داشت دیوونش میکرد. قبل از اینکه وارد دستشویی بشه آهسته چشماش رو هم گذاشت. واسه پیدا کردن مسیر از دستش کمک گرفت، اما به محض لمس دیوار دستشویی انگار به سیم برق دست زده باشه، به سرعت دستش رو عقب کشید و یه قدم عقب رفت. چشماش رو باز کرد. نگاهش بدون اینکه بخواد سمت دستش و جایی که لمس

کرده بود، رفت، غیر سرامیک سرد دیوار، چیزی نبود. دوباره دستش رو به دیوار گرفت. حس غریب آشنایی بود. حسی که میشناخت ولی واسه اولین بار تجربه میکرد. میدونست سرامیکای دیوار دستشویی همیشه سرده ولی انگار تا حالا سرما رو حس نکرده بود. با حسش غریبه بود، یه حس گزنده.

دوباره سوال ذهنش رو به هم ریخت. چشماشو بست. کمی روی دیوار دست کشید. خیلی سریع حس غریبش با یه حس آشنا ولی نه چندان مورد علاقش جایگزین شد.

تقریبا همه حواسش رو از دست داده بود، نه اینکه از دست بده یک سری مفاهیم حسی تو ذهنش بود. مثلا، اون اثر همه حسها رو میدونست، خود حس رو گم کرده بود. سرما رو میشناخت ولی از سردی درک روشنی نداشت. بدن جدیدش با حسهایی که میشناخت بیگانه بود. او گرما و محیطهای گرم رو بیشتر از سرد دوست داشت. پالسهای ارسالی از دستش در حالیکه مثل همیشه پالس مربوط به سرما بودن ولی این پالس واسه مغزش آشنا نبود.

روبروی آینه ایستاده بود. هنوز نمیخواست قبل از اینکه آماده باشه، چیزی ببینه که نمیدونست با دیدنش چه واکنشی نشون میده. آهسته و با چشمای بسته روبروی آینه ایستاده بود. دلش مثل یه کبوتر معصوم که سنگ بازیگوشی یه کودک شیطون بالش رو شکسته بود، میتپید. سینه ش جای اون حجم از هوایی که نیاز داشت، رو نداشت. نفساش عمیق و سریع شد، صورتش سرخ. گر گرفته بود، فکر کرد تب داره. خواست اول با یه مشت آب خنک حالش رو بهتر کنه. دستش کورمال کورمال دنبال شیر آب گشت. شیر آب باز شد. بی هیچ معطلی دستاش رو پر کرد و به صورتش نزدیک کرد. خنکای لطیفی همه حس بی پناهی و دردش

رو برد. یه لحظه فراموش کرد واسه چی اونجاست. لطافت دستای ظریفش وقتی داشت اونا رو از صورتش دور میکرد، حس گم شده کنجکاویش رو دوباره بیدار کرد.

سرش رو به نرمی بالا آورد.

تاریک شد.

فصل دوم

حلول

"نه نه نه صبر کن فرشته زیبا.... لطفا آروم با مـن همراهی کن. میخـوام مطمئن بشـم، سیسـتم عصبـی ات درسـت و هماهنـگ کار میکنـه. این حساسترین مرحلـه کارمونه. پس عجلـه نکـن و بـذار بـه آرومی بـا هم انجامـش بدیم."

دکتـر سـعی میکرد بـا لمـس کردن هر کـدوم از اعضـای بدنش از اینکـه اون میتونه حسشـون کنه یا حرکتشـون بده، مطمئن بشـه:

" اول سـعی کـن همـه بدنـت رو حس کنـی، عزیـزم. ببیـن همـه اعضاء بدنت رو میشناسـی؟ میتونـی کنترلشـون کنـی؟.... بلند نشـو، بلند نشـو.. اول سـعی کـن تمرکز کنـی...."

مـرد سـریع بلند شـد، نشسـت. بعـد به سـرعت از تخت پاییـن اومد و پا برهنه سـمت آینـه دستشـویی رفت. کابـوس تکرار شـد، یک کابـوس رویایی. اون بایـد بیـن زندگی و مـرگ یکـی رو انتخـاب میکرد. زندگی توی یه جسـم قشـنگ بـا یـه دنیا پارادوکس یا مـرگ.

نمیتونسـت به مـرگ فکر کنه، بـه زندگـی کـه فکر مـی کـرد. همـه چیـز سـخت و تـا حـدی غیرممکن بنظـر میومـد. یه مـرد ۵۵ سـاله کـه بـه یه دختر جذاب تبدیل شـده بـود، ظاهـرا تغییر دلفریبـی بـود، ولـی نـه وقتی خـودش یه پسـر جوون داشـت.

با بدن یه دختر ۲۰ ساله چجوری میتونست یه مرد ۵۵ ساله باشه؟ با این جوونی و خوشکلی چه جوری میتونست پدر باشه؟ شوهر چی؟ مغزش درگیر بود، صورت دختر غمگین. مرد تو آینه زن بود، ولی دلش لک زد بود، واسه یه لحظه غرق شدن تو چشمای زنی که زندگیش بود، زنی که دلش داشت از بیخبریش میمرد. زنش، عشقش، زندگیش....

دکتر از پشت بهش نزدیک شد. با لحن محترمانه و مودبی:

"ببین دوست من، من از تو چیز زیادی نمیدونم... هر فکری راجع من یا کاری که کردم، میکنی، بهت حق میدم."

نگاهش تو انعکاس درخشش یه جفت چشم دلفریب بود که غیر از نگاه کاری نمیکرد:

"اما نمیتونی یه طرفه منو قضاوت کنی عزیزم. واقعیتش رو بخوای ما هیچ ایده ای نداشتیم که تو اصلا چی بودی؟ کی بودی؟ چه شکلی بودی؟ میتونم عکسا و فیلماتو وقتی آوردنت نشونت بدم، ولی ترجیح میدم اینکارو نکنم، چون دیگه ممکنه نتونی با خودت کنار بیای."

هیچ واکنشی جزیه طلسم زیبا تو آینه نمیدید:

"نمیدونم تا حالا چند بار تو زندگیت مجبور بودی، من هیچ جایگزینی غیر از این نداشتم، این یعنی جبر. اینکه این اولین باره این عمل انجام شده، یعنی جبر. اینکه زمان نداشتیم، یعنی جبر. اینکه شما با هم اومدین، یعنی جبر. ولی من این جبرو بر خلاف همه انواعش دوست دارم. چون اگه نبود، نه تو بودی، نه این بدن قشنگت."

دکتر و همه دلایل به قول خودش موجهی که میآورد رو، نه میخواست بشنوه،

نه میشنید. به این فکر میکرد که چجوری به زنش که عزیزترین موجود زندگیش بود بفهمونه، این دختر جوون و جذاب که میتونست دخترش باشه، همون شوهر تنومندشه .

دکتر بهش نزدیکتر شد. دستاش رو دو طرف شونه های ظریف و کشیده اش، گذاشت. مرد ازینکه یه مرد دیگه اینجوری به بدنش دست بزنه، متنفر بود. ولی نمیتونست درک کنه چرا از این حرکت دکتر حس بدی نداشت، حتی میشه گفت، تا حدودی واسش لذت بخش بود. پلکاش، سنگین شد. دکتر که حتی کوچکترین واکنشاش از نظرش دور نمیموند، تغییر حالت مرد رو فهمید. دستاشو روی بازوهای ظریفش بالا و پایین میبرد تا بدن سردش رو کمی گرم کنه:

"عزیزم من باید اعتراف کنم که این یه معجزه بود. ساده از کنارش رد نشو. امکان نداشت هیچکدومتون زنده بمونید. یکی مرگ مغزی بود، یکی جسمی. میدونی چی میگم؟"

دکتر سعی میکرد تو چشماش نگاه نکنه، ولی گاهی که دلش گریزی به نگاهش میزد، علامتی توش نبود.

مرد با حرفهای دکتر توی آینه، نگاهش از تخیل ماریا به واقعیتی افتاد، که زیر بازتاب تصویر مردی بود که تو آینه چشمش، غرق شده بود. دکتر با سکوتِ نگاهش تو چشمای خماری که تو آینه میدید، دنبال یه جواب ساده بود و مرد تو نگاه پرسشگر دکتر و آینه، دنبال خودش. ولی تنها چیزی که میدید، بهت بود، بهت "بودن". او بین بودن یا نبودن دست و پا میزد، ولی سوالش "چی بودن؟" بود. شاید اگه شکسپیر هم دنبال خودش میگشت دیگه براش بودن یا نبودن، مسئله نبود.

مـرد بـا ایـن کلافگـی آشـنا بـود. یـه عمـر دنبـال خودش مـی گشت. یـه عمـر بیقرار خـودش بـود و درسـت وقتـی خـودی کـه بـود رو گـم کـرد تـا بـه خـودی کـه میشـناخت تبدیـل بشـه، ایـن اتفـاق بـراش افتـاده بود. نمیدونسـت چی هسـت، چـون دیگه حتی همـون چیـزی کـه میشـناخت هـم نبـود. تـا جایـی کـه یادش میومـد یـه مـرد بـود بـا یـه خانـواده خوشـبخت کـه عاشـق همشـون بـود. ولـی حـالا نـه مـرد بـود، نـه خوشـبخت. یـه سـوال بـود. یـه سـوال سـاده ولـی بینهایت پیچیـده.

هیـچ چیـش شـبیه چیزایـی کـه میشـناخت نبـود. نـه چیزایـی کـه میدیـد، نـه اونایـی کـه حـس میکـرد. گیج تـر از قبـل، بـدون اینکه حتـی بدونه به چـی تو آینه خیـره شـده، فقـط زل زده بـود، تـو آینـه ای کـه انگار هـر چیـزی بود غیر از خـودش. مرد تـوی آینـه دنبـال خـودش میگشـت، خـودی کـه تـو آینـه نبـود. همیشـه دنیـای کامپیوترهـا واسـش مجـازی بـود و آینـه هـا حقیقـی. حـالا امـا آینـه هم دیگـه حقیقتـی نداشـت کـه نشـونش بده.

نمیدونسـت چیـزی کـه تـوی آینه میبینـه واقعیـه، یـا اونی کـه آینه رو؟ صـدای دکتر دوبـاره سلسـله افکارش رو بریـد. افکاری کـه هیچی غیـر از سـوال توش نبـود. یـه روز جـواب هر سـوالی بـود و حـالا یه سـوال بیجواب. مـردِ خوشبختی کـه میشـناخت، تـوی طلسـم آینـه گم شـده بود.

هنـوز بـا اتفاقاتـی کـه افتـاده بـود کنار نیومـده بود. گیج خـودش بود کـه دسـتای گرم دکتـر رو دسـتای ظریـف و قشـنگش آروم بـه سـمت پاییـن حرکت کرد. دکتر از لذت این تمـاس هیجانزده شـد، بـا صدایـی کـه سـعی میکـرد نلـرزه:

"البتـه یـه سـورپرایز کوچولـو هم بـرات دارم کـه امیـدوارم، اون لبای خوشـفرمش رو مهمـون یـه لبخنـد کوتـاه کنـه. میدونم سـخته. مـی دونـم کلافـه ای... ولـی این می

تونـه، کمکـت کنـه خـودت رو پیـدا کنـی.... مـن چیز زیـادی راجع بهـت نمیدونـم...."

چشمای دکتر دوباره تو صورت قشنگ آینه هیچ حسی ندید:

"یـه خبـر خوبـی کـه میتونـه کمکـت کنـه با خـودت کنـار بیـای اینـه کـه قبـل از اینکه بهـوش بیـای خونـوادت پیـدا شـدن. اونقدرعاشـقتن اونقـدر دوسـتت دارن، کـه بدون هیـچ سـوالی وقتـی فهمیـدن این تنها راه زنده موندنـته، برگـه ها رو امضـاء کردند. من اطلاعـات زیـادی ازت نـدارم. فقط همونایـی که خانوادت واسـه پیدا کردنـت دادن. یه مـرد میانسـال متاهـل، کـه با همسـر و پسـر جـوون و پـدر و مادرش زندگـی میکنه، ولی فکر میکنـم تو نیـازی به این اطلاعات نداشـته باشـی. خودت میتونی گذشـتت رو بیـاد بیـاری. بیشـتر باید سـعی کنی بـا آینـدت کنـار بیـای."

دکتـر مکـث کـرد. دسـتاش رو از بـازوای قشـنگش دور کـرد. یـه قـدم عقـب رفت تا شـاید عکسـالعملی ازش تـو آینـه ببینه، امـا انگار مرد بهـت زده تر ازون بـود که توجهی بـه کسـی یـا چیزی غیر از خودش نشـون بده. مغز مـرد یه لحظه آروم نداشـت، چیزی رو کـه بود میشـناخت. او بیشـتر مبهـوت چیزی بود کـه میدید.

دکتر که دوباره از آینه با دست خالی برمیگشت، ادامه داد:

"واقعیتـش رو بخـوای خونـواده هـات چنـد روزی هسـت کـه اینجـا هسـتند و جایـی نمیرنـد. حسـودیم شـد. داشـتن یـه همچیـن خونـواده ای یـه گنجه."

از واژه خونـواده هـات حس غریبـی بهـش دست داد. او تا جایـی که فکرش یاری میـداد فقـط یه خونـواده داشـت. یادش رفته بود یا تازه فهمیده بـود که دیگـه یه نفر نیست.

دکتر که بالاخره از نگاه مغموم توی آینه یه حس بد برداشت کرده بود:

"ببیـن عزیـزم تو الان دیگـه دو تا خانـواده داری چـون دو نفری تو یـه کالبد. چیزی

که همه‌مون هستیم ولی نمیدونیم. همه ما حاصل حلول آگاهی، توی کالبد جسمونیم ولی حسش نمیکنیم، چون از وقتی خودمون رو شناختیم، همین بودیم، عادت کردیم. اونقدر که الان تو بعد یه عمر خودت بودن، فقط به خاطر اینکه ظاهرت عوض شده خودت رو نمیشناسی. ولی باور کن یه کم بگذره باهاش کنار میای. مثل همونی که بودی. قول میدم."

باز نگاه دکتر بود و بینگاهی چشمهای آینه:

"ولی فرقش اینه که تو الان دیگه دو نفری، باید بپذیری. یه قسمت جسمته که مربوط به خانواده دومته. اونا تورو میشناسن، ولی تو برعکس خونواده خودت که میشناسیشون. با اینکه خبر دارن چه اتفاقی افتاده ولی اول نمیشناسندت. ممکنه با هم یه کم مشکل داشته باشید، ولی زود حل میشه، کافی یکیشون باورت کنه.."

انگار دستمزد دکتر از همه کمکی که بهش میکرد، جز نگاه ملیح و گذرایی نبود که بندرت قسمتش میشد، ولی میارزید. دکتر سرمست از نگاه گذرای تو آینه با یه لبخند مردونه:

"تو فوق العاده ای عزیزم، با کاری که امروز کردی من سورپرایز شدم. فکر میکردم این مرحله باید خیلی سخت و طولانی و با تمرینای فیزیوتراپی زیاد باشه. ولی واوو.... معجزه کردی پسر. اصلا باورم نمیشه، با این سرعت؟ میخوام بگم غیر ممکنه ولی تو این زمان کم اونقدر غیرممکن دیدم که دیگه بهش اعتقادی ندارم. واسه همینم فکر میکنم اگه دوست داشته باشی، میتونم از بخش مراقبتهای ویژه مرخصت کنم. این یه خوبی داره یه بدی. خوبیش اینه که از دست اینهمه سرم و سیم خلاص میشی و میتونی آماده یه زندگی عادی بشی که البته مال تو به این سادگی و سرعت نمیشه. دوم اینکه اینجوری میتونی زودتر با خونواده هات و متعاقبا

با خود جدیدت رو برو بشی."

با دستای گرمش به آرومی شونه های یخ زده و ظریف دختر رو فشار داد:

"اگه آمادگیشو نداری، میتونم کاری کنم چند روز دیگه اینجا بمونی... میمونی؟"

کلمه میمونی رو مثل یه دکتر که به مریضش نگفت، بیشتر یه التماس بود. مرد تو زندگی خودش یاد گرفته بود، از چیزی که میترسید یا نگران بود، فرار نکنه. با همه قدرتش به سمتش بره. اینجوری همه نگرانی ها و ترساش حل میشد. با تردید، از دکتر خواست که اتاق رو ترک کنه و واسه انتقال به بخش یه دست لباس بهش بده.

دکتر واسه آوردن لباس از دستشویی بیرون رفت. چون نمیخواست مرد حس بدی به خودش داشته باشه به همکارش گفت ازخانوادش بخوان تا لباسی رو که خیلی دوست داشت براش بیارند.

خانواده دختر بهترین لباسی رو که دخترشون دوست داشت به امید روزی که خوب و مرخص بشه براش آماده کرده بودن. لباسی که توی اون چیزی از یک پری کوچیک زیبا کم نداشت، پری کوچیک غمگینی که یه شب، تو یه جاده تاریک و سیاه گم شده بود تا خودش رو پیدا کنه، ولی ....

لباس از لای در رد شد ولی دکتر موند، نگران و منتظر. نمیدونست اون میتونه خودش کاراش رو انجام بده یا نه. درسته که هم جسم و هم مغز در نهایت سلامت بودند، ولی نه واسه هم. این یعنی هر لحظه ممکن بود واسه یکیشون مشکلی پیش بیاد، بدن مغز رو ریجکت کنه یا مغز نتونه بدن رو کنترل کنه. ولی اتفاق اونروز ثابت کرد همه چیز معجزه وار خوب پیش رفته بود. مدت بستری بودن خیلی طولانی شده بود ولی حتی زخمهای عمل هم خوب شده بودند و زیر

موهای بی همتاش گم. برشها و دوختهای جراحی به قدری هنرمندانه بود که محال بود بشه توی اون چهره نازنین اثری از اون جراحی بیرحم دید.

دکتر درگیر افکار جسته و گریختش بود که همکارش با همون شوخ طبعی و خنده همیشگی وارد شد. انگشت سبابه دکتر نشست روی بینی قلمیش و چشماش با یه اخم جدی تنگ شد. صداش رو برید. بهش نزدیک شد:

"آخی چه عشق پاکی. تا حالا ندیده بودم بزرگترین پزشک قرن، کسی که بزودی نامزد جایزه نوبل پزشکی میشه پشت در دستشویی منتظر یه دختر بمونه تا لباس عوض کنه."

خنده اش باگفتن این جمله به اوج رسید. شانس خوبی که دکتر داشت این بود که دوستش بی صدا میخندید. از اونایی بود که توی اوج، خنده اش یه صدا مثل تند نفس زدن داشت، ولی یه کم مسخره تر. دکتر با اخم بیشتری انگشت سبابه اش رو به دماغش فشار داد. نوک دماغش قرمز شد.

دوستش با خنده بی صدای خنده دارش ریسه میرفت:

"بابام، همیشه به هرکی میخواست ازدواج کنه میگفت، داری آدم میشی. حالا منم میخوام داد بزنم، آدام داره آدم میشه."

تلاش میکرد صداش فقط تو محدوده شنوایی خودش و دکتر بمونه ولی همینم دکتر روعصبانی کرده بود. دوستش با تکرار چیزی که میگفت و حالتی مثل رقص داشت از بخش بیرون میرفت که دکتر با اشاره بهش گفت بین خودمون بمونه و با سر تایید دوستش رو گرفت. چون خوب میشناختش، همون اشاره بس بود.

مرد هنوز توی دستشویی مشغول لباساش بود. دکتر هم با وسایلی که براش نگه داشته بود و یکی یکی بهش میداد اطلاعات بیشتری در مورد موقعیتی که

داشت و نکاتی که میتونست کمک کنه زودتر با شرایطش کنار بیاد، بهش بده، شاید اینجوری دلش نرم شه.

دکتر با لحن مودب ومهربون:

"وواووو واقعا تبریک میگم. اصلا فکر نمیکردم به این سرعت بتونی کنترلش کنی. با تحقیقاتی که من کرده بودم فکر میکردم هماهنگی بدن و مغزت، طولانیترین قسمت بهبودت باشه. حتی یه درصدم فکر نمیکردم، به این سرعت انجام بشه، اونم با این دقت. این یه معجزه ست."

گاهی که گوشه در، واسه گرفتن چیزی باز میشد، چشماش خیلی قشنگ بود. همین واسه دکتر کافی بود:

"چندتا نکته مهم هست که باید بدونی عزیزم. تو دیگه مثل قبل، نمیتونی تنها تصمیم گیرنده باشی و این خیلی کارت رو سخت تر میکنه. یعنی حوزه تصمیم گیریت به عنوان یه مغز نسبت به چیزی که میشناسی خیلی تغییر میکنه. میدونی چی میگم؟"

مرد هنوز نمیدونست موقع لباس عوض کردن خیلی باید مراقب باشه دیده نشه. یه عمر مرد بود مشکل تعویض لباس نداشت. نگاه دزدانه دکتر از لای دری که انگار به بهشت باز میشد،توی آینه، گوشه لبهای شهوت انگیزش رو بوسید. ولی گوشه های پایین افتاده لبش، غمی داشت که دل رفته دکتر هم طاقت دیدنش رو نداشت:

"تو به عنوان رهبر، اول باید همه شرایطی که بدنت میخواد رو براش فراهم کنی تا به عنوان میزبان، بهت فرصت فعالیت بده. بدون تامین بدنت نمیتونی به زندگی ادامه بدی. البته چیز جدیدی نیست قبلا همین کارو میکردی، فقط

بهـش عادت داشـتی. قسـمت زیادی از کارات رو ضمیـر ناخودآگاهت انجام میده ولی ضمیـر ناخودآگاهـت بـا نیازهای اون بدنت آشناسـت. ممکنه کمی طول بکشـه بـا این بدنت آشـنا بشـه ولی سـریعتر ازیـن مرحله اسـت. خوشبختانه، از نظـر نیـازای اولیه، تامینـی، ولـی نیـازایی هم هسـت کـه بایـد بهش عـادت کنی."

بعد با شیطنت مردونه ای:

"همیشه اولش یه کم سخته..."

طعنـه شـیطنت آمیـز دکتـر، از فکر تیـز مـرد دور نمونـد. در باز شـد. سکسـی ترین، جـذاب ترین و لوندترین موجود دنیـا تو چارچـوب در پیدا شـد. کنـار اومدن بـا لبـاس زنونـه بـراش خیلی سـخت بود ولی ارتبـاط بدنش روی این لبـاس کارش رو سـاده تر کرده بـود، فقط کافـی بود، بهش فکـر نکنه. ترکیب رنگ و دوخت هنرمندانه لبـاس روی هیـکل قشـنگش، بـا لبخند شـیطنت آمیـز جذابـی کـه زد، دکتـر رو ناخـودآگاه به این فکـر انداخـت کـه بـه یـه پیونـد قلـب هم فکر کنه. مـرد هـم ازیـن حجـم زیبایـی دچار غـرور شـده بـود. غـروری که بـه غمـزه ها و کرشـمه هـای دخترونه اش ابهـت قشـنگی میـداد. ابهتـی کـه نتیجـه ای جز تعظیـم واسـه بیننـدش نداشـت. دکتر جلـوی وجاهت چیـزی کـه میـداد، سـر خـم کرد. او میدونسـت، عشـق تنهـا چیـزی که ارزش شکسـتن غـرور رو داره.

مـرد کـه هنـوز بـا کفشـای زنونـه جدیدش خیلی نمیتونسـت راحـت راه بره، دسـت دکتـر رو گرفتـه بـود و سـعی میکرد تعادلـش رو حفظ کنه. دکتر خواسـت براش صندلی چرخـدار بیـاره، ولـی قبـول نکرد. غـرورش اجازه نمیـداد، روی صندلی چرخدار بشـینه. میخواسـت بـا پـای خودش از بخش خارج بشـه.

قبـل از بـاز شـدن در، دکتـر روبـروش واسـتاد، یـه بـار دیگـه اونو بررسـی کـرد، کمی با موهـاش ور رفـت، سـعی کـرد بعضـی قسـمتها رو مـوی بیشـتری بـذاره، موهـای قشـنگش رو بـالا کشـید و بـا کش پشـت سـرش بسـت. یـه خرمن مـوی خوشرنگ از روی شـونه هـاش بلنـد شـد و مثـل آبشـاری از رویـا ریخت پشـت سـرش. خط ظریف شـونه هـاش اونقـدر ملاحـت صورتـش رو برجسـته میکرد که نمیشـد یه لحظـه ازش چشـم بردارشت. در بخـش بـاز شـد.

بـه محـض بـاز شـدن در سـه نفـر غریبه کـه تا حالا ندیـده بود بـا شـوق و اشـتیاق به سـمتش دویـدن و هنـوز بـه خودش نیومده بود، کـه تو بغلشـون گم شـد. زن جذابی کـه بـا خـودش تـو جذابیـت رقابـت میکرد بـا گریه بغلش کرد، بوسیدش، بوییدش، لمسش کـرد، اشـک شـد. مـرد فقط مبهوت بـود و زیبا. آغـوش گرم و لطیـف زن جای خودش رو بـه دسـتای قـوی مـردی داد کـه تو آغوشش بـدون اینکه اونو بشناسـه، سـرش یه لحظه رو سـینش، آروم گرفت. آرامش قشـنگش زیاد طول نکشید.

دلهـره و اسـترس شـدیدی جای آرامـش کوتاهش رو گرفت، وقتی یـه جوون قد بلند و خـوش سـیما، بـا یـه دسـته گل خیلـی گرونقیمت کـه از بقیـه دورتر واسـتاده بـود، به سـمتش اومـد. بـا یه لبخند مردونه بهش نزدیک شـد، قلبش مثل پرنده کوچیک که تـو دسـت یه بچه اسـیر شـده باشـه مـی تپید، مـرد هنوز تو بهت و اسـترس بـود. انگار هیـچ اراده ای نداشـت. جـوون مودبانـه و بـا تواضع گل رو به سـمتش گرفت. مرد با بی میلـی بدون اینکه بفهمه داره چکار میکنه فقط بر حسب عادتی کـه نداشـت، دسـتش رو بـا لونـدی بـالا آورد و گل رو گرفت. بـا تعجب داشـت تو صورت جوون نگاه مـی کرد، شـاید چیـزی یادش بیـاد، اما هیچـی نبـود. جوون که سـکوتشو دید بهش نزدیکتر شـد تـا بغلـش کنـه، کـه مرد مثل یه آدم برق زده سـریع با دست از خودش دورش کرد و یه

قدم عقب رفت. نگاهش رو از جوون برگردوند. چشمش کنار راهرو به خونواده دیگه ای افتاد، که با بهت و حیرت نگاهش میکردن.

لبخند فریبایی، صورتش رو پر کرد. انگار بعد از اون همه اتفاق بد، یه روزنه امید پیدا شده بود. با شوق و لبخند به سمتشون رفت. دسته گل با همه گلای خوشبو و قیمتیش افتاد. نزدیک تر که شد طرز نگاهشون متوقفش کرد. دلش یه نگاه آشنا میخواست، از همونا که وقتی هیچ بهونه ای واسه زندگی نداشت با یه لبخندش زنده میشد. دلش لک زده بود واسه یه بوسه رو دست کسی که با یه بوسه و کلامش غم همه دنیا از دلش بره. دلش یه لحظه چشم تو چشم شدن کسی رو میخواست که چشماش، بی نگاهش دوم نمیاورد. میدونست فراموشش نکردند وگرنه اونجا نبودند، فقط نشناختنش. شعر تلخی توی ذهنش تکرار شد:

"قاصدک

در دل من همه کورند و کرند

دست بردار از این در وطن خویش غریب"

دوباره نگاهشون کرد، با نگاهی که انگار عشق رو گدایی میکرد، شاید بشناسنش. چقدر سخته وقتی همه دلیل زندگیت کسیه که نمیشناسدت. نه امید داشت، نه قدرت، نه توان مقاومت بیشتر. ازون مرد مبارز همیشگی چیزی جز حسرت و درد نمونده بود. یه نگاه آشنا، یه آغوش تنگ، یه بوسه همه چیزی بود که میخواست. ولی نگاه شون چه غریبه بود. دیگه نگاهشون رو نمیشناخت. نگاهی که روزی هزار معنی ازش میگرفت، الان حتی معنی دیدن هم نمیداد. چشمای درشت ماریا، همون چشمایی که یه عمر توش زندگی کرده بود، همون چشمایی که هنوز

بینهایت بود، همونا که سالهای دانشکده نه با درس که با اونا براش گذشت. چقدر این چشما رو دوست داشت، چقدر عاشقشون بود. سردی نگاه عشقش، قلبش رو سرد نکرد، آتیش زد. بزور دوباره لبخند خشک شده روی لبای شهوت انگیزش، جوونه زد.

مرد تو چشمای همسرش خیره شدو با لحن همیشگی:

"غزل بانوی من...!"

چشمای ماریا با شنیدن این کلمه سبک شد. اوج گرفت و از شرم زمین به چشمای شهلایی رسید که صداش زد. کلام آشنا بود ولی صدا نه. میدونست ولی هنوز باورش نمیشد. هنوز مردش تو ذهنش استوارتر ازونی بود که یه دختر خوشکل ظریف باشه. خودش میدونست مرد رویاهاش عوض شده، دلش نمیدونست. دلش دلیل میخواست. نگاهش اونقدر غریبه و سنگین بود که مرد نتونست تحمل کنه، شکست.

مرد، مثل غریقی که واسه نجاتش به هر چیزی چنگ میزنه، نگاهش رفت روی پسری که کنار زن ایستاده بود. مطمئن بود او نمیتونست فراموشش کرده باشه. پسرش قسمتی از خودش بود، تو یه کالبد دیگه. استرس شدیدی داشت. نفس عمیقی کشید تا به خودش مسلط بشه. دودل بود، ولی مصمم شد. با لبخند اغواگرانه و با صدای دورگه ای تکیه کلام همیشه اش رو بکار برد، عاشق پسرش بود، پسرش هم:

"خودت رو پیدا کردی، پسرم؟"

پسر فقط یه جفت چشم باز بود، یه دهن بازتر. دختر پریرویی که هیچوقت شبیهش رو تو زندگیش ندیده بود، روبروش واستاده بود و حرف پدرو میزد.

پسر با تعجب:

"بابا.... ؟"

بعضی کلمه معنی خودشون رو ندارن، مفهوم زندگی میدن. مرد با شنیدن بابا، زنده شد. محکم بغلش کرد. نمیدونست خوابه یا بیدار. باورش نمیشد، با دستاش یکم پسرش رو از خودش جدا کرد. ازش فاصله گرفت، نگاهش کرد. پیشونیش رو بوسید. دلش تاب نیاورد، دوباره بغلش کرد. همه خاطرات قشنگی که باهاش داشت، یکجا تو مغزش تکرار شد. از کودکی تا بزرگیش رو درست توی یه لحظه دید. دوباره پسرش رو خط به خط زندگی کرد. دوباره از عشق پر شد. عشق به پسرش به ماریا به زندگی. همه استرسی که تا چند لحظه پیش داشت ازپا درش میاورد، همه بی پناهیش، جای خودش رو به عشق داد. دوباره زنده شد، گرم شد، خودش شد. دوباره گردش خون گرم تو رگاش رو حس میکرد.

همه چیز عالی پیش میرفت تا یه هو یه چیزی از درون پاشوندش. توان درک توهم از واقعیت رو نداشت. عجیب شده بود، خیلی عجیب. حسی داشت که نمیتونست درکش کنه. همه حسها براش جدید بودند ولی میتونست بقیه رو بعد از یه تجربه کوتاه تو مغزش با خودش تطبیق بده ولی این با هر حسی که مشناخت، فرق داشت. انگار یه چیزی روی قفسه سینش سنگینی میکرد. درست مثل حس بد گرفتگی سینه، تو سرماخوردگی. انگار قفسه سینش فشرده میشد. البته نه از تو که از روی سینه اش. یه چیزی مثل سفت شدن سینه هاش. از حسی که داشت ترسید. فکر کرد دچار توهم شده ولی واقعی بود. نه تنها حسش میکرد که میدیدش. خودش رو از پسرش جدا کرد، به سینه هاش که حالا سفت تر و سربالاتر از قبل واستاده بودن، نگاه کرد. نمیتونست چیزی رو که حس میکنه،

درک کنه. این حالت وقتی بدتر شد که یه حس خیلی عجیب دیگه بین پاهاش پیدا کرد. هیچیش مثل قبل نبود، یه تجربه کاملا جدید. نمیتونست تشخیص بده چه حسی داره. بین پاهاش به جای سفت شدن، لزج شده بود. طبق معمول دستش رفت سمت اون قسمت تا با کشیدن شلوارش یه فضا واسش باز کنه. کار دیگه ای نسبت به حسهایی که تو این منطقه داشت، بلد نبود. اما دستش به جای شلوارش روی سینه هاش واستاد، با انگشتای ظریفش، لبه های لباسش با سوتینش رو گرفت و بالا کشید، تا سینه هاش رو که داشت از شدت سفت شدن زیر لباسش منفجر میشد، جابجا کنه، یا حداقل بتونه یه کم نفس بگیره. نفسش بهتر نشده بود که خیسی گرمی از کناره داخلی رونش سرازیر شد، ترسید. اونقدر همه چیز سریع و غیر قابل کنترل بود که نمیدونست باید چکار کنه. خودش رو عقب کشید، یه نگاه به خودش کرد، یه نگاه با دهن باز به پسر، اونم هم حال بهتری نداشت. همه بدنش میلرزید. دچار شهوت شده بود. دچار یه وسوسه هراسناک، یه تمنای آغشته به ترس. ترس بود یا استرس نمیفهمید، ولی فضای سینه اش واسه نفساش تنگ شده بود، نفسای تند و نامنظمش.

جوونی که بزودی باید سی تا شمع رو با یه نفس خاموش میکرد، دختر فوق العاده اغواگری رو بغل کرده بود که حتی تصورشم تحریکش میکرد، چه برسه به خودش. دختری که با عشق و دیوونه وار بغلش کرده بود، میبوسیدش. حس عجیبی بود. عشق پدرش که از هر چیزی تو دنیا بیشتر دوستش داشت رو تو چشم تحریک کننده ترین دختری که تا حالا دیده بود، تجربه میکرد. نه مغزش قدرت افتراق بین عشق پدر و هوس دختر رو داشت، نه قلبش. همه چیز اونقدر عجیب بود که نمیتونست سریع باهاش کنار بیاد.

بغـل کـردن یه دختر به هر دلیلی میتونه آدم رو تحریک کنه. اگه پسـر عاشـق دختر باشـه، این تحریک بیشـتر میشـه و اگه دختر هم عاشـق باشـه دیگه هیچی نمیتونه مهـارش کنـه. مسیح بینظیرترین دختری که تو عمـرش دیده بـود رو، بغل کـرده بود. عاشـق پدرش بـود همونـی کـه الان بغلش بـود و محکم فشـارش میـداد. یه دختر با سـینه های هـوس انگیـز و هیـکل غیرقابـل توصیفش، بـا نگاه و حرارتی کـه سـنگ رو هـم آب میکـرد، بـا عشـق تو بغلش بـود. دور لبـاش و دور ناحیه تناسلیش مورمور میشـد. گونـه هـاش داشـت، آتیش میگرفت. شـرم مادرو عشـق پـدر هـر کدومش، به تنهایی میتونست خاکسـترش کنه.

مـرد هـم حـال خوبی نداشـت، نمیدونسـت چیکار کنه. ذهنـش رو میشـناخت، میتونسـت کنترلـش کنه، ولی جسـمش رو نه. واسـه فـرار از خـودش، نگاهـش رفت سـمت زن و مـرد مسنی کـه کنـارش واسـتاده بودند و با شـوق نگاهـش میکردند. مرد لبخند قشـنگی زد و مادرش رو بغل کرد. با درد سـرش رو روی شـونه مادرش گذاشت:

"منو ببخش، مامان این دفعه خبر خوبی ندارم..."

چشـمای زن چشـمه شـد. یه جفت چشـم قهـوه ای تیره درسـت مثل یه کیف چرم قدیمی کـه پر بود از قصه. چنـد زندگی قصـه بلد بـود. چنـد زندگی غصه داشـت. زن اونو مثل بچگیش بغل کرد. همونجـور نرم، همونجوراعاشـقونه. سـرمای وجودش آب شـد. آرامش قشـنگی بهش برگشـت. تونسـت خودش رو لابلای وجود یکی دیگه پیـدا کنـه. امکانی که فقط یه جا میتونسـت باشـه. همونجـایی که درمون هر مشکلیه. بهترین جـای دنیـا، آغـوش مـادر. مـادر ازش فاصله گرفت تو چشـماش خیره شـد. با همـه وجودش:

"تو هر جوری باشی، من از خودم بیشتر دوست دارم مادرجان."

لبخند ملیحی غـم مـرد رو شسـت. گونه هاش برجسـته تر شـد و یه چال دلنشین وسـط لپـش نشسـت، ایـن تصویر او نبـود، زیبایی بود که لبخند میزد.

تو بغـل مـادرش موند، تکـون نخورد. سـرش رو سـینه تنگ مـادر آروم گرفت. مادر آهسـته به پشتش دست میکشید. کاری که همیشـه براش میکرد و همیشه موثر بود. به سـختی از مـادرش دل کنـد. خودش رو ول کرد تو بغل پدرش، تنها دژ محکمی که میشـناخت، حتی حـالا که خودش یه دژ بود. مرد تو بغل پدرش بـه آرومی:

"دختر دوست نداری، بابا؟"

پدر یه لبخند آرامش بخش به نگاهش هدیه کرد. لباش لرزید:

"یه عمر پسرم بودی، هنوز ضربان قلبمی بابا."

از پـدر بـه عشـقش برگشت به همدمی که بـی وجودش، وجـود نداشـت. نزدیکش شـد، نگاهـش کـرد. چشـماش هنـوز خیلی قشـنگ بود. ولـی یه درد، یه حـزن تو نگاهـش بـود کـه دل مـرد رو آتیش میـزد، دلی که خـودش مرثیه درد بود. بغلش کرد، بـا همه قدرتی که داشـت. ولی بازوهای ظریفش قدرتی نداشـت. فشـار نـرم بازوهاش، اشـک ماریا رو در آورد. چشـماش بهـاری شـد، خیـس شـد، گل داد. بهار بود. یه بهار پر برکت.

مرد با یه لبخند افسونگر با تنازی و طنازی:

"یعنی اینقدر زشت شدم عزیزم، که نمیخوای نگام کنی؟"

تا اشـک، گوشـه لبـش رو خیس کرد، لبای قشـنگش مهمون یه لبخندِ شـد. ماریا دیگـه بارونـی نبـود، طوفانـی بـود. طوفانی از عشـق، از تشـویش، از نیاز. تـن ظریفش رو بغـل کـرد. انرژی حضـورش، آرامـش رو بـه تشـویش زن داد و عشـق رو بـه نیازش. تلفیـق ایـن دو حـس، تو بغـل موجـود جذابی که گریـه میکرد، تابویی از هوس همیشـه

زندگیش بود که با کمال میل میخواست بشکنه و شکست. به تمنایی لباشون رو هم نشست که خدا هم عاشق شد. شهوت لباش همه حجم هوس لبای برجسته ماریا رو مکید. مغازله عشق بود و حسرت، مراوده شور بود و شهوت، معاشقه لب بود و عرفان. هوس بود. هوسی که گناه نبود، سماع بود.

دختر با لوندی ازش جدا شد. لبخند مرموزی که نشون از فتح داشت، گوشه لبش نقش بست. وقتی با عشق همو میبوسیدن، هیچکس بد نگاه نکرد. انگار اون حجم از نیاز و عشق هر بیننده ای رو متقاعد کرده بود، یا شاید آدما دوست دارن حسرتاشون رو حداقل توی یه نفر دیگه ببینند. سکوت چند لحظه بیشتر دووم نیاورد. دختر که غرق فتح الفتوحش بود یهو با جیغ وحشتناکی به سمت راستش، برگشت. غیر از خودش هیچکی نترسید، همه خندیدند. مرد جوون که از همه بیشتر متاثر شده بود سکوت و خجالتش رو با هم شکست و به طرف دختر اومد. آروم شونه راست دختر رو که هیچ پوششی نداشت بوسید، خواست حالا که دختر میخندید و خوشحال بود، یه بار دیگه شانسش رو امتحان کنه ولی زمان خوبی نبود. امیدش رو از دست نداد. دستاش رو گرفت. جلوی پاش زانو زد. با لهجه عربی و التماسی که هیچوقت نکرده بود:

"عشقم، میدونم زمان خوبی نیست. ولی به والله دلم آروم نمیگیره من اصلا نفهمیدم چی شد. چرا یهو رفتی؟ چرا رفتی؟ دلم مرد."

نفس عمیقش با یه آه دردناک بازدم شد:

"از وقتی رفتی، من یه لحظه آروم نشدم؟ من مستحق این برخورد نبودم هرا. ببین این منم عشقت، محمد...."

نگاه مرد دوباره با عشق به ماریا برگشت، نه خودش نه ماریا هیچی از اتفاقی که

میافتـاد، نمیدونسـتند. جوون از حـال دخترخبـری نداشـت. مرد که هنوز واسـه ماریا یـه مـرد بـود، نمیتونسـت برخـورد احمقانـه اونـو تحمل کنـه. بـا ناراحتـی و عصبانیت، به جوون:

"مـن، نـه میدونـم، نـه بـرام اهمیـت داره که بدونـم راجع به چی حرف میزنـی یا اصلا کی هستی؟"

جوون خم نشـد، شکسـت، بی صدا شکسـت. توانش حجم کافی واسـه این درد رو نداشـت. جوون با التماس دسـت دختـر رو گرفت:

"بـه همـون عشـقی کـه داشـتیم فقط یـه لحظـه به مـن زمان بده تـا توضیـح بدم، خواهـش میکنـم. خواهش!."

یـه نـگاه پـر از خشـم از یـه جفت چشـم زیبا تنهـا جوابی بود کـه گرفت نگاهـی که خشـمش هـم قشـنگ بـود. بـا نـا امیـدی آخریـن حـرف دلـش رو زد، حرفی کـه غیر از خـودش کسـی نمیفهمیـد ولی نتیجـش بعدهـا عجیبتریـن اخبار دنیا شـد.

دسـتای ظریف دختـر رو روی چشمش گذاشت:

"مـن میدونـم تـو از چـی ناراحـت شـدی. این اشـکال من نیسـت، رسـم قبیلسـت، رسـمی کـه منـم خیلـی وقتـه ازش بریـدم، خیلـی وقتـه بـه رسـوم خانـواده و قبیلـم اعتقـادی نـدارم. منتظـرم وقتـش بشـه تـا بهـت ثابت کنـم. یـه کم بهـم فرصت بده! میدی؟"

جـز جـوون کسـی متوجـه چیـزی کـه گفت نشـد. حتـی مـرد. هرچند اگـه میفهمید هـم اهمیتی نمـی داد.

مرد با پوزخند و عصبانیت:

"همه بُعد زمان مال تو، کافیه؟ تا ابد وقت داری."

گفـت و منتظـر جواب نشـد. نمیشـناختش ولی انگار ازش عصبانـی بـود. فقط نمیدونسـت چـرا؟

بـه سـمت خونـواده اول برگشـت. همونایـی کـه بغلشـون کرده بـود. میدونسـت ولی دنبـال یه نقطـه مشـترک بـود. مـرد با لحـن خیلی مودبانـه و مهربون:

"خیلـی عـذر میخـوام، یه نفـر میتونه اینجا مـا رو به هـم معرفی کنه لطفـا؟ نمیدونم یا حافظم یاری نمیده یـا تا حالا تو محدوده حافظه من قـرار نگرفتید."

سـارا با چشـمایی کـه خوشـحالترین چشـم دنیا بود، بـا نگاهی کـه مرد تاب حرارتش رو نداشـت، جلو اومـد. نمیدونسـت چشـمهایی کـه بهش نزدیک میشـد، چشـم بود یا آینـه. تنهـا خاطـره ای کـه ازون چشـمای جادویی داشـت، چالـش خودش بـا آینه بود. پلـک زد. دوبـاره نـگاه کرد. گیـج تر شـد.

سـارا با عشق و طنازی:

"یعنـی تـوی ما اون چشـمای قشـنگ، فقط اونو شـناخت؟ اینقدر عاشـقش بودی و من نمیدونسـتم، ماهتابم؟"

و به جوان اشاره کرد.

دختر با پوزخند موزیانه ای:

"اون؟ کـی هسـت؟ اینجـا چـکار میکنـه؟ مـن فقط دیـدم داره رویـا پـردازی میکنه، جوابش رو دادم. همیـن."

سـارا درسـت روبروی دخترش واسـتاد با عشـق بغلش کرد و همونجور که از نزدیک تو چشـاش خیره شـده بود گفت:

"ماه تابانم، تا حالا چند نفر با این رنگ چشـم دیدی؟"

آینـه کوچیـک همراهـش رو از کیفش در آورد و گرفت جلو چشـم مـرد. دختـر،

خودش رو و مرد صورت قشنگ دختر رو بدقت نگاه کرد. اون بقدری قشنگ بود که خودش هم عاشق شد. مرد که اونهمه زیبایی رو یکجا تو صورتش میدید، دیگه خودش نبود. عشق بود یا حلول، دلدادگی بود یا شیفتگی، نمیدونست. فقط میدونست که اونچیزی که بود، دیگه نیست. چنان غرق خوشکلیش شده بود که نه خودش رو میدید، نه حس نمیکرد. انگار قبل ازون، هیچوقت وجود نداشته بود و از ازل بوجود اومده بود تا این بشه، کاملترین انسان روی زمین. انگار تو زندگی خودش هیچی نبود، نه مرد نه انسان، نه حیوون، فقط انتظاری بود تا به این شکل تکامل پیدا کنه. نگاهش از عمق چشاش برگشت. چشمای خوشرنگی که هیچ اسمی جز "قشنگ" نمیشد روش بذاری.

نگاهش تو آینه رفت از چشماش رفت روی پیشونی بلند و موهای نیمه فر موجداری که حتی چندین روز بستری بودن چیزی از جذابیتشون کم نکرده بود. هاله کبود کمرنگی دور چشماش رو گرفته بود که علتش ضعف ناشی از عمل و نقاهت طولانیش بود. اما نه تنها چیزی از قشنگیش کم نکرده بود که انگار یه سایه یواش بهش اضافه شده بود. به قدری کشش توی لبای هوس انگیزش بود که هیچ نگاهی، بی تمنا بهش خیره نمیشد.

نگاهش از چهره خودش توی آینه کوچیک جلوش بدون هیچ حرکتی زوم شد، روی صورت سارا. نه تنها چیزی از خودش کم نداشت که پختگی، جذابترش کرده بود. حسی مثل مور مور شدن وجودش رو گرفت. انگار تحریک شده بود. این تنها چیزی بود که نشون میداد یه مرد پشت اون نگاه جذابه.

محکم بغلش کرد و گونه اش رو بوسید. اون هنوز نه میتونست دختر رو کامل کنترل کنه، نه دختر اونو. حسی شبیه وقتی که عشقش رو بغل کرده بود، داشت.

منتها اونجـا عشـق تـوی فکرش بود و شـهوت تـوی آغوش و سـینه های قشـنگش. اما حـالا شـوق و عشـق تـوی تنـش بود و شـهوت تـوی فکرش، فکـری که هنـوز رگه هایی از قبـل تـوش بـود. چیـزایی که داشت، آهسـته رنگ میباخت.

دوبـاره آیینـه رو از مادرش گرفت تا خودش رو بهتـر ببینـه. عاشـق خودش شـده بود. قشـنگ بود، اونقدر قشـنگ که میترسـید. رگای آبی دسـتاش زیر پوست شـفاف و قشـنگش، عشـق رو تو بدنـش میچرخونـد. حتی میشـد مسیر رویش مو زیر پوست لطیفـش رو هـم ببینی. دیدن رنگ شـرابی موهاش، مسـتی نداشت، خماری داشت. چشـمای درشـتش کـه اسـیر ابروهـای سرکش قشـنگش بـود، جـوری خودشـو بـالا کشـیده بود که اگه ناخودآگاه تو تاریکی، برق چشـاش تو چشـات میافتد، نمیتونسـتی خودتو متقاعد کنی تو مرکز حمله یه گرگ گرسـنه نیستی.

گونه هـاش، گونه هـاش، وای گونه هـاش... هـر تعریفـی از زیبایی غیرقابـل وصفـش، صرفـا زیبایییشـون رو کم میکرد. لپایی کـه تا لبـاش به لبخند باز میشـد، عمیـق میشـد. لبـاش تعریـف خاصـی نداشت، یه زوج خوشرنگ کـه انگار هـر روز صبـح یه زنبـور مهربـون یه نیش کوچولو بـدون درد بهـش میزد تا تحریـک کننده تر و پـر تمناتر بشـه. تمنایی کـه بزرگترین مبلغین دینـی رو هـم کافـر میکرد.

سـارا آینـه رو از دسـتش گرفت، بسـت و دوبـاره بغلش کـرد. مرد داشـت تو حسـی بیـن عشـق و شـهوت دست و پا میـزد، سارا تو اشـک و لبخند، کـه دسـت دیگه ای دورشـون حلقـه شـد. تنهـا مـردی که حق داشت بی هیچ ترسـی این دو موجـود فوق العـاده رو بغـل کنـه، به عشقشـون اضافـه شـد. یه بوسـه گوشـه لـب هـر دو رو نوازش کـرد. بـا لبخنـد و لونـدی مردونـه ای در حالیکـه دو دسـتی بـه خودش اشاره میکرد گفت :

"با افتخار معرفی میکنم، دوباره خوشبخت ترین مرد دنیا."

اشک از گوشه چشم پدر رو صورت کویریش جاری شد. به آرومی رو صورت و گونه مردونه اش لغزید تا به لبش رسید و لبخند شد. خنده ای که بعد از اونهمه استرس تموم نشدنی، حقش بود.

جذابیت چشم نوازش، مرد رو مغرور کرده بود. اونقدر مغرورکه داشت مرد بودن رو فراموشش میکرد. مرد بودن واسه اون افتخار نبود، یه عادت بود با کمی هورمون.

پدر که انگار از خوشحالی روی هوا سر میخورد، اون دو تا فرشته زیبا رو بغل کرد و با غرور به خودش فشرد. مرد با عشوه از بغل پدر بیرون اومد و رفت سمت خونوادش. پدر از فرصتی که پیش اومده بود استفاده کرد و رفت تا با دکتر راجع به دخترش صحبت کنه. انگار چیزی رو ازش میخواست که پذیرشش واسه دکتر سخت بود ولی اون پدر هرا بود و میدونست چی بگه، تا به نتیجه برسه. این رو میشد، بدون شنیدن حرفاشون از حرکات بدنی دکتر، تشخیص داد.

مرد به خونواده اش نزدیک شد. با نگاهش یه بار دیگه مرورشون کرد. ماریا با اینکه سنی ازش گذشته بود و دوری داغونش کرده بود، هنوز چشم نواز بود، چشم نواز. ظرافت و کوچیکی جثه قشنگش، شکوه لطیفی به عشوه هاش میداد چیزی مثل باز شدن دم طاووس. انگار غم دوری عشقش، تو خودش واریزش کرده بود ولی چیزی از جذابیتش کم نشده بود. کافی بود چند دقیقه هم صحبتش بشی تا بفهمی جذابیت یعنی چی؟ جذابیتی که دختر تو صورتش داشت، اون تو کلام و برخوردش. انگار مهربونی با چشماش یه عهد ابدی بسته بود و عشق با نگاهش از هر چیش فرار میکردی، راه فراری از لباش نبود. لبای درشتی که غیر از بوسه، حرف زیادی واسه گفتن داشت.

دختر جلو رفت. دستای ماریا رو گرفت، بوسید. روی چشماش گذاشت. دستای ماریا به آرومی و با عشق حلقه شد دور ظرافت گردنش و لبای درشتش به تمنای بوسه روی هوس انگیز لبای دختر جا خوش کرد. این مرد بود یا دختر، نمیدونست. عشق بود یا شهوت، چه اهمیتی داشت. مهم این بود که حسی داشت آمیخته از اوج عشق در بستری از هوس. تن ماریا که مرد رو میلرزوند. ماریا خودش رو از دختر جدا کرد.

تو چشمای قشنگش خیره شد و با گله:

"نمیدونم بودم، نبودم. یعنی بودم ولی نمیدونم چجوری؟.... کجا رفتی بی معرفت؟"

چشاش نه ابری بود نه بارونی، فقط بسته بود و خیس. خیسی گوشه چشمش رو گرفت تا هاله تاری که نگاهش رو کدر کرده بود پاک کنه.

با تبسم تبداری، چشماش تو نگاه مشتاق ماریا طلوع کرد، لبای هوس انگیزش با دلتنگی:

"نرفتم. نتونستم برم. بی تو نشد. توام منو نشناختی بی معرفت."

ماریا دوباره بغلش کرد. با اینکه چیزی جز یه اندام زنانه نداشت ولی این هیچی از خواستنش کم نکرد، اونقدر غرق تمنا بود که اصلا براش مهم نبود چیزی رو که بغل گرفته اونی که انتظارش رو داره نیست. لرزش بدنش با لرزش بدن دختر هم نوا شده بود. دختر هم حال بهتری نداشت. بدنش چیزی جز هوس نبود و فکرش جز عشق. خودش رو حس نمیکرد، هر چی بود ماریا بود. انگار هیچوقت زن نبود و نیست. اونقدر از وسوسه پر شده بود که از خودش چیزی تو وجودش نموند. لباش دوباره به هوس بوسه روی لبای ماریا نشست. دستاش روی پشت باز لباس

ماریا بالا و پایین میرفت که این حرکت بیشترتحریکش کرد. ماریا ازش جدا شد، نگاهش کرد، چشماش پر خواهش بود. حال خودش هم بهتر نبود.

ماریا به سمت پسرش برگشت دستش رو گرفت و کشوند سمت خودش و مرد. دلش نمیخواست یه لحظه هم ازش جدا بشه. مرد ولی چیز جدیدی رو تجربه میکرد. عشق و تنانگی. هر دو زن تو بغل مسیح تو اوج بودن، اوج چیزی که انگار عشق بود، با همه ویژگیهاش. حلقه ای که اگه تا ابد هم ادامه داشت، کسی خسته نمیشد، جز مادری که بی تاب فرزندش بود. فرزندی که دیگه براش مهم نبود مرد باشه یا زن، خوشحال بود که هست. طاقت هر چیزی رو داشت، غیر از نبودنش.

مرد همه تنانگیش رو تو آغوش مادر فراموش کرد. قبول کرده بود دوتا مادر داره. دو تا مادر که واقعا نمیدونست کدومشون براش با ارزشتره. فقط میدونست که با ارزشترین چیزایی هستن که داره. پدر هم طاقت نیاورد و گم شد تو حس اون دو نفر.

صدای ابراهیم، پدر دختر که حالا دیگه چیزی از خوشحالترین مرد دنیا کم نداشت، اون حلقه رو شکست. رو به دخترش کرد و با اشاره به دکتر که تازه باهاش حرف زده بود با خوشحالی:

"فرشته من. افتخار میدی بریم بابا. من با دکترت صحبت کردم و قول دادم از چشمام بیشتر مراقبت باشم. با توجه به پیشرفتت، دکتر قبول کرد با یه سری محدودیتها توی خونه بمونی. آماده شو بریم، خونه خیلی هواتو کرده بابا. باید یه کم به خودت برسی."

بعد با احترام رو به بقیه خانواده کرد:

"افتخاره بزرگیه اگه اجازه بدین این شادی رو با هم جشن بگیریم. ما الان دیگه یه خانواده ایم."

نگاه دختر از روی پدر روی خانوادش اومد و با خواهش منتظر جواب موند. اصلا دلش نمیخواست ازشون جدا بشه. ماریا و مسیح با نگاه به پدر و مادر، منتظر جواب شدند. مادر دل یه لحظه جدایی از فرزندش رو نداشت. با نگاه مهربون و مغمومی:

"دل کندن از تو، مثل دل کندن از زندگیه، مادرجان... ولی گاهی باید دل کند، نه واسه خودت، واسه دلت، تا یه کم با خودش کنار بیاد."

پیشونی بلندش رو بوسید:

"برو عزیزم یه کم استراحت کن، یه کم به خودت برس، خیلی ضعیف شدی مادر. خیلی زود میبینیمت. از ته دل خوشحالم که زنده ای."

ازش جدا شد. با گوشه روسریش چشماش رو پاک کرد. ماریا و مسیح و پدرهم، ازش خداحافظی کردند. اون در حالیکه هنوز با لباسش کنار نیومده بود، دست مادر رو رها کرد و رفت سمت پدرش. با ورود به فضای باز بیمارستان، نسیم تندی موهای بلندش رو مثل یه رویا به رقص در آورد. انگار زندگی داشت تو زیبایی حلول میکرد، مثل یه رقص عرفانی، مثل یه سماع عاشقانه، مثل هرا.

***

انعکاس گلای ارکیده صورتی، توی آبِ عکسِ روی پردهِ حموم تکون خورد. هرا با لوندی دستش رو واسه برداشتن حولش از پشت پرده کشوند حوله ای که همون کنار، به دیوار آویزون بود. به آرومی با حوله لطیفش تنش رو خشک کرد.

حوله رو دور کمرش بست. حوله کوچیک رو واسه خشک کردن موهاش برداشت و موهای بلندش رو به نرمی لای حوله، با دو تا دستش ماساژ داد تا خشک بشه. خودش رو با طنازی مثل همیشه از کنار پرده حموم که با عکس گلهای قشنگ ارکیده و انعکاسش توی آب طراحی شده بود، رد کرد و جلو آینه ایستاد، تا مثل همیشه به خودش برسه.

انجام کارها بدون آینه براش سخت بود. شاید یکی از کابوسهای همه دخترا زندگی بدون آیینه باشه. اما همینکه توی قاب آیینه جا خوش کرد، چیزی دید که مثل برق گرفته ها خشکش زد. یه جفت سرکش همراه، یه جفت توام سفت، چیزی بود که زبونش رو از بند آورد. برعکس همیشه، حوله رو کمرش بسته بود. از گافی که داده بود، خنده اش گرفت. خندید. حوله رو باز کرد تا بالای سینه های وسوسه انگیزش که داشت خودش رو هم تحریک میکرد، ببنده. اما به محض باز کردن حوله، نتونست مقاومت کنه. بقدری وسوسه انگیز بود که از خودش بیخود شد. حوله نرم و سفیدش سر خورد، افتاد.

چیزی که میدید خود وسوسه بود. با دیدنش بی هیچ اراده ای دستش از کنار رونش سر خورد و کشیده شد بالا، تا زیر سینش. به آرومی انگشتای ظریفش رفت روی سینه راستش. خودش هم باور نمیکرد اینهمه زیبایی بتونه واقعی باشه. تماس دستش با سینه اش دلشو لرزوند. نفسش سنگین شد. آهسته دستش رو از زیر سینه سر به هواش، بالا کشید. انگشتاش همه حجم سینه سفتش رو میمکید. میخواست آهسته و سلول به سلول همه لطافتش رو حس کنه. با حرکت دستش سینش جمع تر و سفت تر میشد. بدنش مور مورمیکرد. این اولین باری بود که از خودارضایی تواما هم مثل یه مرد لذت میبرد هم مثل یه زن.

حس لطیف و قشنگ لمس اون سینه های سفت و سرکش تو فکرش، لذت نوازش سینه های قشنگش با انگشتاش، داشت نفسش رو بند میاورد. نوک روشن و ظریف سینه هاش رو بین دوتا انگشتش، آروم فشار داد. لطیف پیچوند. دلش خالی شد. پاهاش شل شد، جوری که دیگه نمیتونست سرپا بمونه، سر خورد روی دستشویی.

نگاهش توی آینه شروع کرد به پرسه زدن، رو هیکل قشنگش. همگام با چشماش، دستاش هم روی بدنش حرکت کرد. پایینتر از سینه هاش یه چشم انداز دیگه بود که نمیشد ازش چشم برداشت، شکم تخت و کمر باریکش. درست از زیر قفسه سینش یه همگرایی شدید خط پهلوها و شکمش رو به سمت هم میکشید. شکمش سیکس پک نداشت، ولی دو تا خط ظریف چنان جلوه ای بهش میداد که هیچ چشمی نمیتونست، عاشقش نشه. خطهای دو طرف شکمش اونقدر قشنگ بود که جذابیت شکم صاف و تا حدودی فرورفتش رو دوبرابر میکرد. مخصوصا وقتی این دو خط، کنار سایه کمرنگی که خط وسط شکمش و نافش درست کرده بود، دیده میشد.

مرد دوست داشت میتونست با لباش همه اون مساحت وسوسه کننده رو لمس کنه، اما امکان نداشت. شهوت مردونه مغزش وقتی روی هوس زنونه تنش سوار شد، انگار تمنا درهوس حلول کرده باشه، تنش لرزید. انگار داشت با چشماش خودش رو بغل میکرد.

سکسی ترین صحنه براش حرکت ژله ای سینه اش بود وقتی دستش به هر دلیلی بهش برخورد. مرد بیشتر ازین نتونست در برابر وسوسه شکم و بدن غیرقابل توصیف دختر تحمل کنه و دستش رو از روی سینش کشید پایین روی

شکم قشنگش. با دوتا انگشت دوتا خط کناری رو لمس کرد و رفت پایین. انگشت وسطش وقتی به محدوده ناف قشنگش رسید دور ناف طواف کرد، ستاره ای شد در دام سیاه چاله ای گرفتار. از شکمش که گذشت با یه شیب تند پایین رفت. رعشه هوس انگیزی تنش رولرزوند. آه قشنگ و تحریک کننده ای از حنجره ش بیرون اومد، که آهنگ شد. مرد از خود بیخود شده بود، دستش به تمنا پایینتر رفت. حتی انقباض شدید پشتش هم نتونست جلوی حرکت دستش رو بگیره.

دوتا انگشت اشاره و حلقه که بازشون کرده بود رفت تا لای پاهای شهوت انگیزش گم بشه. هر کدوم از یه طرف مسیر گرم و عمیق بین پاهاش، پایین میرفت. دستش کشیده شد لای دوتا رون قشنگش و انگاشتاش سر خورد پایین تر. ضعف شهوت آمیزی بدنش رو گرفت. دیگه نمیتونست صاف و محکم بشیند، با پاهای باز شد ول شد رو صندلی سفید دستشویی. دستش تو همون امتدادی که پایین رفته بود برمیگشت که تحملش تموم شد و انگشت وسطیش رو فشار داد بین دو انگشتش. با حسِ خیسِ داغ و لزجِ انگشتش، آه بلندی کشید و چشماش رو بست. یه نفس عمیق با آه کشدار قشنگی از لبای زنبور گزیدش خارج شد. با بستن چشاش، عضلات کمر و شکمش رقص مواجی رو شروع کرد که هارمونیکترین ریتم دنیا بود. مثل موجِ افتادن یه گلِ ارکیده توی یه برکه زلال. دوباره چشماش رو باز کرد. پیکر فریبنده اش با حرکت وسوسه کننده کمرش، مرد رو بقدری تحریک کرده بود که بی هیچ شرمی انگشت وسطش رو بی پروا فشار داد. نوک انگشتش درست پشت قوس داغی که رد شده بود روی یه نقطه حساس به پایکوبی نشست. خیسی داغی که انگشتش حس میکرد، دیوانش کرده بود. خیلی تحریک شده بود. دیگه نه میدونست کی هست، نه میدونست کجاست. فقط فکر میکرد هیچ

دلیلی قشنگتر از این نمیتونه واسه زندگی کردن داشته باشه. نفسهاش به شماره افتاد، عمیق شد، تند شد، آه شد و تا جیغ رفت.

هرا حال بهتری نداشت. نفسای خوش آهنگش تند شده بود. حرکت سینه های سفتش با نوسان کمرش یه هارمونی بود از جنس زیباترین سمفونی دنیا. سمفونی که شنیده نمیشد ولی هیچکس نمیتونست یه لحظه از دیدنش دست برداره. با فشار انگشتش، درد دلپذیری که از این فشار و حس چیزی درون خودش داشت، رعشه تندی به بدنش داد. موج بزرگی کمر و قفسه سینه و مخصوصا اون دوتا ژله سفت و وسوسه کننده اش رو تکون داد. هرا به قدری از این حرکت به وجد اومده بود که ناخواسته کمرش به شدت منقبض شد، با فشار خودش رو کشید جلو. این حرکت انگشت بیقراری که توی بدنش بود رو، رو بهترین نقطه قرار داد.

هیچکدوم چیزی جز تمنا نبودند. مرد با دیدن سینه ها و حرکت تند کمر هرا، بیشتر و تندتر به انگشتش فکر می کرد. هرا میلرزید. قطره های گرد عرق و آب مونده از حموم روی پوست شکم صاف و سینه های سرکش قشنگش، با هر لرزشی سر میخوردند پایین، این اوج زنانگی هرا بود که هوش از سر مرد میبرد.

حس عمیق حرکت انگشت توی خیسی وجودش، هم دامنه مواج کمرش رو بیشتر کرده بود هم فشار لذت بخش انگشتش رو. دست دیگش همه مساحت شکمش رو طی کرد تا به سینش رسید. سفتی سینه اش دستشو به هوس فشار انداخت. سینه برجسته و سفتش رو توی دستش فشار میداد. از یه طرف فشاری که بهش میاورد مغزش رو غرق لذت کرده بود از طرف دیگه سینه قشنگش که فشرده میشد مخصوصا با فشار و پیچش نوکش با انگشتاش حس های لذت بخشی از این هماغوشی براش ارسال میشد. حسی که تا حالا تجربه نکرده بود،

یه لذت بکر. انگاشتاش توی بدنش، حس لذتی از گرمای خیس و فشار رو به مغزش منتقل میکرد که بارها تجربه کرده بود. یکی از فانتزی های عاشقانش بود ولی حس لذت غیر قابل وصف تکون خوردن چیزی توی بدنش رو واسه اولین بار تجربه میکرد، لذتی شدیدتر از تجربه خودش بود. او اولین انسانی بود که لذت هر دو جنس از یک هماغوشی رو تو یه لحظه احساس میکرد.

ااااااه ههههه، آهی زیباتر از آهنگ. لرزش بدنش بیشتر شده بود. آخرین آهش جوری با جیغ از گلوش خارج شد که انگشت مرد تو عمق خیسش، موند. مرد که داشت لذت انقباض کمر هرا رو با همه وجودش حس میکرد، ارضاء شد. دستش شل شد و ولو شد کنارش. هرا دست دیگش رو از روی سینش که به خاطر فشار انگشتاش، سفید شده بودند برداشت. خون به سینه ش برگشت. سینه سفت خوش تراشش لرزید. جیغی که کشید که با نفسهای تندی تموم شد.

مرد اما هرا شده بود.

فصل سوم

یادآوری

تشکش به نرمی زیر بدن خوشکلش فرم گرفت. تن لخت و مرطوبش رو تو خودش جا داد. این اولین باری نبود که خودارضایی میکرد ولی اولین باری بود که اینجوری ارضا میشد. دیگه یه لحظه هم نتونست چشاش رو باز نگه داره. در حالیکه لباش مهمون یه تبسم بود، چشماش بسته شد. به خواب عمیقی فرو رفت.

***

"چشمای دادار به آهستگی باز شد. دنیا وارونه بود. نور شدیدِ چیزی شبیه آتیش چشاش رو از وحشت به شدت باز کرد. حرارت نور به قدری بود که همه صورتش رو سوزش دردناکی در هم کشید. لباسش روی تنش از شدت حرارت، آتیش گرفت. مغزش نتونست حجم دردش رو تحمل کنه. فریاد که نه، ضجه میزد که خاموش شد."

***

هـرا بـا فریاد ممتد بلنـدی از خـواب پریـد. نفسـهای عمیـق و تندش به سـرفه آلوده شـد. همـه تنـش خیـس عـرق بـود. دونـه هـای زلال عـرق روی تنـش بـه طـراوت صبحگاهـی شـبنم، روی گلبرگهـای سـفید گل رز بـود، بـا همـون عطـر. رعشـه تندی همـه تنـش رو میلرزونـد. مادر بـا شـنیدن فریـاد دختر قشـنگش وارد اتاق شـد. هرا بدون اینکـه سـعی کنـه خـودش رو بپوشـونه تـوی بغل مـادر آروم گرفت. این اولین بـاری بود کـه کابوس میدید.

صبـح بـا نـوازش گـرم و لـذت بخـش مـادرش از خـواب بیـدار شـد. چشـمای درشـت آهووشـش تـو چشـمای جذاب سـارا طلـوع کـرد. دل سـارا لرزید. لبخنـد زیبایی همه صورتـش رو پـر کـرد. ملافـه رو روی سـینش محکـم گرفت. نیـم خیـز شـد تـا صورت مـادرش رو ببوسـه. مـادر بـا نـگاه مهربونی تو چشـمای دختـرش دنبال اثـری از کابوس وحشـتناک شـب گذشـته، گشـت. ولـی آرامـش چشـماش بقـدری قشـنگ بـود کـه نخواسـت بـا یه سـوال بیجا خرابش کنـه. وقت واسـه پرسـیدن زیاد بود. با لبخند جذابی کـه انـگار داشـت بـا دختـرش سـر جذابیـت رقابت میکـرد با لحن مهربونـی زمزمه کرد: "صبحونـه همونـه کـه دوسـت داری خوشـمزه مـن. مخصـوص تـو پختـم و نوس مامان."

لبخنـد قشـنگی کـه گوشـه لبای برجسـته و هوس انگیز هـرا رو بالا کشـیده بود، به چشـماش حالتی میداد کـه نمیشـد ببینی و نبوسـی. برق مخصـوص و کشـیدگی رو به بالای گوشـه چشـمای هرا، لبای برجسـته خـوش رنگش، تصویری نه از زیبایی که از هوس سـاخته بود کـه حتی مادرشـم نتونسـت مقاومت کنه. همین لبخند سـاده، مادر رو وا داشـت تا دوبـاره خـم بشـه و بـا عشـق گوشـه لبای برجسـته و روی پلک گسـترده

دخترش رو ببوسه. مادر اتاق رو ترک کرد. هرا به سمت دستشویی رفت تا با گرفتن یه دوش خنک صبحگاهی همه رخوت لذتبخش خوابش رو بشوره.

آب خنک، موهاش رو مثل آبشار قرمزی از رویا، روی شونه های قشنگش جاری کرد. خط خنکی تا پایین روی تنش کشیده شد، نفسش به شماره افتاد. بدون هیچ حرکتی همه وجودش رو داد دست ریزش آب و گذاشت خنکای لذت بخش جاری رو تنش، مثل یه موزیک روحنواز هرچی انرژی بد بود رو از وجودش پاک کنه.

میز صبحونه به بهترین شکلی که امکان داشت آماده شده بود. مادر فقط قشنگ نبود خالق زیبایی بود، خالق عشق و همین جذابیت اون میز و محفل کوچیک رو چندین برابر کرده بود. محفلی که با حضور هرا چیزی از ضیافت خدا کم نداشت.

بوی اشتها برانگیز پنکیک پرتغالیِ مادرش، کنار بوی تلخ قهوه تازه ای که پدر متخصصش بود، به جذابیت مفهوم میداد. هرا آهسته از پله ها پایین اومد، انگشت روی لبش سارا رو تشویق به سکوت کرد. به آرومی از پشت پدرش رو بغل کرد. شونه های پهن پدرش تو بازوهای ظریفش جا نگرفته بود، که پدر بی هوا دستاش رو برگردوند، دستای دخترش رو گرفت و مثل یه پر سبک اونو کشوند بغلش، محکم فشارش داد، لبخند زد. پدر تو چشمای غیرقابل توصیفش نگاه کرد و با مهربونی:

"خوب حالا دوست داری چند تا دنده ت بشکنه؟"

فشار بازوهای تنومندش دور دخترش بیشتر شد. هرا که از یه طرف غرق لذت اون قدرت بود و از طرف دیگه نفسش داشت به سختی در میومد با عشوه بچگونه

ای زمزمه کرد:

"شیش تاااااا"

فشار بیشتر شد. حسی بین لذت و درد از فشار بازوهای پدرش، وجودش رو گرفته بود. پدر نوک بینی ظریف و چشمای قشنگ دخترش رو بوسید. قبل از اینکه اجازه بده تکون بخوره، یه بوسه گرم گوشه لب و لبش گذاشت. با نگاه مهربونی دخترش رو تو بلند شدن همراهی کرد. هرا حسی بین درد و لذت و رخوت داشت. مثل یه دختر بچه شیطون بازیگوش خودش رو از بغل پدرش کشید بیرون و نشست روی صندلی کنارش. سرش تو جایگاه همیشش، شونه های محکم پدرش آروم گرفت. خوشبختی رو اگه میشد تو یه قاب عکس جا داد این تصویر گویا ترین تصویر خوشبختی بود.

هرا چیزی از اینکه چقدر پنکیک با قهوه دوست داشت، یادش نمیومد. ولی حسی که اولین جرعه تلخ قهوه و بلافاصله یه گاز شیرین از پنکیک پرتغالی با عسل بهش داد، مخصوصا حسی که لحظه قاطی شدن عطر تلخ قهوه و طعم شیرین پرتغال توی دهنش پیچید، غیر قابل تصور بود. این لذتبخش ترین طعمی بود که تا حالا تجربه کرده بود.

صبحونه تموم شد. هرا با خونه آشنا بود اما چیزی رو به خاطر نمی آورد. سارا متوجه شرایطی که داشت، شده بود. دست هرا رو گرفت و با مهربونی گفت:

"وای عزیز دلم، یادم رفت تازه حالت خوب شده. پاشو ونوس من، خودم همه رونشونت بدم."

هرا نگاه کنجکاوی به خونه انداخت. خونه که نه یه ویلای قشنگ با یه پذیرائی خیلی بزرگ که علاوه بر پنجره های قدی به بیرون یه پنجره بزرگ، به استخر

سرپوشیدش داشت. یه آشپزخونه دلباز که دو تا پله پایینتر از سطح پذیرایی بود و یه پنجره با نمای چشم نوازی از راهرو کنار ساختمون که درب پشتی عمارت رو وصل میکرد به باغ وسقفش پوشیده شده بود از یاس امین الدوله ، رزهای رونده صورتی، سفید و طلایی که اونجا رو به راهرویی رویایی تبدیل کرده بود. راهرو مسیر ارتباطی درب پشتی ویلا به باغ جلویی بود که چشم انداز دلنوازی به پنجره بزرگ آشپزخونه میداد. بهار با هر نسیمی آشپزخونه رو از بوی یاس امین ادوله پر میکرد. داخل عمارت با دکوراسیون طبیعی چوبی، میز بیلیارد، چندتا تابلو نقاشی چشم‌نواز که کار کسی جز سارا نبود و یه دست مبلمان استیل و مبل راحتی جلوه ساده و باشکوهی به خونه داده بود.

سارا دختر زیبای مسلمونی بود که تو دانشگاه دل به پسری باخت که جز عشق هیچ وجه مشترکی باهاش نداشت. دختر مسلمونی که از خانواده و دین و کشور برید تا به عشقی برسه که همه چیزی بود که از زندگیش میخواست. عشقی که برای نشون دادن علاقش به زیبای مسلمونش، پدر و خانواده و ثروت افسانه ایش رو ول کرده بود تا دست تو دستش، از هیچ به رویا برسه. هرا صرفا قشنگ نبود، محصول باغ عشق بود. شاید واسه همین عشقِ چشماش مسری بود، بدون واکسن. سارا با حوصله، هرچی راجع به خونه و وسایلش بود به هرا گفت. با اینکه هیچکدوم از اونا به چشم هرا غریبه نبود، ولی توضیحات سارا واسش تازگی داشت.

پدر و سارا هر دو از دین و خانواده و کشور و هرچی که داشتند، به خاطر هم گذشته بودند. تو حریم اونا غیر از عشق هیچ مذهبی نبود، ولی هنوز توی خونه سنبل هایی از یهودیت دیده میشد که دوستای صمیمیش واسش میاوردن و پدر به

خاطر دوستاش همشون رو با دقت نگهداشته بود. سنبل های یهودیت اول واسه هرا جالب و بعد سوال برانگیز شد. این سوال نگاه نافذش رو پرسشدار کرده بود که از چشم تیزبین سارا دور نموند.

سارا با مهربونی:

"تشکر ما از خدا عشق من، فقط زمزمه کردن یه سری کلام نامفهوم نیست. هر نعمتی که بهمون میده رو به بهترین شکل استفاده میکنیم. ما خدا و هرچی که خلق کرده رو عاشقانه دوست داریم و ازشون مراقبت میکنیم."

سارا صورت قشنگ دخترش رو بوسید:

" ایدئولوژی ای که با عشق مغایر باشه، مذهب ما نبود و نیست، دنیای ما قشنگتر از دروغ هایی بود، که میگفتند. مذهب ما آیین مهر بود. نه جنگ توش جا داشت، نه دروغ. ما واسه مرگ یه پروانه دلگیر میشدیم، اونا واسه یه حکم مرگ، خوشحال. خدای ما مصداق بارز عشقه، خونخوار نیست."

لبخند دردناکی لبای سارا رو به اکراه بالا کشید. هر وقت خاطراتش رو مرور میکرد، کامش تلخ میشد. لباشو نزدیک گونه های برجسته دخترش برد.

سارا گوشه لبش رو که با یه فرورفتگی کوچک به چاله گونش وصل شده بود بوسید:

"تو خاصترین هدیه خدایی عزیزم، زندگی ما بی تو یه روح یه مفهوم کم داره!"

هرا دست مادر رو بوسید. جواب خیلی از سوالایی که توی ذهنش داشت رو گرفته بود ولی نه همشو. بعد از تور داخلی خونه، سارا که عادت عشقش رو میدونست، رفت تا با یه نوشیدنی و بوسه گرم پدر رو دوباره خوشبخت کنه. از هرا واسه یه نوشیدنی پرسید.

هرا گونه اش رو بوسید:

"نه عزیزم ممنون. من میخوام لباس عوض کنم، برم یه سر به ماریا و پدر و مادر بزنم. انگار یه عمره ندیدمشون؟"

دو قدم دور نشده بود که انگار چیزی یادش اومده باشه برگشت سمت سارا و پرسید:

"راستی مامی یه سوالی ذهن منو از دیروز درگیر کرده، قضیه اون پسره تو بیمارستان چی بود؟ همونی که گل آورده بود... محمد بود؟"

سارا با تعجب پرسید:

"مطمئنی یادت نیست؟ دیروز که باهاش حرف میزدی...."

با یه لبخند از هرا عذرخواهی کرد:

"اها ببخش عزیزم، یادم اومد. گفته بودی بهم..."

موبایلش رو بالا آورد تو قسمت آرشیو فیلمهاش دنبال چیزی میگشت:

"داستان عشقتون طولانیه دخترم، یه بار سر فرصت راجع بهش حرف میزنیم. محمد اولین پسری بود که تو راضی شدی به ازدواج فکر کنی. اون از خانواده های سلطنتی عربیه که به خاطر موقعیت سیاسی و مذهبیش باید خیلی چیزها رو رعایت کنه. تو اولش این مسئله رو خیلی جدی نمیگرفتی، ولی نمیدونم چی شد، وقتی تو مراسمتون این خانم رو دیدی، یهو انگار دیوونه شدی. مثل وحشت زده ها از مراسم فرار کردی..."

فیلم پخش شد. هرا با شکوه یه ملکه تو لباس سفید و نفیس عروسیش، میدرخشید. پای سفره عقد، یه پوشش یکدست سیاه بدون زن، توجه هرا رو به خودش جلب کرد. پای میز عقد با یکی از نزدیکای محمد صحبت کرد. حرفش که

تمـوم شـد، صـورت هـرا درگیـر ناراحتـی و فکر عمیقی شـد. حتـی به عاقد هـم توجهی نداشـت. درخواسـت عاقـد واسـه بـار سـوم تکرار شـد که هـرا از کنـار محمد با وحشت بلنـد شـد و فـرار کـرد. محمـد و متعاقـب اون فیلمبـردار دنبـال هـرا دویدنـد و از سـالن خـارج شـدند. بارون نرم و لطیفی شـروع شـده بود. محمـد تو خیابون زیـر بارون خیس میشـد. تکیـده تـر ازون بـود کـه حـرکت خاصی بکنه. ماشـین هرا رو محمد رو پشـت سـر گذاشـت و راه افتـاد. کمـی دور شـد کـه یـه تکـه پارچـه سـفید از پنجـره بیـرون اومد و ماشـینش از کادر خـارج شـد.

هرا چیزی به خاطر نمیاورد اما همه فیلم رو به خوبی حس میکرد.

***

هـرا با شـیکترین اسـتایل اسـپورتی کـه ممکن بـود تو کادر زیبای بالای پله ها پیدا شـد. مـادرش، با پشـت انگشـت وسـطش چند ضربـه روی میز چوبی جلوش زد. محو تماشـای دختـرش بـود. چیـزی کـه روی پله ها نقش بسـته بـود، یه اثر هنری منحصر بـه فـرد بـود کـه هیچ تکراری نداشـت. فرشـته ای کـه موهای بسـته و فرش از پشـت کلاه نقابدارش، مثـل یه آبشـار قرمـز روشـن جوری سـرازیر شـده بـود، کـه انگار باید آسـیابی رو بـرای انتقام مـی چرخوند.

سـینه هـای خـوش فرمش، زیر تـاپ سـفید و کوتاهی کـه درسـت بالای شـکمش تمـوم میشـد، لـرزش دلنشـینی داشـت. انحنـای دلنشـینی کـه با فاصلـه از زیرتاپش شـروع میشـد و همگـرا میرفت تـا بـه فرورفتگـی کوچیک و قشـنگی برسـه، کـه انگار نقطـه عطفـی تو مفهـوم جذابیت بود. درسـت از همیـن نقطه عطف، قـوس همگرای

پهلوش با انحنای تندی از هم دور میشد تا سکسی ترین و تحریک کننده ترین منظره دنیا رو بسازه. برجستگی زیبای پهلوش که می نشست روی باسن برجسته و گردش، با لختی پارچه سفید شلواری که با هنرمندی برجستگیهای بدنش رو چند برابر میکرد، پوشیده میشد. آمیزه ای از طبیعت و هنر، تابلویی رو به تصویر کشیده بود که شاید داوینچی گم کرده بود.

بند کفشهای اسپرت ظریفش مثل گل پیچک دور مچ پاش پیچیده بود. بلندی کم پاشنه کفشش به کمرش قوس دلنشینی داده بود. پدر نتونست خودش رو نسبت به چیزی که میدید کنترل کنه، به طرفش رفت. بغلش کرد. اشک دوباره میومد تا مهمون شادی نگاهش باشه که خودش رو کنترل کرد.

پدر با لبخند:

"اوه اوه عزیزم... فکر کنم امروز باید بیام کلانتری دنبالت، پریِ کوچولوی من...؟"

خندید. گوشه لب هرا رو بوسید:

"ببین بابایی، من نمیتونم بذارم، اینجوری تنها بری بیرون ... دوست ندارم باعث بالا رفتن آمار مرگ و میر شهر باشم."

مکث کرد. نگاهش کرد:

"اگه بگی قصد جون کی رو داری... خودم میرسونمت."

هرا خندید. با قیافه و صدای دختر بچه بهانه جویی:

"اااا... بابا سربسرم نذار..."

لباش رو به علامت ناراحتی آویزون کرد:

"میخوام برم یه سر به ماریا و بقیه بزنم. وای خیلی دلم براشون تنگ شده،

بابایی."

عاشـق این اطوار هرا بود. پیشـونیش رو بوسـید. لپ و چال گونه هاش سـهم بعدی بوسـه ش بود. اونو به نشسـتن دعوت کرد وعاشـقونه:

"پـری کوچولوی مـن، خـودم می رسـونمت. اونقدر قشـنگی کـه دلم نمیـاد، به خدا بسـپارمت. بشـین یه نوشـیدنی بخـور، تـا مـن لبـاس بپوشـم. میدونی که تا یه مدت نبایـد راننـدگی کنـی عزیزم. دکتـر ازم قول گرفته."

ماشـین پـدر جدیـد و لوکس بـود. صندلی های دسـتدوز چرمش بوی خـوش آیندی رو تـوی کابیـن پخـش کـرده بود. ماشـین برقی لاکچریـش بـی هیچ صدایـی از در ویلا خـارج شـد. طبیعـت هـم انگار بـا هرا دوبـاره زنده شـده بود. بهار فصل مـورد علاقه مشـترک جسـم و فکرش بود. با گلها و هوای بهاری زندگی میکرد. نگاهش از منظره سرسـبز بیـرون، برگشـت روی پدرش. هرا بـا مهربونی پدر رو نگاه کرد:

"بابایی؟ امروز داشـتیم بـا مامـان راجـع بـه گذشـته حرف میزدیم. خیلی جسـته گریختـه یـه چیزایـی از آشـناییتون بـرام تعریـف کـرد، خیلـی جالـب بـود، ولـی کوتاه. میتونی بیشـتر بـرام بگی؟."

پدر بـا پشـت انگشـتای دسـتش راسـتش آهسـته صورت صـاف و لطیفش رو نوازش کرد:

"قبلا که چند بـاری راجع بهش حرف زدیم پری کوچولوی من. نزد...یم...؟"

مکثی کرد. انگار چیزی یادش اومده باشه:

"اوه سـاری، چرا کـه نـه عزیـز دلم. الان همشـو واسـت میگم. حتی چیزایـی که تا حالا نگفتـم. فکر میکنـم وقتش رسـیده کـه همه چیـزو بدونی عزیز بابا."

نگاهـش گـم شـد تو زمانی کـه قدیمی بود. غرق شـد تو خاطراتی کـه یادآوریش هم

شیرینترین عاشقانه بود:

"من هم پسر خوبی واسه خانوادم بودم و هم دانشجوی خوبی واسه دانشکده. به خاطر خانوادم، مخصوصا پدرم که کاهن بزرگیه، من یهودی بودم. البته صرفا به خاطر اونا نبود. من زندگی رو به عنوان یه دوره کوتاه که با تولد شروع بشه و با مرگ تموم قبول نداشتم. به نظر من زندگی باید یه هدف بزرگتر رو دنبال کنه خیلی بزرگتر. فکر میکردم اگه فقط یه راه درست واسه زندگی توی دنیا وجود داشته باشه، راهیه که مذهب بهمون نشون میده، راه خدا. مثل خودت، منم لجبازتر از این بودم که فکر کنم که فکر کنم ما فقط واسه یه زندگی عادی مثل بقیه موجودات زنده اومدیم. یه زندگی موقت مادی نمیتونست، چیزی باشه که روح سرکش من رو ارضاء کنه. من نه این زندگی مسخره رو دوست داشتم نه لذتهای مسخره ترش برام کششی داشت، نه تفریحاتی که بقیه واسش می میرن. من دنبال چیزی فراتر بودم. تنها ایدئولوژی ای که فراتر از زندگی رو به من نشون میداد، مذهب بود. من طبق رسم و سنت و عادت مذهبی نبودم. برعکس همه. مذهب واسه من، یه راه نجات بود. چون هیچ ایدئولوژی دیگه ای، به بعد از مرگ اعتقادی نداشت."

لباش به لبخند نشست:

"یه نکته جالب بگم پری کوچولوی من، من ایران رو خیلی دوست داشتم و دارم. نه که خودم ایران رو دیده باشم یا خاطره ای ازش داشته باشم، نه ولی با تعریفایی که پدرم میکرد یا اطلاعاتی که از کتابها گرفته بودم، عاشقش شدم.

من عاشق فکر و درایت کورش بودم که ۲۰۰۰ سال قبل تونسته بود، بزرگترین امپراطوری دنیا رو زیر سایه یه نظم جهانی اداره کنه، تنها پادشاهی که مردم منو از اسارت بابل نجات داد، کوروش بود. تاریخ غنی ایران، اولین هایی که داشت و..."

واسـه من خیلی ارزشـمند و دوسـت داشـتنی بود.

خونـواده، همـه چیـزی بود که داشـتم. پدرم قهرمـان زندگیم بود. چیـزی جز قدرت ازش نمیدیـدم. الگـوم شـده بود. اسـطورم بـود. ناجیـم بـود، کسـی کـه بهـش اعتماد داشـتم. خیلی مذهبی بـود. نه فقط یه مذهبی معمولی، کاهن بود، یه کاهن بزرگ. کاهنی کـه به خاطر موقعیتش مـا خیلی تامین، ولی محـدود بودیـم. میفهمی چی میگـم دختـرم؟ یعنـی مـا فقط بـه علت اینکه خانواده کاهن بـزرگ بودیـم، محدود بودیـم. مخصوصا مـن کـه پدر، نقشـه های زیادی واسـه آینده من داشـت. بابـا تا چند سـال پیـش هنوزعاشـق ایران بود. قشـنگترین خاطراتی که داشـت مربـوط بوقتی بود کـه اونجـا زندگـی میکـرد؛ قبـل از تغییـر رژیـم. حتـی تا چند وقت بعـد از انقلاب هم ایـران بـود. ولـی بـا فشـار زیـادی کـه تو ایران بـه اقلیتهـای مذهبـی، مخصوصا پدرم میومـد، ایرانـو تـرک کردیـم. زندگی ما تو اسـرائیل بهتر شـد. کمی کـه گذشت وضعیت رژیـم ایـران خیلی خراب شـد. امیدی به نجـات نداشـت. طبق سیاسـت رهبر قبلیش واسـه فـرار از شـرایط بـدی کـه خودشـون درسـت کـرده بودنـد، احتیـاج به یه دشـمن بـود تا همـه مشـکلات رو گردنش بنـدازه، کـی بهتـر از اسـرائیل. هـم دور بـود، هـم مشـترک بـا بقیه کشـورهای منطقه. پروژه دشـمن تراشـی رهبر ایران رابطه دو تا کشـور رو خرابتـر کرد.

بابـای مـن دینـی رو رهبری میکرد، که میگفت از طرف خداسـت. بـه همه پیروانش بـه جای عشـق خدا، ترسـش رو یاد میداد. ولی خودش از خدا نمیترسـید، از موقعیتش میترسـید. بـه مـردم توصیـه میکـرد، از همـه چیز در راه خـدا بگذریـد ولـی خودش حتی از موقعیت شـغلیش هـم نمیگذشـت. اونجـا بـود کـه فهمیـدم خـدای بابـام، فقـط یه دسـتاویزه واسـه ترس مردم.

خدای ما، ترسناک نبود. خالق عشـق بود، عامل قهر نبود، دشـمن نداشـت. ولی خدای بابـا فرق داشـت. خالق نبود، خلق شـده بود، تا ازش اسـتفاده بشـه."

دل تنگـش، نگاهش رو از جاده رو صورت قشـنگ دختـرش کشـوند، عطرش رو نفس کشـید. هـرا ضمـن گـوش کردن بـا حرکت سـر حرف پدر رو در مـورد ایران و رژیمـش تاییـد میکرد. پدر بـا تعجب:

"عزیـزم؟... مگـه تـو ایرانو دیدی بابایی؟ ما که به خاطر مادرت هیچوقت نتونسـتیم بریـم، چون خیلی براش خطرناکه. البته بیشـتر ازون واسـه من.!"

هرا با لوندی بچگونه ای:

"ااااا... بابایی، چرا وانمود میکنی هیچی نمیدونی؟"

پدر دستش رو به علامت تسلیم بالا برد. باخنده:

"سـاری سـاری.... منو ببخش عزیزم، یه لحظه یادم رفت."

دوباره چشمای شهلای دخترش رو نگاه کرد:

"چـه خوب. پس دیگـه توضیح نمیخواد. تو بهتـر از مـن ایرانو میشناسـی. ایران واسـه من بهشـت موعـود بود، جایـی کـه هر چی راجع بهش دیده بودم، شـنیده بودم، خونـده بـودم، قشـنگ بود. همون جهنمی که تو ازش فـرار کردی، هنـوز تو ذهن من یه بهشـته."

نگاهش تو جاده گم شد. با مهربونی:

"مـن خیلـی راجع بهش کنجکاو بودم، مطالعـه میکردم. تا اون روز قشـنگ... روزی کـه نه زندگیـم، خودم عوض شـدم. یکی از اولیـن روزای دانشـکده بود. اولیـن روزش. پـای تابلـو اعلانات، دنبال برنامه کلاسـیم بودم. بوی یـه عطر فوق العاده مشـاممو پر کـرد. میدونـی کـه مـن عاشـق گلهـام. تلفیقـی از عطـر گل بـود و چای. عطرش بویی

داشت شبیه، به طراوت قدم زدن تو یه صبح خیس بهاری تو مزرعه چای که طاقی از گلهای خوش عطر بهاری مسیرت رو پوشونده باشه. عطر نبود، غزلی بود از طراوت و نشاط که از عشق میگفت.

من آدم معتقدی بودم. مذهب بهمون اجازه نمیداد، مستقیم به صورت یا چشمای یه خانم نگاه کنیم. ولی عطری که تو بینیم پیچیده بود، میوه ممنوعه بود. من دنبال یه مفهوم واسه زندگی بودم به عطرش رسید، عطر زندگی. گناه برام بیرنگ شد. این عطر و نگاه اگه کفر هم بود، خوب بود، من کافر شدم. واسه یه آن ایمانم رو دیدم، ایمانی که یه عمر منو کنترول میکرد. نگام کرد، خندید. نگاش کردم. حرفی نزد، خندید. چیزی نگفتم. رفت ولی من نفهمیدم.

ایمان منی که بدونش زندگی واسم خالی از مفهوم بود، رفت. ولی من اونجا، بی هیچ اختیاری عطری رو نفس میکشیدم که مفهوم زندگی بود. اسطوره ای از وقار، اصالت، نجابت، طراوت و هر چیز خوبی که میشناختم، تو زیباترین قالبی که تا اونروز حتی تصور کرده بودم. بقدری رویایی بود که فکر کردم خداست. خدایی که ندیده بودم. اگه خدا نبود، حتما خدایی که آفریده بودش، خدای واقعی بود. درست شونه به شونه من. جایی که من توی نگاهش غرق بودم، اون توی صفحه اعلانات. نمیدونستم دارم چکار میکنم، یا شاید واقعا تا اون لحظه نمیدونستم. تازه فهمیده بودم. نگاهش میکردم. انرژی نگاه من باعث شد به سمت من برگرده. دلم داشت از سینم میزد بیرون. خندید. لبخند زدم. میخندید، من غرق شدم. انگار غیر از اون هیچی نبود، حتی خدا."

آه عمیقی کشید. نگاهش هرا رو دید و برگشت سمت جاده:

"اصلا نمیتونم تصور کنم اگه اونروز اون نگاه رو نمیدیدم، چی میشد. اونجا بود

که فهمیدم خدا خیلی نزدیکه خیلی. واسه رسیدن بهش تقلید لازم نیست، باید عاشـق شـد. مـن دیگه اونـو نمیدیدم. خدا رو میدیدم.

وقتی به خاطر نگاه بقیه به خـودم اومدم دیـدم، تو قاب چشـام چیـزی واسه نگاه کـردن نیست. مـن فقط مثـل جن زده هـا بـه جـای خالیش خیـره شـده بـودم. نبود، فکـر میکردم مـن هسـتم، ولـی نبودم. چیـزی کـه اونجـا بود یه مـرده متحـرک بود کـه مغزش جـای دیگـه کار میکرد."

نگاهـش به خیابـون بود ولـی غیـر از ضمیـر ناخودآگاهش کـه راننـدگی میکرد همه مغـزش تـو رویایـی میگشـت کـه هنوز زنـده بود.

لبخند مردونه ای گوشـه لبش رو بالا کشـید. صداش رو صاف کرد: "پدرم همیشـه میگفـت ببیـن پسـر، هـر مشـکلی داری اول بـه مـن بگـو. هیـچ کـی بیشـتر از پـدرت، نمیتونه کمکـت کنـه. حرفش منطقـی بود. من هر مشـکلی کـه داشـتم اول با خودش مشـورت میکردم. بهـش ایمان داشـتم. تا..."

چشـمای پدر تغییـر حالـت داد. چیـزی تـو چشـماش غمگیـن بـود. یه درد کهنـه. جراحتـی کـه بـوی کهنگـی میـداد. صداش حزیـن بود:

" اتفاق اونروز مشکل کوچیکی نبود. منو از لای کتابای آموزشـی خونواده، انداخت تـو واقعیت زندگی. جایـی کـه میتونه مفهوم هـر چیزی رو عوض کنه، حتـی زندگی رو. بعـد از اون روز، دیگـه عطر و قیافش هیچوقت از ذهنم نرفت، حتی سـر نماز. منیکه مقیـد بـودم نمازم رو درسـت ادا کنـم. دینـم رو متزلزل دیدم و دلـم رو متزلزل تر."

آه تلخـی کشـید. هـرا تا اون روز هیچـی از خانواده پدرش نمیدونسـت. فکر میکرد همشـون از دنیـا رفتـن. هیچ نشـونی ازشـون حتی تـوی آلبوم عکـس خانوادگی نبود.

پدر بعد از آه و یه نفس عمیق تونسـت دل آشوب زدش رو آروم کنه:

"پدر من یکی از ثروتمندترین و قدرتمندترین آدمای دنیاست. وقتی پدرم منو به موقعیت شغلیش فروخت، من از آینده اش بیرون اومدم تا به خاطر خوشبختی من، موقعیتش به خطر نیافته. وقتی ترکش کردم، هیچی نداشتم، هیچی. اما تصمیم گرفته بودم، خوشبخت بشم."

خندید یه خنده از جنس دل. ماشینش رو روی حالت خودکار گذاشت. به سمت هرا برگشت. نگاهش کرد. نفسش کشید:

"من غیر از تو و مادرت هیچی از دنیا نمیخوام."

نگاه پدر چشمای قشنگش رو دوباره مرور کرد، تا ببینه حوصله ادامه حرف رو داره یا نه. ولی چشمای هرا مشتاق تر از نگاه پدر بود. آهی کشید:

"سارا هم مشکل کمی نداشت، بابایی. پدر بزرگش یکی از روحانیون سیاسی ایران بود. تو زرنگتر از اونی که بخوام این چیزا رو برات توضیح بدم. خودت دقیقا میدونی چه موقعیت خطرناکی داشته. ولی اونم به خاطر من از همه چیزش گذشت. خونواده سارا هم قدرت خیلی زیادی دارند. پدربزرگش جزو محدود روسای رده اول کشورش بود، روسایی که هیچوقت جایگزین نمیشن. خودت میتونی باقیش رو حدس بزنی پری کوچولوی من."

صدای بالا کشیدن بینیش زیاد خوشایند نبود ولی هرا فهمید، پدر با اینکار گریه ش رو کنترول میکنه. پدر دیگه تحمل ادامه داستان رو نداشت:

ببین عشق بابا، داریم میرسیم. نمیخوام سرتو درد بیارم. ولی میخوام بهت بگم هیچ دین، آیین، آموزه یا آموزشی تا ندونی زندگی چه مفهومی داره، به دردت نمیخوره. آموزش میتونه تورو دکتر کنه، تاجر کنه، دانشمند یا حتی خیلی پولدار، ولی خوشبخت، نه. خودت از من استادتری بابا. درست نمیگم؟"

هرا با مهربونی و شوق:

"آره بابایی. ولی متاسفانه همه فکر میکنند خوشبختی یه فکته، یه عمله، یه کاره یا نتیجه یه کار، پس سعی میکنن خوشبختی رو یاد بگیرن یا تقلید کنند. هیچکی نمیدونه خوشبختی یه حسه. یه حس که باید کشف کنی، بشناسیش تا بتونی بهش برسی. تازه اونوقت میفهمی چقدر بخت برگشته بودی."

پدر با شوق:

"کسی که بخواد با تو باشه، هم حسودیم میشه، هم دلم میسوزه. داشتن تو خیلی چیزا میخواد عشق بابا هم دل، هم هوش، هم ظاهر، هم سخنوری. تو با زیباییت ایجازی از خدا بودی الان که دیگه معجزه ای."

تعریف پدر، هرا رو به وجد آورد. پدر دستش رو زیر چشمش کشید. انگار داشت اشکی که هنوز سرازیر نشده بود رو میگرفت. صداش غم داشت، گلوش بغض:

"وقتی تو توی بیمارستان بودی. حاضر بودم هرچی دارم و ندارم بدم. حاضر بودم حتی به پای بابام بیافتم تا تو رو دوباره زنده ببینم. بی تو هیچی واسم مفهوم نداره بابا، چه برسه به خوشبختی، خوشبختی من تویی.

روزی که دکتر شرایط رو واسمون تعریف کرد تا وقتی در باز شد و بی هیچ خبری تو پشت در بودی، من زنده نبودم، مرده هم نبودم. منتظر بودم."

لبش خندید. چشماش برق زد:

"ولی امروزوقتی از پله ها پایین میومدی، وقتی سارا که بیشتر از من تو نبودت مرده بود، کنارم با انگشت قشنگش چندبار روی میز کوبید تا به قول مادرش چشم نخوری، من خوشبخت ترین مرد دنیا بودم."

هرا دست راست پدر رو تو دستای ظریفش گرفت. به چشماش نزدیک کرد.

بوسید. این حرکت هرا دل پدرو گرم که نه آتیش زد. بعد با صدایی شیرینتر از رویا حرف پدر رو با این جمله تایید کرد:

"انگار یادمون رفته خوشبختی چیه بابا. انگار فراموش کردیم که خوشبختی چیز عجیبی نیست. کاخ و پول و ماشین وقتی خوشبختی میاره که بتونی توش با عزیزترینات باشی. بخندی، گپ بزنی، شاد باشی.

یادمون رفته، خوشبختی یه بغل نسیم خنک بهاریه که میپیچه تو موهات. مهم نیست کجا با بهار قرار داشته باشی.

خوشبختی چشیدن مزه یه هلوی رسیده شیرینه که تازه از درخت چیدی و لذت پیچیدن عطر و طعمش رو تو دهنت نفس میکشی، مهم نیست بشوریش یا نه.

خوشبختی لحظه ایه که دلت از یه نگاه عاشق میلرزه. مهم نیست چه دینی داره."

نمای خونه ماریا تو چشمای جذاب هرا منعکس شد. با دیدنش هرا دوباره خوشبخت شد.

پدر جلوی در ایستاد. پیشونی هرا رو بوسید:

"اول میخوام ازت تشکر کنم و بگم خیلی خوشحالم که زندگی دخترم دست یه مغز باهوش مثل توست. تو خودت بچه داری، میتونی درک کنی، توضیح نمیخواد. یه لطفی بهم بکن. اینجا هرچی دوست داری باش. هروقت دوست داری بیا، ولی واسه من و سارا هرا بمون... باشه؟"

فصل چهارم
ملاقات با خدا

چشمای ماریا چیزی رو که میدید باور نمیکرد. زیباترین پرتره ای که تو عمرش دیده بود، تو قاب در ورودی خونه خودنمایی میکرد. چشمای قشنگش درشت تر شد. با عشوه و لبخند همیشه جذابش صدا زد:

"واییییی مامان بیا ببین کی اینجاست؟ سلام عشقم. وای نمیدونی دلم واست چه میکرد. چرا زنگ نزدی عزیزم، آماده باشیم؟"

ماریا با خنده دلنشینش:

"مگه آدم بخواد بره خونه خودش، زنگ میزنه."

ماریا کنترلش رو از دست داد. بغلش کرد، محکم فشارش داد. لباش قبل از اینکه هیچ تصمیمی بگیره روی لبای شهوت انگیز هرا نشست و بیقرار شد. برجستگیهای تنش وقتی رو برجستگیهای تن هرا میلغزید، دلشون نمی لرزید می ایستاد، نمیزد. ماریا با صدای مادر، هرا رو از خودش جدا کرد و سپرد به مادر. مادر دستاش رو باز کرد، بغلش کرد:

"وای ببین چه فرشته ای اینجاست. عشق مادر اینجاست. بیا تا دلم خودش رو تو سینم سر به نیست نکرده مادر."

اشک و لبخند، دوگانه های همیشه صورت مادر بود. چه دردها رو که با لبخندای ساختگیش پوشونده بود و چه لبخندها که زیر اشکای دردناکش، مدفون

شده بودن.

نگاه هـرا از چشمای ماریا رفت رو صورت مادر و مثل یه بچه غرق شد تو بغلش. لبای مادر تو انعکاس رنگ سرخ موهای هرا که داشت میبوسید، سرخ تر شده بود. هر دو بین زمین و آسمون بودن که دوتا دست دیگه دورشون حلقه شد. آغـوش پدر، حلقه عشقشـون رو تنگـتر کرد.

هـرا بـا دعـوت مـادر و ماریا وارد خونه شـد. حس غریب آشـنایی داشت. این اولین باری بـود کـه وارد این خونـه میشـد، امـا انگار خونـه بـا همـه جزئیاتش، بخشـی از وجودش بود که گـم کرده بود. همـه چیـز به قدری قشـنگ چیده شده بـود که انگار خودش طراحی کرده. به دعوت مادر، هـرا طبـق عادتی که نداشت روی کاناپـه ولـو شـد. ماریا کنارش نشسـت. سـرش رو گذاشت روی شـونه هـرا، چون از خـودش بلندتر بود.

یه چـای خوشـرنگ زعفرونی تـو یـه لیوان کمـر باریک قدیمـی بـا یـه بشـقاب پر از باقلـوای تازه کـه مـادر پختـه بـود، روی میـز جلوی هـرا بـاز کرد. هـرا تمایلی بـه چـای نداشت، چون دستش تو دسـت ماریا بود. انگار اصلا دلش نمیخواست جای چیـزی کـه تو دسـتش هسـت رو با چیـزی عوض کنه. انرژی عشـق کمتـر از انرژی یه سیاه چالـه نیسـت. ولی میشـد با انرژی ای که داشـت بین دسـتاشون جابجا میشـد، یـه کرم چالـه درسـت کـرد و تـا هر جا کـه دوسـت داشـت، رفت. تا تـه جاده خـدا و این یعنی عشق.

نوشـیدنی مـورد علاقـه هرا تا جایی که سـارا میگفت قهوه بـود. اون هیچوقت چای نمیخورد ولی بـا اشـاره و تعارف ماریا کـه سـرش رو از روی شـونه هرا برداشـته بود، یکی از چایهـا رو واسـه عشـقش آورد و بـه حالـت تعـارف جلوی چشـمای خمـار هـرا گرفت.

پرتره ای که تو چشمای درشت ماریا نقش بسته بود، شاهکاری از سنت و مدرنیته بود. چند دسته موی قرمز و فر بلند که تا پشت لیوان چای خوشرنگ زعفرونی، پریشون پایین ریخته بود، با زمینه پوست سفیدی که توش بینظیرترین چشم دنیا، پشت غبار سفیدی از بخار چای دیده میشد.

هرا به عادتی که هیچوقت نداشت چای رو از دست ماریا گرفت و بلافاصله دست دیگش، رفت سمت باقلوای لوزی خوشمزه ای که با رنگ سبزش از تو پیشدستی بهش چشمک میزد. باقلوا رو گاز زد. یه کم جوید. وقتی طعم هل و گلاب باقلوای تازه گاز زده شده، پیچید تو عطر سحرانگیز زعفرون، چشماش از طعم غیرقابل باوری که حس میکرد، روی هم رفت. لذت این دو طعم توی دهنش، یه دنیا خاطره رو براش زنده کرد. بعد از اون که همه لذت چیزی که خورده بود، رو نوشید، چشماش رو به مادر باز شد. لبخند همیشه جذابش جایزه مادر بود.

مادر با لبخند مهربونی:

"باقلوا شیرینی مورد علاقت بود، مادر. از بچگی عاشقش بودی. خدا بیامرز خاله ت، استاد باقلوا بود، توام عاشق باقلواهاش. اوایل که اومدیم، خیلی هواش رو میکردی همش با خودم میگفتم، زنگ بزنم خاله دستورش رو بگیرم، هی پشت گوش انداختم. تا وقتی تو بیمارستان دیدمت. گفتم چقدر بچه ام هوس کرده بود کاش براش درست میکردم مادر جون."

چشماش تر شد. نفسش رو بالا کشید با یه لبخند مهربون حالش رو عوض کرد و از هرا پرسید:

"چطور بود، مادر جان؟ به باقلواهای خاله میرسید؟ دوست داشتی ننه؟"

هرا سرعت جویدنش رو بیشتر کرد لبخند سریعی زد. هنوز تحت تاثیر گس و

شـیرین و هـل و پسـته بود کـه یه قلپ زعفـرون کمکـش کرد باقلـوا رو قورت بـده. رفت واسـه یه باقلـوای دیگه:

"مگه بهتر از اینم میشه؟"

***

مـادر میـز رو جمـع و جـور میکرد. پدر به خاطر سـنگینی گوشـش زیاد حرف نمیزد. فقـط بـود، چون عاشقشـون بـود. هرا کـه دیگه تحمل نداشـت رو بـه ماریا کـرد و کنار گوشش:

"خیلی باهات حرف دارم عشقم...، بریم بالا؟"

لونـدی و شـیطنت هـرا جـای هیـچ تعارفی واسـه ماریا نذاشـت. بی هیـچ مخالفتی با دسـت هـرا بلند شـد. دسـت تو دسـت هم به سـمت اتاق خـواب حرکت کردند. مـادر از پـدر واسـه یه چای دیگه سـوال کرد. جواب پدر مثل همیشـه مثبت بود.

اتاق خـواب ماریا طبقه دوم بـود. هرا با اینکـه اولین باری بـود که وارد اتاق میشـد، دقیقـا میدونسـت، چـه شـکلیه. از در کـه وارد میشـد سـمت چپ کمد لبـاس و یه تخت دو نفـره بـزرگ بود و سـمت راسـت یـه فضای بـاز که یـه طرفش حمام و دستشـویی بود کـه توش یـه جکوزی دو نفره و یـه سـونای دوشـدار داشـت، اطراف تخت خـواب یه سیسـتم صوتـی تعبیـه شـده بود جـوری کـه بهترین صـدا رو روی تخت داشـته باشـه. هـرا روی لبـه تخت نشسـت و خودش رو ول کـرد روی نرمی تشـک. اونقدر حسـهای هـرا بـا خودش مـچ شـده بودنـد که دقیقـا میتونسـت حالـی رو کـه قبلا روی او روی تخت داشـته، حـس کنه. مـاریا که کشـیدن پـرده ها رو تموم کرده بود، مثل همیشـه اسـتریو

رو روشـن کرد. دسـتگاه بلافاصلـه بـه گوشـیش وصـل شـد. پلی لیسـت همیشـگیش رو باز کـرد. پلی آل لمـس شـد. آهنگ باران به همـون نرمـی لمس نوک انگشـتش روی صفحـه گوشـیش شـروع شـد. اتـاق بـا نـور ملایمـی کـه از لای پـرده واردش میشـد، فضـای دلپذیـری داشـت. آهنـگ بـا کیفیـت زیـادی شـروع شـد. صـدای پیانـو بـود یا بـاران قابل تشـخیص نبـود. هرا محـو آهنـگ شـده بود حضـور ماریا، اتاقی کـه عاشـقش بـود، نـور ضعیـف، رویایـی بـود، کـه بـا اوج گرفتـن آهنـگ به کابوس نشسـت. هـرا بـا وحشـت گوشاشـو گرفت. بـا التماس از ماریا خواسـت تا آهنـگ رو عـوض کنه. ماریـا کـه میدونسـت ایـن آهنـگ مـورد علاقـه شـوهرش بـود، بـا تعجب پرسـید:

"چی شده عزیزم؟ اتفاقی افتاده؟"

هرا از ناراحتی گوشاشو گرفته بود با فریاد:

"خواهش میکنم، تموم کن این کابوس لعنتی رو."

ماریـا بـا لمـس ایکـون اسـتاپ گوشـیش، آهنـگ رو قطع کـرد. هرا کمـی به خودش مسـلط شـد. چشـمای هـوس انگیـزش رو دوخـت تـو چشـمای درشـت ماریا. بـا لحن مهربونـی ادامه داد:

"منـو ببخـش عزیـزم، اااا ... ایـن آهنـگ مـرگ منـه. بـارون واسـه مـن دیگه بارون نیسـت، آتیشـه."

مـاریا کلیـد بعـدی رو روی گوشـی لمـس کـرد. آهنـگ بعـدی، آهنـگ مـورد علاقه خـودش بـود. یه مجموعه درسـت کرده بودنـد از آهنـگای مورد علاقه هـر دو، یکی در میـون. یکـی از بهتریـن سـرگرمیاشـون وقتـی گروهـی سـفر میرفتـن و راه طولانی بود، همیـن بـود. آهنـگ بعـدی اولیـن آهنـگ انتخابی ماریا تو سـفر بـود. شـاهکاری کـه هیچوقـت قدیمـی نمیشـد. ریتـم آهنـگ جـوری بـود که ناخواسـته عشـق رو تو رگات

تزریق میکرد. شوری که نه تنها ماریا که هر شنونده ای رو به وجد میاورد. چند ثانیه گذشت. انرژی هرا که با آهنگ باران کم شده بود، اوج گرفت.

هرا بدون اینکه بتونه یا بخواد خودش رو کنترول کنه، بلند شد. به سمت ماریا که روبروی آینه واستاده بود، رفت. از پشت بغلش کرد. آهسته خودش رو چسبوند و فشار داد به باسن گرد و درشتش. نوستالژی این حرکت واسه ماریا خیلی تحریک کننده بود مخصوصا که مدتها بود، هیچ رابطه جنسی ای نداشت. آه جیغ آلود قشنگی از گلوی ماریا در اومد. لبای هرا مثل یه مار خوش خط و خال پیچید، دور گردنش بالا اومد، به گوشه لبش رسید. نفس کشیدن واسه هردوشون سخت شده بود.

ماریا چرخید. روبروی هرا واستاد. لباش رو لبای هرا بی قرار شد. هرا دستای لطیف ماریا رو گرفت و دعوتش کرد به رقص. رقص، رقص عشق بود، تلفیقی از حسرت رسیدن رقص ایرانی و شکوه هماغوشی رقص تانگو. گاهی دستا از دو طرف باز میشد به شکوه بلند پروازی، گاهی حلقه میشد تو انحنای هماغوشی. ماریا با اینکه مثل هرا خیلی جوون و شاداب نبود ولی بی خستگی میچرخید و میرقصید. خودش رو ول میکرد تو بغل هرا. ماریا هیچوقت این شانس رو نداشت که با همسرش برقصه. نمیخواست الان که بهترین همراه رقص رو داشت، کم بیاره. میرقصید، میچرخید، دور خودش، دور هرا، دور عشق، دور خدا.

خیس و خسته، شور و عشق. یه تخت بود، یه عشق. دوتا عاشق، دوتا فرشته. عشقی که پر بود از هوس. گاهی عشق بود و اشک، گاهی هوس بود و نفس. گاهی اونقدر هوس بود که نفس کم میومد. این همون چیزی بود که هرا و ماریا رو به هم پیوند داده بود. لبای هوس هرا و هوس لبای ماریا ترکیب بوسه ای

رو ساخت کـه جـز بـی نفسـی هیچی نمیتونسـت قطعـش کنه. ماریا نمیذاشـت حتی یـه لحظـه لباشـون از هـم جـدا بشـه. خـودش رو بـه نرمـی کشـید روی هـرا و پاهـای قشـنگش رو قفـل کـرد دور باسـن تپلـش و نشسـت روش. بـا هـم ول شـدند روی تخت. انگشـتای ماریـا از دوطـرف صـورت هـرا کـه داشـت به قدرت و شـدت و شـهوت میبوسـید، سـر خورد پاییـن و گم شـد لای موهـای خوشفرمش. کشیدشـون بالا. خط شـونه هـای سکسـی هـرا کـه از زیـر موهـای خرمایـی قرمـزش بیـرون زد، ماریـا رو به پرسـتش واداشـت، بـه کرنـش، بـه بوسـه، بـه لمـس، بـه نفـس،.... بـه آه.

لبـای ماریـا از روی لبـش سـر خورد پاییـن و کشـیده شـد روی گردنـش. از شـونه های نازکـش رد شـد و رفت پایینتـر. خط وسـط سـینه هرا بسـتر فـرود عاشـقانه لبـای ماریا بـود. هـردو هیجـان زده و تحریـک شـده بودنـد. ماریـا عاشـق شـوهرش بود ولی همیشـه دلـش یـه فانتـزی جنسـی کوچولـو میخواسـت، تنانگـی بـا بـا یه طنـاز، همونـی کـه هرا نهایتـش بود.

دسـتاش از زیرتـاپ کوتاهش، سـرخورد به سـمت بالا. با کشـیده شـدن دسـتای ماریا روی سـینه هـای سـفتش، کمـر هرا تکون تندی خورد. دسـتاش بـی اختیـار و به نرمـی کمر ماریا رو رد کرد و روی باسـن سـفت و درشـتش محکم شـد. هرا به هوای گردنـش جلـو رفت. اما ماریـا با اشـاره دسـت، صورت هـرا رو نزدیک خودش متوقف کـرد. به در اتاق اشـاره کرد. هرا با دسـت خنده شـو پوشـوند، خودشـو عقب کشـید.

تنـش زیر سـنگینی تن ماریا میلرزیـد. لرزشـی کـه ماریا رو بیشـتر تحریـک میکرد. لبـه تـاپ کوتـاه هـرا بالا رفت و بـا آه بلنـدی هـم کـه کشـید، پاییـن نیومـد. دل هـرا از سـوزش خفیـف نوک سـینش خالـی میشـد کـه ماریا سـرش رو برد روی سـینه دیگش، تکون تندی خورد، رعشـه ای کـه دوسـت داشـت تا ابد بمونه. سـوزش این یکی بیشـتر

بود، چینـای لذتبخش نوک سـینش هم بیشـتر شد.

زبـون ماریا کل مسـاحت شـکم وسوسـه انگیزش رو طـی کرد تا به انحنـای تندتری رسـید. سـر هرا کمی عقب رفت. دسـتاش متکایی که بالای سـرش بود رو کشـید زیر گردنش. چشـماش بسته شد. چیزی جز لذت نه میدید، نه میشنید و نه میخواسـت ببینـه یا بشـنوه. دسـتای ماریا به آرومی شـلوار سـفید هـرا رو باز کرد و بـه نرمی از تنش بیـرون کشـید. تصویر حرکت لباس هرا روی پوسـت ابریشمیش ماریا رو بیقرار میکـرد. انگار هـر تجربـه ای که تا حالا از سـکس داشـت، فقط یه بـازی بچگانه بود. سـفتی و کشـیده گی پوسـت شـفاف هرا که همیشـه، داغ لمس کردنش رو به دل هر بیننـده ای میذاشـت، لبـاش رو بـه مورمور انداخته بود. همه مسـاحت وجـودی پاهای هـرا جولانگاه لبـای مشـتاقش شـد. از کـف پـا تـا بینِش، تا جایی کـه نه ماریا تحمل انتظار بیشـترش رو داشـت، نه هرا.

تو چارچوب تخت بـی پرواترین تابلـو از شـهوت و لـذت نقش بسـته بـود، تابلویی بـه نـام هـوس. تنانگـی ماریا تنفس رو بـراش سـخت کـرده بـود. هـم بـی نفسـی هم نفس نکشـیدن ترفنـد ماریا واسـه اوج لذت بـود. حال هـرا بدتر بود. نمیتونسـت نفس بکشـه. صورتش سـرخِ سـرخ شده بود و رگای قشـنگ رو پیشونیش برجسته. اون همه زیبایی، تصویـر برهنـه ای از عشـق بـود. عشـقی که ماریا فکر میکرد هیچوقت قبل ازون تجربه نکرده بود.

شـهوت، نیـاز، لـرزش، طپش، نفـس، نفس،... سـر ماریا بـه آرومی بیـن پاهای هرا تکـون میخـورد. دسـتای هـرا دوباره واسـه برداشـتن یه متکای دیگه بالا رفت ولی نه واسـه زیـر سـرش. هـرا متکا رو با دسـت فرو کرد زیر قوس تحریک کننده کمرش و هلـش داد زیـر باسـن گـرد و سـفت و برجسـتش. خودش رو دربسـت سـپرد بـه زبون و

دستای هنرمند ماریا. چشمای بسته و دهان بازش نشون میداد که از این واگذاری ناراضی نبود.

آآآآه ه هههههه. آه عمیق و کشیده هرا داشت به فریاد می نشست که دست هرا روی لبای ماریا نشست و دست ماریا رو لبای هرا. انگار فقط هرا زودتر جیغ کشیده بود و از عکس‌العمل ماریا مطمئن بود. ماریا خیسِ خیس بود. از لب و صورت و همه بدنش قطرات آب و عرق سرازیر شده بود. تلاش میکرد نفسهاشو آرومتر کنه، تا بتونه یه کلمه حرف بزنه با دستاش بدنش رو به هرا نشون داد و با خنده:

"من کی حموم بودم؟"

خندید، خنده ای دیوانه وار. خنده ای که خیلی وقت بود با کودکی فراموشش کرده بود. هرا خندش رو به سختی رو کنترل کرد و با لوندی:

"من که دوش نمیگیرم."

ماریا با صورت تعجب زده و خنده دار جوری مسیر نگاهش رو گرفت که هرا دوباره ریسه رفت، خندش رو کنترل کرد:

"میگن حموم بعد از سکس خیلی خوبه، چون عرق سکس، همه سمای بدنو دفع میکنه و باید شستش..."

دوباره ماریا رو بغل کرد و با عشق:

"وایی این اگه سمه، یه قطرشم نمیخوام از دست بدم."

صورت متعجب ماریا متفکر شد، لبخند ملیحی گوشه لباشو غلغلک داد. به آرومی لب هرا رو بوسید و دوباره دراز کشید. چشمای درشت و خمارش بدون هیچ کنترلی بسته و لباش به خنده باز شد.

هرا ماریا رو از پشت بغل کرد. خودش رو چسبوند به باسن درشتش، با یه نفس

همه ریه شو پر کرد از عطر موهاش. خوابید، خوابی از جنس رویا.

***

چشمان دادار باز شد:

با غرور درسرسرای بلند کاخ به سمت بارگاه خداوند گام برمیداشت. غرور و پیروزی در انعکاس صدای محکم گامهای استوارش، خودنمایی میکرد. با زیرکی و درایت نبردی را پیروز شده بود که امیدی حتی به بازگشت نداشت. دربهای بزرگ و بلند و مجلل کاخ برویش باز شد. نگاهش از ستونهای بلند و صحن عظیم کاخ، برروی صورت پریچهر دختری آرام گرفت، که آرام جانش بود، تنها امیدی که او را زنده برگردانده بود. دختری که از بد حادثه، کنار جوانی با نگاهی سوخته در حسادت، ایستاده بود. جوان نه تنها رقیب تاج و تخت، که رقیب عشق او هم بود. برادری ناتنی که نه حضور او را تاب میاورد، نه زنده اش را.

با گردنی افراشته تر از رقیب دیرین، با غروری که قسمتی از وجودش شده بود، میرفت تا با احترام و بندگی رو به روی مردی بایستاد که نه تنها آینده که مرگ و زندگیش، در دستان مقتدر او بود. کسی که با خوشرویی انتظارش را میکشید.

مردی جا افتاده با نگاهی نافذ و مغرور، پوشیده در لباسی سفید با گردن آویزی از چرمِ تزیین شده با طلا و جواهرات که تا انتهای شانه هایش و کمی بیشتر، وسعت داشت. حق نبود خدای عالم شانه ای کوچکتر از سردارانش داشته باشد. کلاه جواهر نشان سفیدِ بلندی بر سر داشت، که او را از همراهان و اطرافیاش بلند قامت تر مینمایاند و اینگونه ضعف کوچکی خود را پوشانده بود. دست مرد

با خوشرویی به سویش دراز شد. به بوسه تمکین کرد. خداوند بر او مهربان بود:

"خوش آمدی فرزندم، سردار دلاور من. شنیده ام مرگ را به بازی گرفته ای."

در مقابل پای مرد زانو زد. لبهایش پشت دست و گوشه دامن لباس خداوند را بوسه زد. چیزی جز او نه میدید، نه میشنید. وسعت نگاهش را تصویر مردی پر کرده بود با اراده و قدرتمند که برای همه خطر مرگ داشت، برای او نوید زندگی. فرعون با مهربانی و حرکت دست، او را به نشستن در کنار خود دعوت کرد.

موسی سر به زیر وموقر، در کنار تخت فرعون چون سرداری رشید و جان بفرمان:

"هر چه دارم و دانم جز خواست و آگاهی شما نیست سرورم. جانم پیشکش خداوندگارم."

فرعونِ مغرور، به لبخندی قدرشناسی کرد:

"پسرم، اکنون تو قسمتی از وجود من و این بارگاهی. کسی که باید بزودی سکان اداره این سرزمین پهناور را بدست گیرد."

نگاه مرد از او به سمت پنجره بزرگی که چشم اندازش وسعت شهر بود، چرخید:

"آنان را میبینی؟"

نگاه موسی را به جایی کشید که میدید. تمام توجه او را میخواست:

"آنها تنها چیزی را می آموزند و انجام میدهند که زندگیشان را میگذراند و آنچه میدانند را نیز صرفا به کودکان خود می آموزند تا هنر خویش را چون میراثی گرانبها، در خانواده نگاه دارند. من هر چه دارم و دانم یا با من دفن میشود یا به تو منتقل خواهد شد. هنر من، حکومت است."

با لبخند مغروری چشمان کنجکاو موسی را از نظر گذراند:

"با داستانی که امروز خلق کردی، نشان دادی برای آنچه به تو خواهم گفت آماده ای. گام اول حکومت چون حاکمی توانا و بزرگ، اندیشیدن است. آنچه تو را به حکومت میرساند قدرتت نیست، اندیشه توست. قدرت زیاد در نهایت، از تو سرداری دلیر میسازد که در جنگ به کار حاکم آید. برای حکومت شجاعت لازم است، کافی نیست. چیزی که تو را حاکم میکند، اندیشه توست."

بی هیچ کلامی تنها با نگاه و حرکت دست فرعون، کاخ خلوت شد. خداوند با مهربانی:

"آنچه مرا در این جایگاه نگه داشته است، همین درسهایی است که به تو خواهم آموخت. سخنانی که هر کلامش میتواند زندگی انسانی را متحول کند."

به سمت پنجره رفت و موسی دو گام عقبتر، که خدای را حتی برابری، نزدیب:

"میتوانی بگویی چرا این مردم، روزها و شبها چنین در جنب و جوشند و آرام ندارند؟"

موسی به کرنش و ادب:

– "نیاز قربان. شما خود فرموده بودید: نیاز کلید واژه، زندگیست."

فرعون راضی از پاسخ:

"آفرین پسر. این چیزیست که تنها تو میدانی. آنها جز نیازشان، هیچ نمیدانند و تا زمانی که سیطره قدرت اندیشه شان از دیوار نیازشان بلندتر نشود، چیزی جز آنچه دارند، نمیابند. نیاز تو چیست، موسی؟ تو به چه می اندیشی؟"

غرور موسی ترک برداشت. سوال فرعون، ساده نبود. این نیاز است که انسان را میسازد و او جز فرمانبرداری از فرعون نیاز دیگری نداشت که تامین کند:

"فرمانبرداری، سرورم؟"

‏فرعون با فریاد و خشم:

‏"فرمانبرداری هدف نیست پسر. با فرمانبرداری تو به جایی غیر از آنچه هستی،
‏نخواهی رسید."

‏به اشاره دستی موسی را به واقعیت پشت پنجره کشاند:

‏"آنها بقدری نیاز دارند که جایی برای آگاهی در زندگیشان نمیماند. همه آنچه
‏میدانند، همانست که از پدران خود آموخته اند، پس به جایگاهی جز آنچه هستند،
‏نمیرسند."

‏برق نگاهش موسی را سر بزیر تر کرد:

‏"اما تو آنقدر از آنچه آنها نیاز دارند، بی نیازی که آنی هم به آن نمی اندیشی.
‏تو در جایگاهِ آگاهی، ایستاده ای. ذهن تو خواسته یا ناخواسته در کانون اطلاعات
‏قرار دارد، تنها کافیست تمکین کنی. بگذار با سوالی آغاز کنم: چرا در میدان نبرد
‏با شمشیر، کسی را یارای جنگیدن با تو نیست؟"

‏موسی سرخوش از تمجید خداوند:

‏"شمشیر من قربان، قسمتی از وجود من است. آنقدر با این شمشیر جنگیده ام
‏که بدون هیچ تردیدی تنها به ضربه ای سریع، قادرم با نوک شمشیرم بند نازک
‏لباس حریر دختری را بی آنکه پوستش جراحتی بردارد، بر تنش پاره کنم."

‏مرد جوان و شمشیرش رو مرور کرد تا به نگاهش رسید:

‏"آفرین بر تو. پس چون تو بر همه ابعاد شمشیرت از قد و اندازه و وزنش آگاهی
‏خداوند شمشیرت شدی، به گونه ای که هیچکس را یارای دمی مبارزه با تو نیست."

‏با اشاره، مردم شهر را نشان داد:

‏"آنها هم مانند شمشیرند. هر چه بیشتر از آنها بدانی، سهل تر حکم میرانی."

خدای عالم را، پیری زمین گیر کرده بود. مردی که کشوری زیر نگین فرمانبردهی داشت، توان کمی بیشتر ایستادن روی پا را از دست داده بود. کهولت توان زانوان مردی که خدا بود، را زدوده بود و خدایی که میمیراند، به کام مرگ میبرد. فرعون به تخت نشست، خدایی که از خدایی، تنها کشتن میدانست. هیچکس جز او توان تکیه بر این جایگاه را نداشت، حتی خدا، که دو شاه به اقلیمی نگنجند و دو خدای به عالمی:

"این چیزیست که باید بیاموزی پسرم. به سادگی شمشیر زدن نیست، اما شدنیست."

جام طلایی کمرِ باریکی که روی میزش بود، خالی شد. جام موسی نیز به دعوت خداوند خالی بر میز نشست. دردِ کهولت فرعون را، تنها مستی شرابی تسکین میداد که بدستور حکیمان مخصوص ساخته شده بود. ترکیبی از بهترین انگور موجود با گیاهان معجزه آسایی که کسی جز حکیمان خاص فرعون نمیدانست. جام دوم لاجرعه سر کشیده شد و بازدمی عمیقی با کلامش جاری:

"آدمیزاد توانایی هایی دارد که خود نیز نمیداند و این رمز پیروزی ماست."

موسی غریق در عمق آنچه پروردگارش میگفت، به ادب:

"آنچه من از آیات شما درک کردم اینست که، مردم مانند شمشیرند. بدانی در کنارت میمانند، ندانی روبرویت..."

صدای کف زدن فرعون سرسرای کاخ را به همهمه کشاند. این اتفاقِ کمی نبود:

"درود بر تو، پسر. کار شمشیر بریدن است. بدان که این خدای شمشیر است که مقتول را برمیگزیند، نه شمشیر."

مکث کوتاهی کرد:

"اگر روزی این مردم خود و توانی که دارند را بشناسند، چه میکنی؟"

صدای خنده فرعون کاخ را پر کرد. صدایی که بندرت در کاخ شنیده میشد:

"جوابت را میخواهم، سردار پولادین تیغ."

چشم انداز کاخ به گونه ای بود که از سریر فرعون هم، شهر قابل رویت بود. به دستور خود او و معماری کاخ، اینگونه رقم خورده بود. چرا که او، ساعتها مردم را از پشت همین پنجره مطالعه میکرد و این همان چیزی بود که از او فرعون ساخته بود. مردی که صرفا یک پادشاه نبود. خدا بود.

نگاه موسی از پشت پنجره به خداوند هجرت کرد. لب چیزی برای گفتن نداشت، اما نگفتن ممکن نبود. جواب خداوند واجب بود:

"ترس قربان. تعدادی که از دم تیغ بگذرند، خود را نیز فراموش میکنند."

خداوند غریق در بحر تفکر:

"آنان همه شکوه تو در فرمانروایی هستند. هرکدام نباشند پایه ای از قدرتت لنگ میزند. ترس درس دوم است و مرگ درس آخر."

توان زانوانش برگشته بود. شراب موثر بود. عزم به پنجره کرد و با مهربانی:

"جرات به وفور داری، هوش و حوصله کم. بدان که آنها تا ندانند تغییری نخواهند کرد. پس مشخص شد به عنوان حاکمی قادر، باید بدانی و نگذاری بدانند، که دانش مسری است."

موسی متفکرانه و با ادب گوش به سخنان خداوند بسته بود. فرعون به لبخندی مهربان:

"کلید دوم موفقیتت، همان است که گفتی، چیزی که با آنها بدنیا میاید و با آنها میمیرد. همان که به تو، توان ادامه حکومت میدهد."

به سمت موسی برگشت:

"ترس فرزندم، ترس. ما ترس را در زندگی آنان نهادینه کرده ایم و اکنون ترس را به عنوان بخشی لاینفک از زندگی دردبارشان پذیرفته اند. میدانی این ترس از چیست؟"

نگاه منتظرش سکوت لبهای موسی را به کلامی شکست:

"مرگ قربان؟"

دوباره کاخ لبریز صدای خنده شد:

"مگر زنده اند؟ کجای آنچه آنان میکنند، زندگیست؟ روزی هزار بار میمیرند اما ترس از دست دادن دارند."

نگاه موسی گیج بود. فرعون با صدایی بلند:

"شما اینجا شجاعت می آموزید و آنها ترس را هر روز دوره میکنند. شما به سربازان دستور میدهید، آنها بدست سربازان شکنجه یا کشته میشوند و این یعنی قدرت."

او که خدا بود، بیرون از دیوارهای کاخش، توان یک روز زندگی را نداشت. او حتی دمی آنچه با مردم میکرد، را تاب نمی آورد. برای او حکومت یک وظیفه نبود، غنیمتی بود که به چنگ آورده بود. تنها کسی میتوانست آنرا پس گیرد که از او به قدرت تشنه تر باشد و بی رحمتر. در حکومت، هیچ خوبی بر بدی چیره نمیشود. که بدی را صرفا بدتر حریف است:

"مردم تاریخ نمیخوانند تو بخوان. مردم در باره خود نمیدانند، تو بدان. مردم از تو و آنچه داری میترسند، نترس. تاریخ بخوان چون تکرار میشود. آنکه تاریخ میخواند، آینده میبیند و آینده از آن آگاهیست."

موسی غرق در اندیشه و تشویش بود، فرعون خدای رفتار شناسی:

"نترس موسی، بیاندیش. یک حاکم واقعی نباید حتی دمی از اندیشیدن باز ایستد. حکومت بر اندیشه استوار است. حکومتِ زور زیاد نمی پاید. من اولین انسانی هستم که خدا شد. خدا بودن ضعفها و قدرتهای خود را دارد که جز من کسی نمیداند. اگر آنچه میگویم را آویزه گوشت کنی و دمی از اندیشیدن به آن غفلت نکنی، بشارت قدرتی را به تو میدهم که تا دنیا هست، کسی توان گرفتنش را از تو ندارد."

انگار آنچه او میگفت را مردم بیرون پنجره به او دیکته میکردند، که به هر کلامی نگاهش آنجا بود. فرعون اندیشناک:

"دوران حکومت به جای خدا به سر رسید. مردم به چنان درکی رسیده اند، که دیگر نپذیرند، یک انسان فانی خدا باشد. اگر همین روش را پیش گیری، حکومتت دیر نخواهد پایید."

مکث کرد، وقتی خدای مکث کند، بنده گوش بفرمانتر میشود. موسی نیز شد و قصد خدا از مکث همین بود:

"من، ترس مستقیم بودم، خدای مرگ. میبینی، خدای مصر، کسی که نامش لرزه بر پیکر هر جنبنده ای می اندازد، خدایی که تنها کاری که خوب میداند، کشتن است. اما تو نباش. مردمت را بخوان. از دوستی با آنها سخن بگوی. به آنها نوید خدایی ده، راستین. آنکه خلق میکند و خلع. خدایی را نوید ده که نه بدنیا میآید، نه میمیرد، هست و خواهد بود. هرچه بینی و دانی از اوست. هر چه بودی و هستی نیز. اوست که خلق میکند و میمیراند، عذاب میکند و پاداش میدهد. او خداییست که اگر بگوید بشو، پس میشود. از تو چنین خدایی را گواه خواهند

خواست، چون وسعت فکرشان از دامنه نگاهشان تجاوز نمیکند."

صدای فرعون اوج گرفت:

"به آنها بگو اوست که قادر است و عالم و عادل و قهار. نه دیده میشود نه شنیده، اما از رگ گردن به تو نزدیکتر است. او مالک اصلی جهان و روز و شب است. اگر گردن نهید، پاداشی به وسعت بهشت خواهید داشت و اگر تمرد کنید عذابی به وحشت جهنم. در عذاب و پاداش امساک نکن. چیزی را بشارت ده که در ذهن نگنجد و عذابهایی که تصورش لرزه بر پیکر اندازد. هرچه باورناپذیرتر باشد، بیشتر باور خواهند کرد چرا که مردم از خدای غیر منطقی، توقع عذاب منطقی ندارند."

مکثی کرد و با غرور:

"حال تو خدایی هستی، که فقط دستور میدهد."

خندید، خنده ای که شیطان هم توانش را نداشت. این فرعون نبود که میخندید، خدایی جعلی بود که جعل خدایی دیگر میکرد. چشمان موسی برقی زد، انگار آنچه فرعون گفته بود را با همه وجود درک کرده بود:

"خدایی که دیده نمیشود..."

لبخندی صورت موسی را شکوفا کرد. دستهایش مشت شد و فریادی از شادی، کاخ را پر کرد:

"یَهو و و وَ..."

فصل پنجم

عروج

زیباترین چشمای دنیا به آرومی با نوازش لطیف ماریا طلوع کرد.

لب ماریا با تمنا به طلوع هرا نزدیک شد. خورشید هرا تاب تمرد نداشت. لبای همیشه مشتاقش بی هیچ درنگی بستر فرود لبای درشت ماریا شد. اگه صدای در زدن نیومده بود، همه چی دوباره تکرار میشد، صدای خاص در زدن مادر. هرا با دلهره از کنار ماریا بلند شد. موهاشو مرتب کرد. ماریا با خونسردی و ادب:

"ممنون مامان، الان میایم عزیز دلم."

عشق و احترام ماریا به مادر باعث احترام زیاد مادر بهش شده بود.

"خوب مامان منو بلدی شیطون، خوب بلدی ..."

هرا واسه گفتن این جمله اول ماریا رو به پشت روی تخت هل داد. دستهاش رو برد بالای سرش، با یکدست محکم نگه داشت. با قهقهه بلندی حرفش رو تموم کرد. صورتش رو به صورت ماریا نزدیک کرد. آهسته نوک بینی خوش فرمش رو به بینی نازک و قلمی ماریا مالید. ماریا با یه تبسم و یه بوسه دزدانه پاسخ جذابی بهش داد. همنشینی مردی مثل دادار که همیشه چیزی واسه گفتن داشت، با لوندی فرشته ای مثل هرا، ماریا رو به یه خوشبختی دست نیافتی رسونده بود، حسی که هر لحظه داشتنش واسش یک دنیا ارزش داشت. خنده هرا که به اوج دیوونگی رسیده بود با لبای ماریا، به هم دوخته شد.

پدر، مادر و پسرش به احترام ورودشون بلند شدند. به خاطر لوندی هرا بود یا وقار ماریا، هر سه تو نگاهشون چیزی جز احترام نبود. آغوش اجتناب ناپذیر بود. ماریا به آرومی پدر رو بغل کرد، هرا اما رو یه صندلی نشست. عشوگرانه به مادر نگاه کرد و با لحن بچگونه ای:

"من دلم باقلوا و چای میخواد."

لبـای قشـنگش بچه شـد، یه بچه که بـا لبخند ازت چیـزی میخواست. جذابیت و غیـر منتظـره بـودن این حرکتش نگاه متعجـب همه رو روی هرا کشـید. هرا وقتی نگاه همـه رو روی خودش دید بـا همون لحن:

"جدی میگم، دلم میخواد خوب."

نـگاه ملتمسـانه بچگانـه و قشـنگش رو تو چشـمای مـادر دوخت. مثل بچـه ای که هیچکـی دلش نمیـاد بهش نـه بگه:

"خـدا کنـه فقط کـم درست نکـرده باشـین. من گریـم میگیـره. قدیمـا هـر دفعه یه دونـه ازون سـینی گنـده هـا درسـت میکردید."

مادر طاقت نیاورد و با لبخند مهربونی گفت:

"گلـم، هرچی دلـت میخـواد هسـت. نبـود بازم واسـت درسـت میکنم مـادر. تو فقط بخنـد عزیـزم. بخند دلمون واشـه..."

مـادر بـا گفتـن این جملـه بـه سـمت آشـپزخونه رفت. خواسـتن و بدسـت آوردن هنر هـرا بـود. شـاید سـادگی خواسـته هـاش، دلیـل دیگـه موفقیتـش بـود. او بـه معنی واقعـی خوشـبخت بـود. خوشـبختی هـای خیالی که تا بهش نرسـی، نمیفهمی چی از دسـت دادی تـا بـه چی برسـی، تـوی وجودش راه نداشـت. او نـه تنها زیبا بود و سـاده، عاشـق سـادگی هـم بـود. زندگی هـرا پـر بـود از خواسـته هـای سـاده و لـذت بخش، لذتهایـی کـه خوشـبختی رو درسـت میکردنـد. خوشـبختیی کـه همـه یه عمر دنبالش میدونـد، در حالیکـه اصلا نمدونند چی هسـت. اون بینهایت خوشـبخت و جذاب بود. بـه قـدری جذاب که فکر میکردی مسـتحق خوشـبختی بیشـتریه، ولـی همونجور که دلش میخواسـت خوشـبخت بود.

مغـز دادار هـم بـی هیچ کم و کاستی در اختیار هوسهای هرا بود. هرا انگار خوش شـانس تریـن موجـود زنـده دنیا بود، ترکیبی از یه زیبایی بیرحمانه با یه مغز هوشـمند. دلنشـینی حرکات هـرا چنـان جـذاب بـود کـه هیـچ نگاهـی تـوی اون جمع متفرّق نبـود. مـادر اینبـار بـه جـای بـا عصـاره ای از طبیعت برگشـت. قوری کریسـتالی نفیـس مـادر مهمـون معجونـی ارغوانـی رنگ بود کـه جایـی واسـه اسـترس و فشـار تـوی جمع عزیزاش نباشـه. این دمنوش مخصوص آقا جـون و دادار بود. مـادر گلبرگهای خوشـرنگ گل گاوزبـون رو بـا ریشـه سـیاه سـنبل طیـب و مقـداری آبجـوش تـو قوری ریختـه بـود. ترکیـب ارغوانـی رنگِ معجـون، بـا بـالا و پاییـن شـدن گلبرگهـای بنفش گاوزبـون تـوی قـوری روی حرارت شـمع وارمـر با لبخند مهربـون مـادر آرامبخش بود. سـینی پذیرایـی روی میـز جـا خـوش کـرد. دمنـوش تـازه خوشـرنگ و باقلـوا مهمـون گرمـی اون جمع بود. ذوق و شـعف چشـمای هرا چیزی از یه بچه شـیطون بازیگوش کـه بهـش خوراکـی مـورد علاقشـو داده باشـند، کـم نداشـت. بـا اینکـه فقط یه بـار این معجـون خوشـمزه رو تجربـه کـرده بود، فکر میکرد سـالها معتادش بـوده. این دوگانگی هـرا بـود. دوگانگـی و پارادوکسـی کـه فقط تـوی فکر و جسـمش نبـود، تو همـه چیز بود. شـانسی کـه داشـت این بود کـه هیچوقت هیچ خاطره ای از جسـمش نداشـت. اینکه نمیتونسـت چیـزی رو بـا گذشـته هرا تـوی مغزش مقایسـه کنه، تطابق مغز با جسـم رو بـراش راحت تر کرده بود.

مغـز هـرا تـو دلنشـینی حرکات و طنـازی عشـوه هاش هیچ نقشـی نداشـت. انگار همـه ایـن حـرکات عادتهایـی بودنـد کـه فقط از بدنـش سرچشـمه میگرفت. یه سـری حـرکات نخاعـی کـه واسـه انجامشـون هیـچ نیـازی بـه تجزیـه تحلیـل مغـز نبـود. امـا گاهـی هـوش مرد بـا شـناختی کـه از مردا داشـت تو عشـوه هـای هرا دخالتـی میکرد تا

اثرش، چندین برابر بشه و میشد.

هرا بعد از دادار، تبدیل به موجودی منحصر بفرد شده بود. موجودی که نمونه دیگه ای غیر از خودش نداشت. او تنها نمونه ایست که ممکن است انسان خردمند او را ساخته یا از او ساخته شده باشد.

کمی دورتر از آرامش دمنوش، قلبی زیر و رو میشد. مسیح تو تلاطم سرکش نگاه جذاب هرا غرق شده بود. عشق پدر، بخش غیر قابل انکاری از زندگیش بود. اما عشقی که جذابیت هرا داشت تو وجودش می تنید، جنس دیگه ای داشت. فکر مسیح تو نرد عشقی به بازی گرفته شده بود که هیچ شانسی واسه پیروزی نداشت. دل مسیح که فریفته روح پدر بود، زخمی تیر مژگان فرشته وسوسه گری شده بود که از بد حادثه، پدر بود.

مسیح تو هزارتویی گرفتار شده بود که هیچ راه گریزی نداشت. بدتر این که، حتی نمیتونست حدس بزنه اگه هر عملی انجام بده چه بازخوردی می بینه؟ مغز مسیح که بهترین شاگرد پدرش بود درگیر سوالی شده بود که میتونست، اولین غیر ممکن تو زندگیش باشه. پدر بهش یاد داده بود غیرممکن تو بینهایت راهی نداره. تو عالم بینهایتی که ما توش زندگی میکنیم، غیر ممکن غیر از ذهن ما جای دیگه ای نیست. گریز ازین هزارتو فقط یه راه داشت، یه راه بی بازگشت و مسیح مصمم به راه بود.

مسیح محصول عشق بود. با عشق چشم وا کرده بود و با عشق نفس کشیده بود، عشقی از جنس زندگی، و این قلب سرتا به پا عاشق، دچار افسون دیگه ای شده بود، افسونی که زندگی رو براش غیر ممکن کرده بود. او زندگی بدون عشق رو بلد نبود، کینه تو وجودش راه نداشت، با دشمنی غریبه بود. مسیح به چلیپایی

کشیده شده بود از دو عشق که سرانجامی جز مرگ واسه خودش نمیدید. تنها راه رسیدن به هرا حرف زدن باهش بود که هزینه زیادی ممکن بود داشته باشه، به اندازه زندگیش. فقط دنبال زمان مناسب بود و لحظه شماری میکرد. او عشق با اولین نگاه رو تجربه نمیکرد. قبل از اولین نگاه عاشق شده بود. نگاهش گاهی به احترام، گاهی به وسوسه، چشمای هرا رو دوره میکرد. عشوه های ذاتی هرا و نگاه های اغواگرش هم بی تاثیر نبود. مسیح غرق فکر بود و عشق، هرا غرق لذت و جذاب.

مادر به خیال خودش، داشت از کودکیای فرزندش به هرا میگفت و همه میخندیدند. حتی هرا که حرفای مادر بخشی از خاطرات دورش بود. مادر مکث کرد، به چشمای قشنگش نگاه کرد:

"راستی تو چند سالته مادر جان، دخترم؟"

-" همین ۵۳ سال پیش خوتون زحمت کشیدین منو زاییدین. به همین زودی یادتون رفت؟"

هرا گفت و دیوانه وار خندید. خنده ای که حتی قلب دردناک مسیح بی نوا رو هم به خنده انداخت. ماریا از خنده به گریه افتاد. پدر هم که اینبار به خاطر صدای بلند تر هرا حرفش رو شنیده بود، میخندید. مادر ولی هنوز متعجب بود. او سوال ساده ای از هرا پرسیده بود و جواب درخوری نگرفته بود. با تعجب صورت بقیه رو نگاه میکرد. شاید این استعداد دیگه هرا بود که نه تنها کسی از خنده هاش ناراحت نمیشد که از دیدن این حجم از زیبایی که شکوفا میشد، لذت میبرد.

مادر بزرگ دلخور و جدی با رگه هایی از ناراحتی تو صداش:

"نه مادرجان. تورو که میدونم عزیز مادر. منظورم هرا خانم بود. گفتم یه سوالی

ازش کرده باشـم، خیلـی غریبـی نکنه، آخه اینجا کسـیو نـداره طفلک."

هرا خندش رو کنترول کرد نزدیک مادر شد. گونش رو بوسید و با احترام:

"عشـق منی مادر جون. بخـدا همونقدر کـه اون میدونه مـن قـبلا چـه شکلی بودم، مـن میدونـم اون قـبلا کـی و چـی بوده عزیزم. ولی نگران نباش، کـم کـم همشومیپرسـم و بهـت میگـم."

مادر دلخوریش برطرف نشده بود:

"نه مادر جان مگه من فضول مردمم. گفتم بچه تنهاست یه حالی ازش بپرسم."

هرا دوباره مادرو بوسید. با لبخند و مهربون:

"مـادر جان مـن الان یه نفرم عزیـزم. هنـوز پسر شمام. ولـی خـوب دیگـه یه کم ظاهـرم فـرق کرده. ببخشـید کـه به اون خوشتیپی نیسـتم!"

بـاز خندید. مـادر هـم خندید. ماریا هـم کـه با انگشـتا و دسـتای هـرا بازی میکرد از خنـده هـرا دوباره بـه خنده افتـاد. پدر هنـوز میخندید.

خنده مسیح امـا فرق داشت. ظاهـرا خنـده بـود. اما چیـزی تو دلـش بـود کـه با خنـده غریبـه بـود. عشـوه ها و حرکات هرا، طنـازی و تنانگیش با مـادرش مضطربش کـرده بـود. هـم تحریک شـده بود، هـم خوشـحال بـود، هم دیونه. مسیح دچار حالی بـود کـه بـه جرات میشـه گفت هیچ کس روی زمین تـا اون لحظه این حـس رو تجربه نکـرده بـود. حسـی کـه دیگه نمیشـد بهـش اعتمـاد کرد. حسی کـه نه وجود داشـت، نـه تعریف. اما عیسـی دردی میکشـید کـه قابل وصـف نبود. حـس دردناکی رو واسـه اولیـن بـار تجربـه کـرد چیـزی بین تـرس و عشـق. ترس از اشـتباه و عشـق به پـدر، به زیبایی، ، بـه هرا.

مسـیح مصلوبـی را میمانسـت کـه جـز مرگ راهی نداشت و تصمیم گرفت، مرگ را

بی دلیل به جان نخرد.

دور اون میز خوشبخت، همه خوشحال بودند، مسیح دردمند. او هرا رو پدر نمیدید. فرشته ای میدید جذاب و طناز. گذشتن از هرا واسه مسیح تلخ تر و غیر قابل تحمل تر از، گذشتن از خودش بود. مسیح صلیب رو انتخاب کرد، ولی بعد از جواب هرا. ابراهیم انگار بیراه نگفته بود. انتخاب مرگ واسه مسیح، تو بازی مرگ و زندگی، راحت تر از لب باز کردن، جلوی پدر بود. مسیح صحبت کردن با هرا رو با هر شکلی مینوشت، غلط بود.

نگاه هرا یه لحظه با نگاهش درگیر شد. قدرت چشم برداشتن ازش رو نداشت. هرا تو کانون نگاه مسیح جوری با لوندی خودش رو تو بغل ماریا ول کرده بود که مسیح رو بیشتر از این که ناراحت کنه، تحریک کرده بود. غم صورتش، نشون از دردی داشت که میکشید و این غم و درد هیچوقت از چشم یک پدر دور نمیموند. پدر با چشمکی به مسیح با عشوه از کنار ماریا بلند شد و به براه افتاد. مسیح با دلشوره دنبالش. این حرکت از نگاه بقیه دور نموند اما اتفاق جدیدی نبود، داستان همیشه مسیح و پدر بود. ماریا واسه شام از مادر پرسید. پدر طبق معمول اخبار رو گرفت.

طپش قلب، لرزیدن خفیف دستاش، دلهره اینکه چجوری حرفش رو شروع کنه، مسیح رو از ادامه راه پشیمون کرده بود ولی راه برگشتی نبود. از مرگ سخت تر به نظر نمیرسید. بیرون عمارت روی بالکن بزرگی که فقط دوتا پله با زمین فاصله داشت، درست جلوی در ورودی عمارت جایی که یه درخت مجنون بید شاخه های وارونه اش رو به پاشون ریخته بود، روبروی هم ایستادند. جایی که هیچکس نبود جز مسیح و پدر و خدا. مسیح چشم تو چشم هرا ایستاد. هرا واسش پدر بود یا خدا

نمیدونست، اهمیتی هم براش نداشت. چیزی که مسیح رو به اینجا کشیده بود نه پدر بود، نه خدا، عشق بود، عشق هرا.

هرا مثل همیشه دلنشین و بی پروا زمزمه کرد:

"عزیزم، عشقم، نفسم، همه چیزم، پسرم من عاشقتم بابا. من بیشتر از خودت عاشقتم. تو مردی، باهوشی، جذابی. تو هم کم بدن منو وسوسه نمیکنی. تو نمیدونی... واقعا نمیدونی اگه میتونستم، چقدر بیشتر از خودت مشتاقت بودم، عزیزم."

بغض، درد، عشق، تنها پذیرایی اون محفل بود. ضیافت عشق انگار بی اشک ضیافت نمیشد و بی درد، عشق. صدای هرا عوض شد. هاله زلالی چشماش رو خیس کرده بود که مثل یه اشک افتاد. درد مسیح با گریه درمون نمیشد. درد بیدرمونی بود که باید میسوخت و میساخت. دردی که جایی غیر از عمق نگاهش دیده نمیشد. هرا با اعتماد به نفس و محکم ادامه داد:

"ولی باید قبول کنی من پدرتم. درسته شبیهش نیستم، درسته مرد نیستم، درسته خیلی بیشتر ازینکه بتونی تحمل کنی، خوشکل به نظر میام. ولی اینا تقصیر هیچکی نیست، عزیزم. کافیه یه کم درک کنی!"

چشم هرا، تو زیبایی معجزه خدا بود ولی به اشک که مینشست، تعریف زیبایی عوض میشد. لباش میلرزید. کلمه ها به سختی به ذهنش میومدند. نفس کشید. لرزش لباش رو کنترول کرد. تند و با ناراحتی :

"من قبل ازین که دوباره ببینمت، درست اولین باری که بهوش اومدم و خودمو این شکلی دیدم، یاد تو افتادم پسرم. درست همینجور که الان داری منو نگاه میکنی، نگاهت رو تو آینه حس میکردم. واسه یه لحظه بابا دلم خواست دوباره

بمیرم..."

اشک بهش امون نداد. مسیح هم بی امون اشک میریخت. هرا نفس عمیقی کشید خودش رو کنترل کرد با بغض:

"ولی نتونستم نبینمت بابا، نتونستم..."

امان از دل وقتی مات میشه. انگار هر کاری کنه محکوم به درده. نتونست گریه ش رو کنترل کنه با گریه داد زد:

"میتونی اینو درک کنی بابا؟ من میتونستم دیگه نباشم پسرم؟"

مرد، مرد گریه نبود. خاطره ای به اسم گریه تو دفتر زندگیش نداشت، این هرا بود که دردش رو نمیتونست، تحمل کنه. مرد عذابش رو قبلا تو بیمارستان کشیده بود.

مسیح بایکوت شده بود، نه راه پس داشت، نه پیش. نه میتونست انکار کنه، نه اصرار، شوکه شده بود. هنوز واسه گفتن حرف دلش با خودش کنار نیومده بود که به شکل دیگه ای با واقعیت روبرو شد، با یه چالش. او بدون هرا زندگی کرده بود ولی زندگی بدون پدرامکان نداشت. پدر همه این درد رو فقط به لذت دیدن او کشیده بود، خلف نبود، اگه اونم نمیکشید. هرا به نرمی پیشونی پسرش رو بوسید تا هم عشقش، هم موقعیت خودش رو به مسیح نشون بده. لبخند دلنشینش رو به چشمای گیج مسیح هدیه کرد:

"عشق داستان غریبی داره پسرم، خیلی قریب. من عاشق توام. با همه وجودم عاشقتم. ولی این عشق یه پدره. عشقی که تا پدر نشی درکش نمیکنی. یه عشق بی ادعای پاک و بزرگ. به حدی بزرگ که اگه مجبور بشم بین خودم و تو یکی رو واسه زنده موندن انتخاب کنم، اون یه نفر تویی."

اشک تنها نوشیدنی این بزم دو نفره بود. هرا از دل میگفت. مسیح بی دل میشنید:

"علاقه من به تو خیلی بیشتر ازینه که بتونم حتی یه لحظه به این مسئله فکر کنم. به من فکر کن پسرم، به پدرت. حالا دوباره به چیزی که فکرت رو مشغول کرده فکر کن.

باید یاد بگیری هرا رو من ببینی، نه من رو هرا."

چشمای خیس، سکوت سرد، نگاه مسخ، تعریف مسیح بود، ولی خودش نبود. مسیح تو این حال تعریف داشت، حضور نه. هرا به آرومی نوک بینی مسیح رو بوسید و مهربون:

"من دوست دارم عروسیتو ببینم پسرم."

چشم هرا چشمه جوشان زلالی بود که جویبار قشنگی رو به گونه هاش هدیه میداد. اشک گوشه لبش رو با ظرافت گرفت و ادامه داد:

"حس من و تو عزیزم عین همه. ولی چون این حس توی وجود تو، با سن و جنست ترکیب شده، نمیتونی درک درستی ازش داشته باشی یا مدیریتش کنی. نگران نباش. خودتو سرزنش نکن، فقط کافیه منو پدر ببینی."

مسیح یه قدم عقب رفت. به دیوار تکیه زد. زیر بید مجنون و یاس سفیدی که خودش با پدرش کاشته بودند. با نفس عمیقی ریه هاشو پر کرد از بوی یاس، بوی بهار، بوی هرا. پدر سرش رو تکیه داد به سینه بزرگ پسرش، دستاش رو انداخت دور گردنش.

تو دل مسیح آشوب بود، چشماش بیقرار و قرمز، گونه هاش خیس، صورتش خسته. دنبال یه ذره آرامش بود. همیشه تنها کسی که میتونست آرومش کنه،

مشکلاتش رو بشنوه و حل کنه، پدرش بود. ولی الان که مشکل خود پدر بود، چی؟ این مشکلی نبود که واسه حلش کسی بتونه کمکش کنه، حتی ماریا..... دست ماریا شونه پهن مسیح رو لمس کرد. وقتی اشک جمع شده تو چشم مسیح رو دید که به دیوار تکیه زده بود و سر هرا روی سینش خم شده بود، فهمید یه مشکلی هست. دست ماریا سر مسیح و همراه با اون سر هرا رو به سمتش برگردوند. ماریا که از چیزی که میدید جا خورده بود با دستپاچگی:

"ببخشید دلم براتون تنگ شده بود، گفتم بیام یه سری بهتون بزنم..."

نگاه سرخ مسیح دستپاچگیش رو بیشتر کرد با عجله:

"کمکی از دست من برمیاد، غیر ازینکه برم؟"

آماده رفتن شده بود که دست هرا و مسیح واسه بغل کردنش از هم دور شد و با گرفتنش، نزدیک. انرژی اون جمع به مسیح جون جون دوباره داد. حضور گرم ماریا با قلبی که مثل آینه صاف بود، اون کدورت ناخواسته رو پاک کرد. دریای خروشان چند لحظه قبل، جاشو به آرامشی داده بود که اگه ترس گرسنه موندن نبود، ماریا هیچوقت اونو نمی شکست.

ماریا حلقه سه نفرشون رو شکست. دست هرا رو تو دستش گرفت و بداخل کشید. مسیح هم با دست هرا کشیده شد. ظرافت و لطافت دستای هرا به هیچ عنوان نمیتونست حس انگشتای قوی و دستای پینه بسته پدرش رو بهش بده. پینه های مردونه نوازشهای پدرش رو خشن‌تر میکرد، که دوست داشت. ماریا که از همه کوچولو تر بود به زور هرا رو با خودش میکشید. هرا یه سر و گردن از ماریا بلندتر بود و داشت با دست ظریف و قشنگش مسیح رو بداخل هدایت میکرد و مسیحِ مسخ، پیروی.

مادر با یه لبخند مهربون و نگاه باوقار گوشه چشمی به پدربزرگ نشون داد که بچه ها دارن برمیگردند. پدربزرگ دست از گردنش برداشت و صاف نشست. خنده شیطنت آمیز و ریز مادر و پدر، هرا رو به حد مرگ به خنده انداخت، خنده ای که به بقیه هم منتقل شد.

***

"بابا.... یادته... "

مسیح با گفتن این جمله سرش رو به سمت هرا بالا آورد اما تا نگاهش درگیر چشماش شد، یه لحظه مکث کرد:

"میگفتی موجودات زنده ناشی از تکامل موادند."

شیطنت هرا و لوندیش، هیچ نشونی از پیچیدگی فکریش نداشت. اما جوابش خیلی قابل تامل و تفکر بود:

"واو، هانی، میبینم هنوز مشتاق بحث کردنی؟"

با لبخند پرمعنایی:

"با یه کم تغییر، بله عزیزم. "

خنده پدرانه مرد به شکل شیطنت آمیز و تحریک کننده ای لبای هرا رو باز کرد، ولی واسه برگردوندن جو با لحن تقریبا جدی ای ادامه داد:

"وقتی صحبت از موجود زنده میکنیم یعنی داریم راجع به یکی از کمترین احتمالات عالم یا همون غیر ممکن ها حرف میزنیم. میدونی چی میگم؟ منظورم

همین احتمال کم وجود موجودات زنده، تو یه کره دیگه است. تا حالا حدس زدیم ولی هنوز بعد از کشف تعداد غیرقابل شمارش ستاره و سیاره هنوز مدرک قابل قبولی از وجود زندگی روی سیاره دیگه ای پیدا نکردیم. این خودش ثابت میکنه غیر ممکن توی این دنیا وجود نداره، که اگه میداشت ما خودمون یکی از غیرممکنهاش بودیم.

وقتی صحبت از بینهایت میکنیم، غیرممکن خود بخود حذف میشه چون بینهایت مجموعه ای از همه ممکن ها و غیرممکن هاست. هر چیزی که بتونی تصور کنی یا حتی نتونی.

یه روزی یه جایی تو این دنیای بی نهایت، با یه احتمال غیر ممکن، تخلیه انرژی چند تا صاعقه تو یه زمان غیرممکن، باعث شد یه سری مواد جوری با هم ترکیب شدند، که تونستند انرژی مورد نیاز واسه فعالیت خودشون رو از تجزیه مواد دیگه بدست بیارن و حرکت کنند. به نظر احمقانه میومد. قابلیت تجزیه مواد و گرفتن انرژی واسه تکرارش. اما صرفا قابلیت گرفتن انرژی کافی نبود چون بعد از مدتی این مواد از بین میرفتند و اثری ازشون نمیموند. تا بالاخره یه سری ازین موجودات متحرک، بعد از جذب مقدار زیادی مواد اولیه تونستند خودشون رو کپی کنند یعنی تولید مثل.

همه تواناهایی که به مرور زمان بدست میاوردند رو به صورت کد تو یه مولکول بزرگ نگهداری و تکثیر میکردند. از اون کدها واسه انتقال اطلاعات به نسل بعدی استفاده میشد. این کدها همون ژنها هستند. این موجودات حتی قادر بودند تغییراتی رو که بر حسب شرایط محیط براشون پیش میومد هم به شکل کد ذخیره کنند. اینها موجودات زنده اولیه بودند که به مرور زمان با آزمون و خطای زیاد

مجموعه ای رو ساختند به نام موجودات زنده.

با هم یه چرخه توی یه سیستم درست کردند که خودش، خودش رو کنترل میکرد، سیستمی که بعدها با اضافه کردن کلمه اکو به معنی زنده، اکوسیستم نام گرفت. یعنی سیستمی که برای ادامه حیات تنها به خودش نیاز داره و درست با همون قانون جلو میره. سیستمی که زمین رو تبدیل به یه سیاره زنده کرد.

ویژگی دیگه این کدگذاری این بود که همیشه موقع کپی کردن این ژنها، توی ترکیبشون تغییراتی مثل جابجایی یا جا افتادن بعضی کدها پیش میومد که گاهی باعث تغییرات بزرگی توی نسلی بعدی، میشد. تغییراتی که اگه ناقص کننده بود، چون توی طبیعت جایی واسه ضعیف وجود نداشت، نوزاد همون اول میمرد. خودت خیلی دیدی حیوونایی که بچه هاشونو به خاطر اینکه مشکل دارن ترک میکنن یا بهشون غذا نمیدن. یه روز عذاب کشیدن خیلی بهتره از یه عمردرد بی درمونه. اینم یکی از بزرگترین اشتباهات ما توی زندگیه، که اسمش رو گذاشتیم انسانیت. ما به خاطر خودخواهی، اوناییکه مشکل ژنتیک دارند و باید از بین برند رو نجات میدیم. غافل ازینکه اونا به خاطر ناتوانیشون باید یه عمر عذاب بکشند. عذابی که ما مقصرشیم، ما باعث شدیم و حمایتش کردیم. اما اگه تغییری باعث قدرت میشد، موجود جدید شانس بیشتری واسه زندگی داشت.

باید قبول کنیم عمر و آگاهی و تجربه طبیعت خیلی از ما بیشتره. انتخاب طبیعی تونست طیف بزرگی از موجودات زنده رو درست کنه که تونستند از هر شرایط سختی جون سالم بدر ببرند. توانایی بزرگتر این موجودات، تکامل بود. طبیعت یا همون موجودات زنده، روز به روز تکامل پیدا کردند تا پدیده فوق العاده شگرفی که ما داریم با چشم میبینیم رو بوجود آوردند. این تکامل به جایی رسید که

یه روز یه موجودی بوجود اومد که با بقیه فرق داشت، یه تفاوت فاحش. یه موجود که علیرغم اینکه ضعیف و بی دفاعتر از بقیه به نظر میرسید، قابلیتی داشت که با تغییر همه چیز تو این طبیعت بیرحم، به قدرتمندترین و بیرحمترین موجود زنده تبدیل شد."

هرا قشنگ حرف میزد. ماریا دست هرا توی دستش، غرق نگاهش بود و گوش میکرد. پدربزرگ با سرتکون دادن وانمود میکرد که میشنوه ولی صدای هرا واسه گوشش کم بود. گوش پدربزرگ سنگین بود. چون نمیخواست کسی متوجه ضعفش بشه هر عکس العملی بقیه نشون میدادند، اونم نشون میداد. مادربزرگ اصلا حوصله این صحبتها رو نداشت، همیشه این مواقع خودش رو با خوندن قرآن سرگرم میکرد. نه میخواست و نه میتونست کاری بکنه. معتقد بود نیاز به هیچ اطلاعات دیگه ای نداره، هرچی واسه زندگیش لازم باشه توی قرآن هست. پس همیشه موقع بحثهای اینجوری قرآنش رو باز میکرد و میخوند. این تنها سواد مادربزرگ بود، میتونست قرآن رو با صدای قشنگی بخونه ولی معنیش رو نمیدونست.

داستان مسیح این وسط فرق داشت. مسخ شده بود. لبخند و نگاه هرا رو زیر فشار چالش پدر میدید. بین هرا و پدر مونده بود. بنده پدر بود، برده هرا. صلیبی تو دلش کشید و آهسته زیرلب زمزمه کرد: پدر، پسر، هرا.

خیلی سخت بود هرا دیدن و پدر شنیدن. بدتر اینکه وقتی هرا رو میدید، نمیتونست پدرو بشنوه. پدر رو که میشنید، هرا نبود. مسیح فقط نگاه بود. پدر مسیح روخوب میشناخت. میدونست اونجا نیست. واسه برگردوندن تمرکز مسیح روی حرفش بلندتر و جدی تر ادامه داد:

"اگه ما همه پروسه پیشرفت موجودات زنده رو تکامل بنامیم، به نظرت، ادامه این تکامل چیه؟."

مسیح میشنید، ولی نمیفهمید. تمرکزش نگاه مهربون پدرش بود که از بد حادثه، چشم افسونگر هرا بود. مسیح شیدای هرا بود، پدر، نگران مسیح. پدر که تو نگاه مسیح غیر از شیدایی چیزی نمیدید، حرفش رو با این سوال تموم کرد تا فکر و روح مسیح رو به چالش بکشه. با این جمله فشار رو بیشتر کرد:

"چیزایی که گفتم رو اگه درست درک کنی به یه سوال میرسی... منتظر سوالتم."

پدر، مسیح رو به چالش کشید تا هرا رو فراموش کنه. ولی مسیح فراموش شده بود. چیزی که جلوی پدر ایستاده بود مسیح نبود، چلیپا بود. پدر جایی بود که بین ته مونده خودش و هرا، باید یکی رو انتخاب کنه، که انتخابش معلوم بود. مسیح رو تو همون وضعیت ول کرد و رفت سمت ماریا، تنها چیزی که هنوز ماهیت مرد رو زنده نگهداشته بود که اگه نبود، هرا شده بود، چون مسیح دومین عشق زندگیش بود و جسم اونم جوون بود، تجربه کافی نداشت.

غذا با بوی نوستالژی اشتها آوری آماده شد. هرا بیقرار بوی غذا بود. این اولین تجربه علاقه مشترک هرا و دادار بود. سارا و مادر هر دو دستپخت خوبی داشتند. قورمه سبزی از اون غذاهایی بود که سارا ابراهیم و هرا رو معتاد کرده بود و دادار، مسیح و ماریا رو. هرا واسه اولین بار لذتی رو دوباره، دوبرابر تجربه میکرد.

زندگی هرا مثل یه نوزاد بود که بزرگ بدنیا اومده باشه، پر از لذت سرشار از نشاط. همه چی واسش نو و جدید بود، چه اونایی که هرا قبل از تصادف داشت، چه دادار. قرمه سبزی معجونی از ترکیب استادانه سبزیجات معطری مثل شنبلیله، تره، جعفری، اسفناج و گشنیز با گوشت تازه گوسفندی و لوبیا که یه کم زمان

و ادویه و آتش لازم داشت و انجام همین ساده، هنری میخواست که هر کسی نداشت. سنگینی غذای ایرانی اونم قرمه سبزی به حدیه که ناخواسته قیلوله بعد از ظهر رو واجب کرد و تمنایی که توی نگاه هرا بود، ماریا رو بیقرار. غرغر کنان بدون گفتن حرف خاصی با دست هرا همراه شد، غرغری که لذت بود.

در اتاق کامل بسته نشده بود که هرا با سرعت و خشونت تحریک کننده ای ماریا رو به دیوار پشت در کوبید. خشونتی که صداش باعث خنده پدر و مادر و ناراحتی مسیح شد. کسی که مسیح بیشتر از همه عاشقش بود، تو آغوش کسی بود که بیشتر از همه واسش ارزش داشت. خشم، شهوت، حسادت و عشق تعریف مسیحی بود که باید به دنبال خودش بدون خداحافظی، درست مثل یه روح سرگردون میرفت تا شاید بتونه با عشق مرهمی بسازه واسه خشم و شهوت و حسادتی که داشت از هم می پاشوندش. حجم دردی که یدک میکشید از ظرفیت شونه هاش بیشتر بود. مسیح واسه نجات فقط یه راه داشت. یه راه سخت و بی بازگشت.

تنها چیزی که میتونست بهش کمک کنه، عشق بود. او باید واقعیت عشق رو پیدا میکرد، چیزی که کم نداشت. این تنها راه نجاتش بود. مسیح وارث عشق بود، عشق پدر تا رسیدن به خودش تا رسیدن به خدا. مادربزرگ داشت بلند میشد تا مسیح رو دلداری بده و آروم کنه ولی پدربزرگ انگار حال مسیح رو میدونست، مانع شد. راه کنترول مادربزرگ رو بلد بود. سریع بغلش کرد و مادر تسلیم شد. مسیح و ماریا عاشقترین رقبای دنیا بودند، بدون هم زندگی واسه هیچکدومشون معنی نداشت و بدونه هرا امکان.

هرا معجزه ای بود که ماریا رو خوشبخت ترین زن دنیا کرده بود. اما برعکس

واسـه مسیح عذابـی سـاخته بـود کـه فقـط مـرگ میتونسـت اونـو از این عـذاب نجات بـده. عشـق هـرا، واسـه مسیح تـو کالبـد تابوترین تابوتِ تاریخ، غیرقابـل دسترسـترین رویـای مسیح رو سـاخته بـود. رویـایی کـه تعبیـری جز کابـوس نداشـت. ماریا تا اینجا پیـروز کار بـود امـا تشـویش داشت چـرا کـه:

"سکه تا بر زمین نشیند، هزار چرخ میخورد."

مسیح مصلوب خیابان بود و ماریا مغلوب هرا.

***

اتـاق ماریـا داسـتان دیگـه ای داشـت. هـرا بـا همـه قدرتـش هلـش داد روی تخت. افتـادن ماریـا روی تخـت باعـث حرکت فنرهـای نرم تشـک شـد. ماریا با تکـون تخت بـالا و پاییـن میرفـت کـه یـه روکـش قشـنگ، سـنگین تـرش کرد. لبـای هرا یـه لحظه آروم نداشـت، یـا روی لبـاش بـود، یـا قسـمتای دیگـه بدنـش. هارمونی ریتـم هماهنگ نوسـان تنشـون بـا موزیکی کـه پخـش میشـد، رقـص عشـقی رو به تصویر میکشـید از دو قـوی زیبـا تو یـه برکه شـب، هماهنـگ، همزمان، هـم انـدازه، رویـایی.

این هارمونی، تابلوی قابل تقدیری بود که تقدیر سـاخته بود.

هـرا دیگـه حتـی نفسـی واسـه گفتنِ اگـه این سـمه میخـوام تا ابد بمونه رو نداشـت.

ماریـا کـه هنـوز نفـس داشـت با خنـده گفت:

"اگه، ... این سـمه میخوام تا ابد تو تنم بمونه."

هیـچ خوابـی عمیقتـر و لـذت بخـش تـر از خـواب بعـد از یـه معاشـقه فـوق العـاده و خنـده از تـه دل نبـود. خوابـی از جنـس رویـا.

****

چشم دادار روز دیگری را رقم می‌زد. روزی از درد و مرگ و اندوه و حماقت. آب سردی که روی صورتش پاشیده شد، او را از خواب که نه از زندگی بیدار کرد. خنکای حرکت روان آب از موها و ریشه‌ها به پایین، تنها حس خوشایندی بود که داشت و تلاش می‌کرد همه توان خود را روی آن متمرکز کند تا شاید دردی که در همه وجودش ریشه داشت، را تسکین دهد. او از بدنش چیزی جز درد نداشت و هر لحظه آماده گریز از آن بود، اما انگار با تمام شدنش سال‌ها فاصله داشت. چیزی در مغز او خود را بدیوار میکوبید، تا زودتر رها شود، اما زمان نمی گذاشت. قانون نسبیت زمان را انگار آدمی زجر کشیده توصیف کرده است، آدم بی درد یا نسبیت نمیفهمد، یا زمان برایش مفهومی ندارد.

دردش فقط زمانی به فریاد میرسید که انتهای بلند صلیبی که بر پشت میکشید به سنگی یا مانعی بر میخورد و فشار سنگین چوب به آهنی که در گوشت و استخوان خانه داشت، بیداد از دل میکند و دادی از نهاد برمیکشید. جاده سربالا بود و ناهموار، نگاه مسیح همواره به آسمان. انگار با کسی آنجا قرار داشت، بیقرار قرار بود که ترکش سرکش شلاقی تیز پر، از پشت چنان بر سرش فرود آمد که با سنگینی خود و الواری که بر شانه میکشید به روی بر زمین افتاد. کسی را انگار امیدی به بودش، نبود. اما بالا بردن سریع الوار، توسط مردم و مامورین آه دردناکی از نهاد نیمه جانش برکند، دردی از جنس آهن و گوشت، از جنس همیشه مرگِ سرد. نه شلاق ماموران، نه هیاهوی مردم، که رسیدن به آرامگاه، او را به ادامه

میکشاند و گرنه هیچ تنی با چنین دردی یارای قدمی را حتی، نبود. او به تن که نه به جان میرفت که از تنش چیزی جز درد، برایش نمانده بود.

او که تا دارگاه، صلیبش را با نبرد گوشت و آهن و استخوان یدک کشیده بود، خوب میدانست وقتی مانعی تلنگر کوچکی به صلیب میزد، ارتعاش چوب چون سمفونی دردناکی در آهن و استخوانش مرتعش میشد. فرکانسی که جنبش نداشت، حرارت نداشت، سرد بود، درد بود، ارتعاش مرگ بود.

اپرای مرگ به پایان میرسید و حال نوبت مسیح بود تا به حضاری که نبودند، تعظیم کند. او که با گوشت و آهن و استخوان خود را تا دارگاه کشیده بود، حس رهایی بی دردی کرد. از اولین روزی که متولد شده بود تا کنون روزی بدون درد نداشت. این اولین حس لطیف بی دردی و بی وزنی بود که تجربه میکرد. حس سریع رفتن، حس رهایی از بن بست.

با لذتی وصف ناشدنی ذره ذره از درد به مرگ و از مرگ به رهایی دگردیسی میداد، پوست اندازی میکرد، پوستی که تنش بود و او عریان شد. عریان روبروی خودش مکثی کرد. هیچ لذتی برایش بیشتر از اینکه همه درد و دنیای پر دردش را پشت سر میگذاشت، نبود. نیازی به نگاه نداشت، حتی مکث طولانی او را هم کسی ندید. زمان برای او مفهومی نداشت و او برای زمان. او آگاهی شده بود و آماده رسیدن به نیستان، به اصل:

بشنو از نی چون شکایت می‌کند

از جدایی‌ها حکایت می‌کند

کز نیستان تا مرا ببریده‌اند

در نفیرم مرد و زن نالیده‌اند

...

هر کسی کو دور ماند از اصل خویش

باز جوید روزگار وصل خویش

حسـی نظیـر پـرواز امـا نـه بـه آسـمان کـه بـه تجربـه ای دیگـر. تن تاب مسـیح را نیاورد و مسـیح تـاب تـن. سـرش بعـد از عـروج بـه تعظیـم جمعیـت غایـب فـرود آمـد. تـن به جهـان داد و از قیـد رهیـد...

وقتـی مطمئـن شـد، مسـیح رفت و جـای هیـچ بازگشـتی نیسـت، لبخندی گوشـه لبـش را کـه فقـط لب بـود و چیـز دیگری دیده نمیشـد، بالا بـرد. مسـیح بهترین کسـی بـود کـه میتوانسـت پیامبر بعدی باشـد. پیامبـری کـه مـرده بـود و دسـتوراتش را او صادر میکـرد. لبهایـش بـه لبخنـدی بازتر شـد. درنـگ کـرد، وقـت عمـل بـود.

خنـده بـه درد نشسـت و درد بـه گریـه، انـگار غـم عظیمـی دارد. بـا صـدای بلنـدی مسـیح مسـیح را شـیون کـرد و خلقـی بدنبالـش دم گرفتنـد:

"مسیح ... مسیح ... مسیح ...."

***

خیابـون داشـت رنگـی تر و تاریک ترمیشـد. روز خـودش رو تو آغوش شـب ول کرده بـود و چنـان عاشـقانه تـو دل تاریکـی فرورفتـه بـود کـه خیسـی تنـش کم از خیسـی تن هـرا و ماریـا نداشـت. بـارون زیبایـی کـه از این مغازلـه گرفتـه بود انـگار خیابـون و همه

مردمش رو عاشق کرده بود. چراغای رنگی و تبلیغاتی مغازه ها کم کم داشت شکل خیابون رو عوض میکرد. انعکاس روح نواز نورهای رنگی مغازه ها تو خیسی کف سیاه خیابون، با نورای قرمز و زرد ماشینهایی که جسته گریخته از اونجا رد میشدند، منظره ای رو ساخته بود که هر بیننده ای رو عاشق خودش میکرد. این تابلو زنده زیبا رو، عبور جسته گریخته عشاقی که بدون چتر دست تو دست هم دل به بارون داده بودند، دلنشین تر میکرد. همه عاشق بودند و باهم، حتی روز که دیگه تقریبا تو دل خیس شب گم شده بود، غیر از مسیح.

مسیح تو آتیشی می سوخت که نه خنکای هوا، نه نم بارون تسکینش میداد. سوختنی که از قسمت وسط قفسه سینش شروع میشد و شراره میکشید تو چشماش. توهزارتوی افکارش گیر کرده بود. انگار راه نجاتی نداشت. نه چشمش جز هرا میدید، نه فکرش. اما نقطه دردناکتری توی مغزش آتیش دیگه ای بپا کرده بود، مادرش.

مادرش که تو این دنیا تنها چیزی بود که با کمال میل حاضر بود حتی جونش رو هم واسش بده. درد بی درمان انگار همون دردی بود که مسیح میکشد. هرا رو با جون میخواست، مادر رو تا جان. انگار تنها چیزی که از عشق قسمت مسیح شده بود، مرگ بود. مسیح با همون درد، تو خنکای خیس بارون قدم میزد. انگار نگاه همه عابرایی که با تعجب نگاهش میکردند، رو نمیدید. درد داشت. دردی که همه حواسش رو گرفته بود. واسه دردی که مسیح میکشید، مرگ تنها درمان بود و او قدم کشان درپی درمان. صدای شیهه ترمز ماشینی درست کنار پاش که نگاه همه رو به سمتش کشوند غیر از خودش، همه جا پیچید، غیر از گوشای مسیحی که بی اراده میرفت، و بوق ممتد فحشداری ...

***

هرا نفس نفس زنان اسم مسیح رو تکرار میکرد که با دلهره و تشویش از خواب پرید. سراغ مسیح رو گرفت. صدای بوق ممتد یه ماشین درست پشت در خونه، هرا رو از خواب پرونده بود. خوابی که رویا بود. هرا چشماش رو مالید، اطرافش رو نگاه کرد و سراغ موبایلش رفت. اولین فکر تماس با موبایل مسیح بود که صدای موبایلش از پذیرایی میومد. با جواب ندادن مسیح، تشویش هرا به قدری زیاد شد که ماریا رو هم بیدار کرد. اون بدون اینکه هرا چیزی بگه، نبود مسیح رو حس کرد و با بیجوابی موبایل دلهره شدیدی گرفت. تو دل ماریا غوغایی بود. امیدواری به نبود مسیح واسش شرم آورتر از این بود که حتی بهش فکر کنه. حتی عبور این فکر از سرش، آزارش میداد. مسیح واسش رسول خدا نبود. خودِ خدا بود.

فصل ششم

خودشناسی

"مرغ باغ ملکوتم نِیم از عالم خاک

چند روزی قفسی ساخته اند از بدنم

تکامل از ماده به آگاهی پدر."

چشمای متعجب هرا بیشتر به وجدش آورد:

"بهتره بگم به آگاهی (consciousness)، به سوال نرسیدم با جواب اومدم، بابا."

مسیح خیسِ خیـس و نفس زنـان اومـده بود تـا واکنـش پـدر رو از یافتـن جوابـش، تـوی چشـمای شـهلای هـرا ببینه. به این مباحث عادت داشـت. از پیدا کـردن جواب معماهـای پـدر لـذت میبـرد. پدرش با همه پدرا فرق داشـت. مسیح رو از وقتی به سـن قانونـی رسـید با ایدئولـوژی آشـنا کرد. بهـش فرصـت داد تا ایدئولـوژی ای رو انتخاب کنـه کـه بـا شـناخت و فکـر خودش همخونی داشـته باشـه. واسـه این انتخـاب هیچ عجلـه ای نداشـت. اسـمش مسیح بـود چـون روز تولد مسیح بدنیا اومده بود و ماریا ایـن اسـم رو بـراش گذاشـته بود. پدر نـه تنها به اون که به هیچکس، هیـچ ایدئولوژی خاصـی رو توصیـه نمیکرد. معتقـد بـود یـا بایـد ایدئولـوژی رو بعـد از رسـیدن بـه سـن قانونـی انتخـاب کـرد یـا یـه ایدئولوژی جدید سـاخت.

مسـیح از اون روز همـه ایدئولوژیهایـی کـه مـی شـناخت رو مـرور کرده بـود. بابت هر انتخابی، بـا پـدر بحـث میکرد. حتی گاهی مذهبی میشـد دسـتوراتش رو اجـرا میکرد. امـا طولـی نمیکشـید کـه درک مـی کـرد، اهـداف ایدئولـوژیـش بـا اهدافـی کـه خودش داره، همخونـی ندارنـد. حالا پدر داشـت طرز یافتـن خـودش، هدفـش و راهـی کـه بایـد میرفـت رو، بهـش نشـون میـداد. دادار هیچوقت چیـزی رو بهـش الغـاء نمیکرد، مشـورت میکـرد تـا بتونـه چیـزی کـه بـراش بهتر هسـت رو انتخاب کنه.

مسـیح خودش رو بـه هـرا ثابت کـرد و از عکس العمـل جذابـش لذت میبـرد، با شـور

و هیجان بیشتر:

"راستش اول داشتم دیوونه میشدم تا فهمیدم چی میگی، بابا. ازون بدتر وقتی بود که فهمیدم چی میگی، جواب سخت بود. اونقدر تو این فکر غرق شده بودم نزدیک بود یه ماشین بهم بزنه. انگار مغزم یه جای دیگه بود، یه جا دور از هیاهوی این دنیای دیوونه."

هرا تو یه لحظه چندین حس غریب رو با هم داشت. پدر عاشقی که به چیزی که میدید افتخار میکرد. دختر زیبایی که نمیتونست خودش رو جلوی کسی مثل مسیح کنترل کنه. هرا ماهیتی جز لذت نداشت، پس نمیتونست از مسیح چشم برداره. هرا تو دوتا عشق گرفتار بود. عشق دل که راهی جز چشم نمیشناخت و چشم عاشق بود. و عشق فکر که پدر بود. هرا تو بغل مسیح پرید، چیزی تو دل ماریا تکون خورد، فرو ریخت، مشوش شد. رنگش پرید.

هرا پیشونی و سر مسیح رو غرق بوسه کرد. قربون صدقه پسرش رفت. مسیح هم از فرصت استفاده کرد و محکمتر بغلش کرد. این کار، نه فقط واسه خودش که واسه هرا هم مفهوم خاصی داشت، مفهوم مظلوم تابو شکنی.

مسیح مریدِ پدر بود. پدر خدایِ مسیح. هرا نمایِ پدر بود. هرا صلیبِ مسیح. مسیح آغوش هرا رو واسه جواب پدر رها کرد:

"از طرز تعریف تئوری تکامل مواد به موجودات زنده ات خیلی خوشم اومد بابا، تا حالا از این دید به فرضیه خلقت و تکامل نگاه نکرده بودم، ساده، جامع و منطقی. جای بحثی نداره. ماده به موجود زنده تکامل پیدا کرد و موجود زنده به انسان. تکامل صرفا مادی موجودات زنده، وقتی به انسان میرسه بعد جدیدی پیدا میکنه. بعدی که تغییرات غیر قابل جبرانی نه فقط تو خودش که تو محیط زندگیش

ایجاد کرده بود جوری که حتی زادگاهش یعنی طبیعت رو وحشی میدونه، جایی که بهش تعلق داره.

تکامل تو این موجود دیگه نمیتونه مادی باشه. بذار به حرفی که همیشه خودت میزنی استناد کنم "انسان ساخته افکار خویش است" اگه این رو بپذیریم، تکامل بعدی نمیتونه مادی باشه. باید یه تکامل خیلی بزرگتر مثل عبور از ماده به آگاهی باشه. همه ایدئولوژیها معتقدند که خدا ابدی و ازلیه، پس تکامل تو این حوزه هم، باید به سمت دائمی بودن باشه، درست میگم؟ خوب چی توی این دنیا غیر از خدا میتونه از بعد زمان خارج بشه؟"

مکث کرد تا توجه روی حرفش بیشتر بشه، منتظر جواب نشد:

"با اطلاعاتی که داریم، تنها چیزی که میتونه از بند زمان رها باشه، آگاهیه. چون مادی نیست. پس من فکر میکنم، تکامل بعدی باید به سمت آگاهی باشه."

حرفای مسیح و پدر فقط یه شنونده داشت، ماریا. اون بیشتر از خودش، عاشق اون دو نفر بود. هرا دوباره پدر شد. با نگاه، لبخند و کف زدن مسیح رو تشویق کرد:

"آفرین پسرم آفرین. تکامل ما دیگه نمیتونه مادی باشه، چون ما، بعد از این جسم وارد بعدی میشیم ورای این چهار بعد. چند وقت پیش بود فکر کنم، یه مطلب جالبی در مورد خداشناسی خوندم. نوشته بود ژنی تو بدن ما وجود داره به نام ژن خداشناسی یا ژن خدا، که تقریبا دویست هزار سال پیش از دی ان ای انسان سردر آورده، برام خیلی جالب بود. خودت میدونی که انسان خردمند یا همین انسان امروزی تقریبا ۲۰۰-۲۵۰ هزار سال قبل بوجود اومده. این واسه تو چه مفهومی میتونه داشته باشه؟"

بعد از یه مکث کوتاه:

"البته نظرات مخالفی هم هست ولی به نظر من این منطقی میاد. ببین عزیزم وقتی همه انسانها همه جای این کره خاکی، حتی بدون هیچ ارتباطی، مراسم مذهبی و آیین نماز و نیایش دارن، پس این چیزیه که ریشه توی ژن آدمها داره وگرنه تا هزار سال پیش هیچ راه ارتباطی بین خیلی ازین آدما نبود. پس وجود این خصوصیت تو ژن آدما غیرقابل انکاره. من فقط تو زمانش تردید داشتم که این خبر تا حدودی تاییدش کرد."

مسیح یاد گرفته بود که هرچه میشنوه یا میبینه رو بدون درک و تحلیل، قبول نکنه. مغزش بعد از تحلیل گفته های پدر دنبال جواب می گشت. ماریا با یه نکته جالب وارد بحث شد. یه بوسه از بیتابی، گوشه لب هرا گذاشت، هرا سرخ شد. اتفاقی که به ندرت واسش می افتاد:

"تا جایی که من از علوم زیستی و انسانی خبر دارم این اتفاق باید قبل از پراکندگی انسان خردمند تو دنیا افتاده باشه. خداجویی صفت مربوط به یه منطقه یا قوم خاصی نیست که بخواد اکتسابی باشه، پراکندگی جغرافیایی و مخصوصا قدمت این مسئله نمیتونه خارج از ژنتیک باشه. من باهات موافقم عزیزم..."

فهمیدن این موضوع واسه ماریا جالب بود ولی هرچه فکر کرد به نتیجه خاصی از این اشتراک نرسید. یه کم من و من کرد. ادامه داد:

"ولی ... خوب این همزمانی چه مفهومی میتونه داشته باشه؟ منظورم اینه که این دوتا چه ربطی بهم دارن."

مسیح با لبخند:

"مامان اول من، یه معذرت خواهی از طرف خودم بهت بدهکارم. عذرخواهی منو بپذیر. منو ببخش و خواهشا نپرس چرا..."

دست ماریا را بوسید و بدون اینکه منتظر عکس‌العملش باشه ادامه داد:

"وقتی یه اتفاق تو یه مقطع زمانی بیافته و اثرات مختلفی از خودش به جا بذاره یعنی اینکه اون اثرات، هرچند متفاوت یه جورایی بهم مربوطند. ولی این ارتباط بین خداجویی و هوش رو نمیتونم هضم کنم. ژن خداجویی چه ارتباطی میتونه با هوش انسان داشته باشه؟"

هرا لبخند زد. دل هردوشون لرزید. مادر نه حوصله شنیدن این صحبتها رو داشت، نه سر در میاورد، نه اهمیتی میداد. اون باوری داشت که پذیرفته بود و با دل و جون دنبال میکرد. با لبخند مهربون همیشگیش، نصیحت وار به مسیح:

"مادر جان، این نمازت رو فراموش نکن. تو که اینقدر مودبی پسرم از همه تشکر میکنی، چرا از خدا تشکر نمیکنی؟"

نپرسیده بود که جوابی بشنوه و منتظر بمونه. گفت و بلند شد. سالها بود که دیگه اعتقادات پاک و بی آلایشش دل کسی رو نرم نمیکرد. پدر، مسیح، ماریا و هرا احترام زیادی براش قایل بودند. ولی زیاد هم به این نصیحتهای عقیدتی مادر که حاصل یه عمر تقلید بود توجه نمیکردند. مادر هم میدونست، ولی بقول خودش رفع تکلیف میکرد. پدربزرگ حرف قشنگی میزد، میگفت اگه کسی اعتقادی داره و با اعتقادش راحته، نباید سعی کنی تغییرش بدی، چون ممکنه دیگه نتونه یه اسلوب درست واسه زندگیش پیدا کنه.

با رفتن مادربزرگ، پدر بزرگ هم تمایل زیادی به موندن توی جمع نداشت، اون نه اهل نماز بود، نه دین. اهل دل بود و نیاز. مرگ براش آخر دنیا بود. هدف خاصی نداشت. براشم مهم نبود که تو زندگیش هدف داشته باشه یا نه. پدر بزرگ زندگی سختی رو پشت سر گذاشته بود. تو کانون مذهب، بدنیا اومده بود. پدرش واعظ

دینی بود و همیشه همه چیز زندگیش فقط با دین مقایسه میشد. چوب مذهب رو زیاد خورده بودهـر روز صبح قبل از بیدار شدن. واسه همین اونقدر زده شده بود که به هیچ ایدئولوژیی اعتقاد نداشت.

او آدم رو یه موجود زنده مثل بقیه میدونست و معتقد بود یه روزی بدنیا میاد و یه روزی از دنیا میره. هیچ دلیلی واسه اینکه بخواد تابع خرافاتی مثل بهشت و جهنم یا حتی تناسخ بشه، پیدا نکرده بود. مذهب واسه پدری یه اجبار بود. دین رو چیزی جز شغل پدرش نمیدونست. تجربه ای که از دین داشت، تجربه کمی نبود. او مجبور به تحمل باید ها و نباید هایی بود که نه دلخواه که نه واجب الاجرا بود. او که از توی کانون این باید ها و نبایدها اومده بود، دقیقا میدونست هیچ دلیلی، پشت خیلی ازونا نبود. تکلیف وظیفه بود، وظیفه خدمت کردن، اما خدمت به کی؟

مادر بزرگ برعکس، مذهبی بود. به علت اعتقادی که خانوادش داشتند و اطلاعات کمی که داشت متعصب بود. نه نمازش ترک میشد، نه هیچکدوم از فرایض دینیش. او نه میتونست نه حوصله داشت، نه میدونست باید واسه زندگیش هدفی داشته باشه و تلاش کنه تا بهش برسه. مادر بزرگ هدف نداشت، تکلیف داشت. آدما توی دنیا دو دسته اند. یکی کسایی که هدف دارند و واسه رسیدن بهش تلاش میکنن. دسته دوم کسایی که ندارند، اونا به گروه اول کمک میکنند. پدربزرگ همه عمر کارمند بود. کارمندی خوشنام و دارای تقدیر نامه. با رفتن پدربزرگ دایره عشق ما تنگتر شد. هرا که حالا تنها مرکز توجه فقط دو نفر بود:

"نکته رو گرفتی عزیزم ولی حالا بیا بیشتر و دقیقتر به موضوع نگاه کنیم. پرسیدی خداشناسی و هوش چه ارتباطی میتونن داشته باشن؟..."

مکثی کرد اجازه داد مسیح کمی فکر کنه. نگاهش یه سفر تا چشمای ماریا

رفت و با انرژی:

"با بررسی داده های مذهبی و ایدئولوژی که داریم، ظاهرا هیچی. ولی بیا از یه مسیر دیگه بررسیش کنیم. بیا سعی کنیم یه ارتباط منطقی و درست بین هوشمندی و خداجویی پیدا کنیم. اونوقت میتونی سریعتر به جواب سوال برسی."

مسیح هنوز توی فکر بود. با توضیح تازه پدر هم گرهی از کارش باز نشده بود.

پدر با یه لبخند:

"یه سوال میپرسم. جوابی که دنبالش میگردی توی همین سواله: هوش و خدا چه ارتباطی میتونن با هم داشته باشند؟"

با این توضیح، نتیجه گیری زیاد سخت نبود:

"پدر... ما قبلا ساعتها راجع وجود یا عدم وجود خدا صحبت کردیم. بارها انکارش کردیم و بارها تایید. من داشتم به تعریفهایی که از خدا هست، فکر میکردم. یه سری نکات، تو همشون مشترکه که میتونه ما رو به نتیجه های قشنگی برسونه. اولین نکته که همه روش اشتراک نظر دارند اینه که خدا پایه اصلی وجوده، جهان بی وجودش خالی از ماهیته یا اصلا نمیتونه وجود داشته باشه، درسته."

مکث کوتاه مسیح باعث شد ماریا هم فرصت فکر کردن داشته باشه. مسیح ادامه داد:

"ما میدونیم که پایه هستی تو دنیای بیکران ما آگاهیه. یه توضیح اینجا بدم که تفاوت اصلی میان آگاهی و اطلاعات اینه که آگاهی شامل دیدگاه‌ها، تفسیرها و دانش‌های شخصی فرده، در حالی که اطلاعات فقط به داده‌های خام مرتبط با یک موضوع اشاره داره. خیلی ساده بگم، آگاهی شامل تفسیر و فهم شخصیه در حالی که اطلاعات فقط داده‌های خام و بدون تفسیر. ما قوانین زیادی توی

فیزیک و شیمی و علوم زیستی بعنوان اطلاعات خام پیدا کردیم که با تفسیر و درکشون تونستیم تغییرات درست یا غلط زیادی رو، روی طبیعت اعمال کنیم."

هِرا گرم شنیدن مسیح بود. نگاه ماریا یه کم گیج بنظر میومد. مسیح متوجه شد ولی بدون هیچ تغییری تو صورتش با یه مثال حرفش رو توضیح داد:

"بذار یه مثال ساده بزنم. ابر از بخار شدن آب تشکیل میشه و در طبقات بالای جو به علت سردی دما این بخار تبدیل به باران یا برف میشه. این اطلاعاتیه که میشه گفت ما خیلی ساله داریم ولی چند دهه بیشتر نیست که به درک و اجراش رسیدیم و الان میتونیم با یه سری تداخلات ابرها رو بارور و بارون تولید کنیم. این همون کاریه که سالها قبل مردم با دعای بارون انجام میدادن ولی بی نتیجه. این یعنی همه اطلاعاتی که ما تحت عنوان قوانین فیزیک و شیمی و غیره میشناسیم، قوانینی هستند که جهان بر روی قوانین استواره. وقتی ما به درک کامل این داده ها برسیم، میتونیم با استفاده ازشون خیلی چیزها خلق کنیم که قبلش نداشتیم. یعنی کاری که خدا انجام میده خلق کردنه و انسانها تنها موجودات این کره خاکی هستند که قدرت درک آگاهی و در نتیجه خلق کردن رو دارن.

همه غرور و دستاوردهای علمی ما فقط یه قسمت خیلی کوچیک از این آگاهی کله ولی با همین اطلاعات کمی که پیدا کردیم به سطحی از آگاهی رسیدیم که تغییرات زیادی رو داریم، توی دنیامون ایجاد میکنیم. از تغییرات آب و هوا و بارندگی بگیر تا دستکاری ژنتیک میوه ها و حیواناتی که با حالت طبیعیشون خیلی اختلاف دارند. خوب وقتی ما با یه قسمت خیلی کوچیک ازین اطلاعات به قدرتی رسیدیم که حتی موجودات زنده رو تغییر دادیم، اگه به کل این اطلاعات دسترسی داشته باشیم، چی میشه؟"

هـرا ذوق بچگونـه ای داشـت، ماریـا از درک حرفای مسیح ذوق زده شـده بـود. مسیح مغـرور:

" خـوب حـالا بذاریـه نگاه بـه مفهـوم هـوش داشـته باشـیم هـوش یعنی: عقـل، درایـت، فراسـت، فهم، کیاسـت، ادراک، شـعور و ...همـه این واژه ها بـه معنی قابلیت درک آگاهیـه.؟"

خیلی هیجان زده شده بود. یه نفس عمیق کشید تا آرومتر بشه:

"ایـن یعنـی محصـول این ژن با دو اثـری کـه ما حـس میکنیم، هوشـیاریه. خداجویی هـم ثمـره همین ژنـه، همـه ایدئولوژیهای خدا محـور موجود باور دارند که دنیا توسط یـک هـوش خـارق العـاده بـی نهایت خلـق شـده، یعنی خدا چیـزی جـدا از آگاهیِ بینهایـت نیسـت. مـا از وقتـی این ژن تـوی وجدمـون گذاشـته شـد تـا امروز، همیشـه خواسـته یـا ناخواسـته دنبـال آگاهـی بودیـم و این یعنـی هـوش یا ادراک آگاهی. فکر نمیکنـم این دیگه توضیح بخـواد. ."

مسیح مریدی بود که مراد رو به چالش میکشـید. هرا مرادی که پدرانـه دل در گرو مرید داشـت. مسیح همـه حرفش رو تو یه جملـه خلاصه کرد:

"آن کسی کو بازماند از اصل خویش

باز جوید روزگار وصل خویش

پس تکامل انسان، رسیدن و ملحق شدن به آگاهیه. به قول مولانا

مرغ باغ ملکوتم نیم از عالم خاک. چند روزی قفسی ساخته اند از بدنم."

چشمـای مسیح درشت و هیجانزده از نتیجـه ای کـه گرفتـه بـود، چشـمای هراعاشـقانه تـر از همیشـه، غرق مسیح بـود. ماریا نتونسـت این تعامل زیبـا رو نادیده

بگیره. بین هرا و مسیح نشست. دستاش رو باز کرد، بغلشون کرد و بوسید. اینجا غیر از گرمی عشق و آگاهی، چیزی نبود. دستای کشیده هرا با عشوه مثل یه رقص ریتمیک بارها بهم خورد:

"واووو من بهت افتخار میکنم پسرم آفرین... آفرین...."

هرا که به عنوان یک پدر مسیح رو کاملا حفظ بود، همه قابلیتهاش رو میدونست و بهش افتخار میکرد. اما از چالشهایی که واسه مسیح میذاشت، لذت میبرد. همیشه مسیح رو وقتی فکر میکرد هیچ چیزی نمیدونه با یه اشاره به جواب میرسوند و وقتی میرسید به اوج با شیطنت و تلنگر کلامی به قعر. دستی به شونه پهنش زد، با عشوه دلبرونه و لبخند دلفریبی:

"تو وسط اینهمه آدمی که حتی نمیدونند واسه چی زندگی میکنن یه برنده ای. میدونی هزاران ساله آدمای زیادی مثل خودت که نمیتونن بپذیرند زندگی صرفا ترکیبی از خوردن و خوابیدن و سکسه، دنبال یه جواب واسه زندگیند؟ همین جوابی که تو بهش رسیدی. تو الان دیگه میدونی باید دنبال چی باشی. درسته؟"

مسیح با غرور سرش رو به تایید، تکون داد. هرا ضربه رو زد:

"اینجا یه سوال مهم پیش میاد. یه سوال خیلی مهم و اساسی. همونی که اینهمه ایدئولوژهایی که میشناسیم، نتونستن یا نخواستند جواب بدن. سوالی که یادت میاره تازه به اولش رسیدی عزیزم...."

چشمای درشت مسیح درشت تر شده بود. پدر رو میشناخت و میتونست حدس بزنه چی منتظرشه ولی نه تا این حد. پدر یه سوال پرسید:

"چه جوری؟...."

سکوت هرا به مسیح فهموند، سوال همین بود و باید جواب میداد. مسیح هدف

رو یافته بود، راه رو نه. از غرور به استیصال افتاد. چالشای پدر، مثل زندگی بود. وقتی به سقف یه مرحله میرسیدی، سر از کف مرحله بعدی در میاوردی. او همیشه وقتی فکر میکرد تموم شده، درست وقتی که مغرور میشد، پدر یه سورپرایز جدید واسش داشت. این چالش سنگینتر از شونه های اون بود اما پدر به مسیح ایمان داشت.

مسیح که هنوز خیس بود، سردش شد. همه شوری که داشت خاموش شده بود. دوباره درگیر تن خیس و سردش شد. لرز خفیفی وجودش رو گرفت که از چشم همیشه نگران مادر دور نموند. ماریا یه حوله رو شونه پسرش انداخت، به سمت حموم راهنماییش کرد. مسیح رفت تا با یک دوش داغ هم بدنش رو گرم کنه، هم لباساش رو عوض کنه، هم فکر.

نگاه ماریا و هرا وقتی واسه یه گلاویز شدن با تمنای بوسه به سمت هم خیز برداشته بودند، دیدنی بود، که مادر از نماز برگشت. شاید یکی از غیر قابل تکرارترین حسها واسه ماریا و هرا اتفاق افتاده بود. خنده انفجاری و بلند هر دو درست بعد از ورود مادر، حتی مادر بی اعتنا به همه چیز رو هم مشکوک کرد:

"وا توبه ننه چرا میخندین؟ چادرمو بد سر کردم؟"

هرا با طنازی و یه لبخند دل مادر مومن مسنش رو نرم کرد. مادر در حالیکه هنوز لای چادرش دنبال اشکالی میگشت از در حیاط بیرون رفت. انگار مجال به چیز دیگه ای نمیداد سرعتی که لبهای ماریا و تمنای هرا به هم آمیختند. بوسه ای که فقط دو چیز قطعش میکرد دو چیز که از بوسه جذابتر بود. یکی هر از گاه خنده های شیطنت آمیز هرا از لبخند زیر بوسه ماریا، که حتی توان نفس کشیدن رو هم ازشون گرفته بود، دوم نفس کشیدن. بینی هرا به خاطر حساسیت فصلیش

گرفته بود. واسه نفس کشیدن گاهی مجبور بود دست از بوسیدن بکشه و تنفس کنه. همین دلیل ریزخنده های شیطنت بار ماریا زیر لبای هِرا و ریسه رفتنای خودش میشد. به جرات میشه گفت خوشبختی مفهوم واقعی خودش رو اونجا پیدا کرده بود تو فاصله کم هِرا و ماریا.

تلفن هِرا زنگ خورد. لب و آغوش ماریا جای خودش رو به گوشی تلفن داد. ولی هِرا از تنانگی و ترکیب با جسم دلربای ماریا دست بردار نبود. زبونش با مادر مشغول بود و خودش با ماریا. صحبت تموم شد. هِرا با دلخوری تلفنش رو کنار گذاشت. از ماریا اجازه گرفت تا چند لحظه لباسش رو عوض کنه. بسته ای که با خودش آورده بود رو برداشت و رفت تو اتاق تا قبل از تماس مجدد مادر آماده بشه.

تا تصویر هِرا رو اولین پله در حالی که لباس زیبای قرمز ابریشمی بلندی رو پوشیده بود ظهور کرد، دل ماریا لرزید. انگار دلش جای کافی واسه اینهمه خوشبختی نداشت. با هر قدمی که روی پله میذاشت رون خوشتراش، از زیر چاک بلند دامنی که تا بالای رونش ادامه داشت خودنمایی میکرد. ماریا طاقت صبر نداشت. بلند شد و پایین پله ها به هِرا رسید. بغلش کرد. دستش رو گرفت و کشوندش روی مبلی که نشسته بودند.

فکر جدایی از ماریا، هِرا رو مضطرب کرده بود، اما باید میرفت. ماریا لوندانه تو بغل هِرا ولو شده بود. دست چپش دور گردن هِرا بود. انگشت ظریف اشاره دست راستش از بالای پیشونی هِرا درست روی خط نیم رخش، به آرومی کشیده شد تا زیر بینیش. انگشتش داشت زیباترین خط دنیا رو لمس میکرد. سفر انگشتش که از پیشونی بلند و برجسته هِرا شروع شده بود به آرومی و لوندی خالیگاه بین ابروهاش رو رد کرد. چشمای هِرا بدنبال انگشت ماریا به نرمی یه غروب، خمار شد. انگشت

ماریا نوک بینی خوشتراشش رو رد کرد. تو مربع فرورفتگی دلنواز بالای لبش، مکث کرد. لبای هوس انگیز هرا به تمنای یه بوسه کوچیک به انگشتش جمع شد که به جای انگشت، لب ماریا روی لباش جا گرفت. سختترین چیز توی دنیا واسه این زوج عاشق همون کاری بود که باید انجام میدادند: جدایی.

گوشی هرا دوباره صدا داد. پیام از مادر بود. ماشین دم در منتظرش بود. مسیح با موهایی که کامل خشک نشده بود و هنوز نم داشت جلو در دست پدر رو بوسید. هرا پیشانی مسیح رو با لباش لمس کرد و آهسته تو گوشش گفت:

"واسه پیدا کردن جواب یه راهنمایی میکنم عزیز بابا. هیچ جوابی واسه این سوال تو هیچ رفرنس یا مطلبی نیست. توی خودت دنبالش باش. تا اینجای بحث پیروز بودی، همراه بودی، مرید بودی، حالا دیگه وقتشه که خودت باشی. آگاهی باشی تا خدا بشی."

بوسه دیگه هرا گوشه لب مسیح رو به نرمی و سرعت لمس کرد و قبل از اینکه مسیح بتونه هیچ عکس العملی نشون بده از در خارج شد.

ماشین لوکسی که منتظرش بود، واسه هرا غریبه نبود، هرچند هیچ خاطره ای ازش تو ذهنش نداشت میدونست فقط ماشین پدر نیست. با دیدن محمد توی ماشین، هرا انگار کنترل عصبی خودش رو از دست داد. کابوس تصادف دوباره تو ذهنش پیچید. به سارا زنگ زد. صداش میلرزید. با لحن ناراحت و کمی عصبی پرسید:

"مامان میدونی من چقدر ازین آدم متنفرم؟ چرا بهش گفتی من اینجام؟"

آخرین تصویر مادر از هرا و محمد قبل از فرار از مراسمی که بهم ریخت، عشق بود بود. دو دلداده که یه لحظه هم نمیتونستند بدون هم باشند. مادر به خاطر

برخورد توی بیمارستان توقع ناراحتیش رو داشت، ولی نه تا این حد. سارا به آرومی:
"من خیلی ازت عذر میخوام عشقم. محمد یه ساعت بعد ازینکه رفتی اومد اینجا.
خیلی خراب بود. از من خواست اجازه بدم یه بار دیگه باهات صحبت کنه، گفتم
نیستی، نمیشه. اصرار کرد، التماس کرد که واسه آخرین بار بتونه باهات حرف
بزنه. جوابت هرچی باشه، قبول میکنه. بهش گفتم اگه ببینیش خیلی ناراحت
میشی. التماس کرد. پدر دلش براش سوخت، منم همینطور. من بهش گفتم هیچ
شانسی نداره، ولی نتونستم جلوش رو بگیرم. خواهش میکنم، به خاطر من یه
فرصت دیگه بهش بده، عزیزم. من فکر میکنم هر پشیمونی لیاقت یه شانس
دیگه رو داره، ولی در نهایت این تویی که تصمیم میگیری عشقم و هیچکی نمیتونه
اینو عوض کنه. دلت خواست میتونی باهاش بیای، دوست نداشتی میتونی بمونی
یا صبر کنی پدر بیاد دنبالت."

لوگوی لوکس فرشته پرنده جلوی ماشین، ابهت خاصی به این نشونه ثروت
میداد. محمد هرچی یه زن میخواست رو داشت. پولدار و خوشتیپ، مهربون و
عاشق پیشه، زیرک و باهوش، خوشگذران و ولخرج. اونقدر ویژگی خوب داشت که
همه طرفداراش اون چند تا نقطه ضعفش رو یا ندیده میگرفتند یا پای ویژگیهای
خوبش میذاشتند. مثل پوشش اجباری و غیرتی بودنش که همه جز هراعاشقش
بودند، یا خودرای بودنش که واسه خیلی از دخترا جذاب بود. هر دختری وارد
زندگی محمد میشد، هیچی کم نداشت، غیر از خودش.

هرا نه کالا بود که مال کسی باشه، نه زشت که بخواد دیده نشه.

هرا هر چی که میخواست داشت پس داشته های محمد اهمیتی واسش
نداشت. محمد اینو میدونست، واسه همینم عاشق هرا بود.

ولی خیلی دیر فهمید که هرا زیباتر از اون بود که مجبور باشه، خوشبخت تر و بی نیاز تر از اینکه تطمیع بشه و عاقلتر و آزادتر از اونکه غیرت و استبداد رو پای عشق بذاره.

دو چیز پذیرش اونو واسه زنی مثل هرا غیرممکن کرده بود. یکی دلیل اون یکی بود. نیاز بی نهایتش به زن و تنوع طلبیش، شهره بود. این چیزی بود که هرا میتونست درستش کنه. هرا میدونست اونقدر جذابیت داره که بتونه محمد رو مهار کنه ولی مغرورتر از اون بود که آزادیش رو به چیزی بفروشه و محمد نمیدونست.

جو سنگینی بود. هرا و محمد با سکوت سنگینی روبروی هم نشسته بودند. راننده مودبانه، قسمت جلو. به سفارش محمد کابین راننده و قسمت عقب خودرو با کنترل یکطرفه از عقب جدا میشد. هرچند راننده قابل اعتمادترین فرد بود ولی مجاز به شنیدن همه چیز نبود.

محمد بیچاره تر از همیشه دنبال چیزی بود که این قفل سکوت رو بشکنه. قدرت سکوت و شخصیت محکم هرا، هر راهی رو واسه نفوذش بسته بود. به تنها ترفندی که بلد بود متوسل شد، زبون بازی. او میدونست که زنا با گوشاشون عاشق میشن. سخنور خوبی بود. او به این مهارت تو استفاده از کلمه ها رسیده بود که میدونست هر کلمه مفهوم خودش رو با چه حسی منتقل میکنه. او میدونست چجوری میتونه با کلمه ها هر دختری که با آرایش زیبا بود رو عاشق خودش بکنه، ولی هرا آرایش نمیکرد. او قشنگتر و صادقتر ازون بود که نیازی به آرایش داشته باشه. هرا بیرحمانه جذاب بود و این یکی از نقاط قدرتش بود....:

"ماشالله ماشالله بنازم قدرت خدا رو. انگار الله قبل تو فقط داشته تمرین میکرده، تا تورو خلق کنه؟ تو مخلوق نیستی، معجزه ای از خدا برای من، لب ترکن عشقم،

لـب تر کن، تـا دنیا رو به پات بریزم."

هـرا بـا اینکـه تـو فاصلـه ای کمتـر از یـه متریش نشسـته بـود، انگار قرنهـا باهاش فاصلـه داشـت. نـه کلام گرمـش نرمـش میکـرد، نـه نـگاه عاشـقانش. مسـتاصل تر از همیشـه بـا از التماس:

"هـرا مـن بـی تـو نـه محمد هسـتم، نـه محمد میمانـم. قبولـم کـن هـرا، غلامـت میشـم. قبولـم کـن، یـه لحظـه تلاوت اسـمت از زبونـم نمیافتـه. مـن وضـو میگیـرم اسـمتو میگـم هـرا. الانم واسـه دیدنـت، وضـو گرفتـم. بی حضـور تو، غایبـم. قبولـم کـن هـرا. بـرای کابینـت ازمـن دنیـا رو بخـواه، روی چشـم تحویلـت میـدم. تورو خـدا قبولـم کن هـرا."

محمد از همه توان زبونش اسـتفاده کرد. از همه واژه های قشـنگی کـه میدونسـت، حرفایـی کـه بارهـا بـا خـودش زده بـود تا بتونه هـرا رو خام کنه. ولی حرفـای محمد دم گرمـی بـود کـه هیـچ راهـی نفـوذی تو آهن سـرد هرا نداشـت. محمد یـه آدم معمولـی یا کوچیـک نبـود. از بچگـی صاحب هـر چیزی بود کـه میخواسـت، بـا پول یا بـا زور. چون هـر دو رو داشـت. امـا اینـا تو هرا نداشـت. هـرا الهه عشـق بود، بدسـت آوردنش پول نمیخواسـت، لیاقت میخواسـت.

هـرا واسـه محمـد یـه زن نبـود. چیـزی کـه بیشـتر از پول اطراف محمـد رو گرفته بـود، زن بـود. هـرا، همـه چیـزی بود که محمد میخواسـت. محمد یه بار خامـش کرده بود و فکـر میکـرد دوبـاره هم میتونه، ولی نتونسـته بود و این درد داشـت از پـا درش می آورد. زندگـی محمـد رو پـول و قدرت میسـاخت. دوتا چیـزی کـه تو این دنیا همه معتقدند هـر کاری میتونـی باهاش بکنی، هر کاری. اما هرا شـامل این قانون نمیشـد، خریدنی نبـود.محمدِ مغرور هـر چه که داشـت به پای کسـی میریخت که همه داشـته هاش،

واسش هیچ ارزشی نداشت.

هرا حکومت نمیخواست، از قدرت متنفر بود. خوشبختی واسه اون، زندگی اشرافی توی یه کاخ با محدودیتهای بینهایتش نبود، آزادی بود.

درموندگی محمد به جای تحریک عشق هرا، ترحمش رو برانگیخت. او یه بار محمد رو پذیرفته بود. عاشق شده بود، خام شده بود. اما فهمیده بود محمد لیاقت عشقش رو نداره. او میخواست مالک همه چیز تو زندگیش باشه ولی هرا مِلک نبود، مالک بود، مالک خودش و آزادیش و غیر از این چیزی نمیخواست که باهاش بشه وسوسه اش کرد.

خودش میدونست دیگه هیچ شانسی نداره، تقریبا خودش رو واسه شکست آماده کرده بود. ولی، عادت نداشت براحتی باخت رو بپذیره، یا نمیپذیرفت یا می پذیرفت و تغییر میکرد، تا باخت تکرار نشه. واسه آخرین تیر ترکش، هر که چی داشت رو پای هرا ریخت، حتی غرورش رو:

"تو معجزه خدایی. تو همه چیزی هستی که من از خدا میخوام. هرچی دارم مال تو، فقط یه فرصت دیگه بهم بده. تمنا میکنم. التماست میکنم، یه بار دیگه انتخابم کن، هرا..."

هرا که آوازه عشق خودش و محمد رو از زبون سارا شنیده بود و ماجرای مراسم شب عروسیش رو دیده بود، از خودخواهی محمد متنفر بود و با هر کلمه ازش متنفرتر میشد:

"من عاشقت شده بودم، چون فکر میکردم عشق رو میفهمی. چون بارها قسم خوردی با همه وجود عاشقمی و من باور کرده بودم. من به خاطر پول و قدرتت انتخابت نکردم. خودت خوب میدونی، من تورو انتخاب کردم چون دیدم وسط

اینهمه خدم و حشم چقدر تنهایی. تو فکر میکردی پناه همه ای؟ نه عزیز من، بی پناه بودی!. من به تنهائیت، پناه دادم. بر عکس من، تو اولین عشقم بودی. میفهمی اولین عشق یعنی چی؟ اولین عشق من، هرا. ولی من دلسوزی رو با عشق اشتباه گرفتم. اشتباه کردم و به خاطر همین اشتباه تا پای مرگ رفتم. تو یه جون به من بدهکاری!"

ضعف ومظلومیت نگاه محمد قیافش رو قابل ترحم کرده بود ولی هرا مصداق شعر وحشی بافقی بود:

"ما چون ز دری پای کشیدیم کشیدیم

امید ز هر کس که بریدیم بریدیم

دل نیست کبوتر که چو برخواست نشیند

از گوشه باغی که پریدیم، پریدیم..."

بهار بود ولی چشماش، هوای گریه سردی داشت:

"ولی تو از عشق چیزی نمیدونی. عشق اون نیست که هرچی رو دوست داری، داشته باشی، عشق اونه که بتونی اونی رو که دوست داری، جذب کنی، عاشق کنی، با عشق بدست بیاری."

نفس عمیقی کشید تا از حجم عصبانیتش کم کنه و بتونه بدون خشم حرف بزنه. او میدونست، منازعه با خشم یعنی باخت:

واقعا تو با خودت فکر میکنی، منم مثل بقیه میتونی بخری یا صاحب شی؟ فکر کردی من یکی از چیزاییم که داری؟ میتونی هرجور دوست داری منو بسته بندی کنی؟ بعضی چیزا بیشتر از یه بار تو زندگیت اتفاق نمیافته. بهتره همون یه بار ثابت کنی مستحقشی و گرنه خیلی از شانسها دیگه تو زندگیت تکرار نمیشن. باید منو

میفهمیدی به همون اندازه که واست مهم بودم، نه به اندازه ای که دلت بخواد. من عاشقت بودم نه مِلکت؟...."

محمد مستاصل تر از همیشه، بایکوت شده بود. حرفی واسه دفاع از خودش نداشت. به خاطر موقعیتش برنده همه منازعه ها بود، ولی نه اینبار. اینجا نه پول بدردش میخورد نه زور. ماشین وارد خونه شد و جلو ورودی عمارت ایستاد. محمد پیاده شد تا راننده اول درب سمت هرا رو باز کنه. هرا لوندانه پیاده شد، وقتی پاهای کشیده و ظریفش داشت، منت رو زمین میذاشت. کنار رفتن دامنش از قسمت چاک بلندش، منظره غیر قابل وصفی رو به محمد و راننده هدیه کرد. راننده همیشه سر به زیر بود، اما تکون واضحی خورد. راننده ماشین رو پارک کرد و توش منتظر موند. بیرون در توی خیابون با فاصله کمی یه ماشین دیگه مراقب خونه بود. محمد نمیتونست هیچ جایی بدون محافظ باشه، این تنها چیزی بود که دست خودش نبود.

شوق و شور و خنده سارا از دیدنش، همه حس نفرت و کینه هرا رو شست. خودش رو تو بغل مادرش انداخت و بوسید. اما هرا واسه آرامش آغوش پدرو میخواست. پدر واسه اون خدایی بود که میتونست هر غیر ممکنی رو ممکن کنه. کسی که لازم نبود از حال هرا چیزی بپرسه. خط به خط دخترش رو حفظ بود. همه فشار و استرسی که هرا کشیده بود مثل یه قطره اشک نگاهش رو تار کرد و چشماش رو درخشان. پدر هرا رو میفهمید. بی پناهی و نگرانیش رو درک کرد، مثل بچگیاش بی هوا یه دستش رو برد پشت پاهای هرا، یه دست پشت کمرش و مثل یه پر طاووس بلندش کرد. هرا مثل یه بچه ذوق کرد. غم سنگینی که داشت، سبکتر شد. تونست یواشکی قطره اشکی که گوشه چشمای درشتش رو میشست

با دستمال بگیره.

چشمای هرا وقتی خیس میشد برقی داشت که نمیشد ندید، که نمیشد دید و عاشق نشد. عاشق شد و به هواش نمرد. ولی زیبایی چشماش وقتی میخندید فرق داشت. یه جور دیگه قشنگ بود. یه جور که دلت میخواست با خنده هاش، بخندی. حاضر بودی هر کار بکنی که بخنده، تا بخندی.

هرا تو بغل پدر وقتی سرش رو گذاشت رو شونه هاش و آروم شد، نگاهش رفت رو چشمای قشنگ مادرش. یه لحظه طلوع نگاه هرا از پشت کوه پدر، محمد رو به دیوار تکیه داد. حالش قابل توصیف نبود. عملا سارا کنترلش میکرد.

محمد و سارا پشت سر پدر و هرا، وارد ساختمون شدند. نمادهای یهودیت همه جا دیده میشد. اگه به خاطر هرا نبود، امکان نداشت محمد تحت هیچ شرایطی وارد یه همچین جایی بشه. ولی به دو علت توی این خونه رفت و آمد داشت، اول اینکه میدونست ابراهیم مذهبی نیست و این وسایل صرفا هدیه بودند و دلیل اصلی هرا بود. مذهبش از اول با قوم یهود مشکل داشت و این مشکل بعد از هزاران سال مثل یه قانون تو کشورش ثبت شده بود. موقعیت اجتماعیش مجبورش میکرد، ازین قانون تبعیت کنه. اما عشق نه دین میشناخت، نه موقعیت...

"عشق دل می گیرد و دل دین."

ابراهیم، هرا رو مثل یه پرنسس کوچولو روی صندلی نشوند و کنارش نشست. سارا و محمد هم، روبروشون نشستند. هرا شیرین ترین رویای دست نیافتنی محمد بود. رویایی که تو چشم هرا، کابوس بود. کابوس سردی که حتی یه لحظه هم نمیتونست، محمد رو نگاه کنه.

رویای محمد نه تنها با مفهوم عشق، که با احساس خوشبختی هم مغایرت

داشت، قبلا تجربه کرده بود. تجربه ای که هیچوقت نمیخواست تکرار بشه. محمد دقیقا میدونست که اگر با پافشاری یا زور یا هر روشی که امکانش رو داشت به هرا میرسید، زندگیش کابوس میشد. پس راهی واسه رسیدن به هرا، بدون رضایتش نبود.

محمد هرا رو نمیشناخت. چیزی که اون نمیتونست بپذیره، خیانت نبود، جبر بود. از دست دادن آزادیش بود. هرا با همه جوونی به شناخت خودش، رسیده بود. او میدونست از زندگی چی میخواد و همونو دنبال میکرد. هرا همون چیزی بود که بدبخت ترین آدم دنیا واسه خوشبخت ترین بودن، کم داشت و برعکس. محمد مصداق این حرف بود.

خوشحال کردن هرا هزینه نداشت، عشق میخواست. هرا زیباتر ازون بود که به زیورآلات احتیاج داشته باشه این گوش و گردن و سینه و دست هرا بود که به جواهرات جلوه میداد. با یه کتاب مدت بیشتری خوشحال و سرگرم بود تا با گردنبند مروارید خاصی که محمد تو اولین قرار بهش داده بود، ترکیبی از یونیکترین مرواریدهای عالم.

هرا محمد رو عاشقانه دوست داشت تا وقتی توی عروسیش متوجه حضور یه پوشش بدون زن شد. او قبلا هیچ زنی با این پوشش ندیده بود و همین باعث کنجکاویش شد. وقتی فهمید زنان خانواده محمد به خاطر موقعیت شغلی و اجتماعیش باید اینجوری لباس بپوشند، اونقدر ناراحت و عصبانی شد که با همون لباس عروسی، فرار کرد.

او نمیخواست آزادیش رو حتی با همه ثروت محمد عوض کند. چون با آزادیش خوشبخت بود. چیزی از خوشبختی کم نداشت که واسه بدست اوردنش به پول

یا موقعیت محمد نیاز داشته باشه. ولی بقیه اینجوری فکر نمیکردند همشون به خاطـر ولع و نیازشـون، هرا رو با حسـادت، به بی لیاقتی محکـوم میکردند ولی محمد ، زندگـی رو بـدون اون غیـر قابل امکان میدید، هرچنـد بـا هـرا هـم دیگه امکانی تو زندگیـش نمونـده بـود. میـزی کـه دورش ایـن چهار نفر نشسـته بودند. شـام آخـر نبود، میهمانـی حسـرتی بـود، کـه نـه شـامی تـوش بـود، نـه مهمونـی، فقط شـرابی بـود که محمد نمیتونسـت بنوشه، شـراب هرا.

او کـه تـو دنیای خودش، سـودای سـلطنت داشـت تو دنیای واقعـی اینجـور زار، تو حسرت نگاهـی کـه نگاهـش نمیکرد، آه میکشـید. انگار واقعا محمد، بـی هرا محمد نبود.

نگاه هـای پشـت سـرهم و حریـص محمـد، هـرا رو کلافه کـرده بـود. هـرای آزاد و شـاداب زیر بـار سـنگین نگاهش، مچاله شـده بـود. او محمـد رو عامل مـرگ خودش میدونسـت، چـون آخریـن چیـزی بود کـه قبل از مـرگ، دیده بـود. این آخریـن حافظه جسـمیش بـود کـه گاهی بدون اینکه خاطره ای ازش داشـته باشـه مثل یـه کابوس تو وجـودش تکـرار میشـد. هـرا هیچکـدوم از خاطراتی کـه با محمد داشـت رو بیـاد نمی آورد غیـر از آخریـن تصویـر. همه این فشـارها و اتفاقـات هارمونی بـدن و مغز جدیدش رو بـه هـم ریختـه بود. بیهوش شـد.

هراغمگین و چروکیده، بـه تنهـا مامنـی کـه میشـناخت، پنـاه آورده بـود. ابراهیم دخترش رو خوب میشـناخت، میدونسـت قویتر از اونیه که به خاطر مشکلات معمولی به پدرش پنـاه بیاره. برخـورد با محمد و یـادآوری خاطراتی کـه نداشـت درگیری حافظه فکـری و بدنیـش، هماهنگـی فوق العاده جسـم و مغزش رو به هم ریختـه بود. جوری کـه هیـچ اثری از فکـر تـو رفتـار هرا دیده نمیشـد. کـم کـم چشـمها و پلکاش و سـرش

رو شونه پدر، سنگین شد.

ابراهیم متوجه حال بد هرا شد. اول سعی کرد با نوازش و صدا زدن بیدارش کنه. اما هرا توان هیچ واکنشی نداشت. دست پدر واسه لمس نبض هرا به سمت گردن بلندش کشیده شد، تو امتداد برجستگی نای هرا که با زیبایی هر چه تمامتر از زیر فکش کشیده شده بود پایین و گم شده بود تو گودی دیوونه کننده بین خط هوس انگیز شونه هاش. هرا بیهوش، هم فتنه گر بود. نبضش منظم اما تند میزد، که نشون از فشار عصبی زیادش داشت. پدر به آرومی دخترش رو بغل کرد و اونو مثل یه پر طاووس روی کاناپه بزرگ گوشه پذیرایی خوابوند. سرش روی کاناپه ول شد. انگار هیچ نشونی از زندگی جز زیبایی توی صورتش نبود. به اغمای عمیقی فرو رفت.

***

چشمان دادار باز شد.

تفتیدگی هوا، زیر نور شدید و داغ آفتاب، هرم هوای داغی که با بادهای نا آرام کویر به صورتش میوزید، تلخی دردی که یدک میکشید را بیشتر کرده بود. تنها موجودات زنده آن حوالی شترهایی بودند که برای چرا به صحرای بی آب و علف برده شده بودند. شاید به سختی از لابلای خساست بیابان بتوانند به سبب بخت خاری، علف خشکی یا هر چیزی برای خوردن پیدا کنند.

نگاه غمگینش از بیابان به روی لباس مندرس نازک سفیدش افتاد. جثه کوچکش طاقت آن حجم از درد را نداشت. دنیای خشک روزمرگیش چیزی جز درد

و تکرارش نبود. هرکه به او پناه داده بود یا به هر کسی که تکیه کرده بود، از دست داده بود. از پدری که هرگز ندیده بود، جز خاطرات جسته گریخته ای که هرگز نداشت و کم و بیش شنیده بود، چیزی در خاطرش نبود. آمنه تنها مامن او هم که مادرش بود، تنهایش گذاشته بود. دست بی رحم طبیعت آخرین یاور مهربانش را گرفته بود. حال فقط او بود و عموی پیرش.

بیابان بود و شترهایی که جز غذا چیزی نمیدیدند. عموی تنگدستش، تنها کسی بود که سرپرستیش را به عهده گرفت. او به وسعت صحرا غمگین بود و به داغیش دردمند. نگاهش از بدن خسته و نحیف خودش به صحرا برگشت. با آنکه چشمهایش به آفتاب عادت داشتند، خورشید سوزانتر از آن بود که چشم بتواند دورتر از فریادی را تشخیص دهد. اما او بچه بیابان بود. با بیابان بدنیا آمده، در بیابان رشد کرده بود. صحرا تنها همدم روزهای بی کسیش بود. غمخوار مرد کوچکی با باری از حسرتهای کودکانه که هرگز کم نشده بود. تصویر شترهایی که همه توانشان را گذاشته بودند تا از بخل کویر خارگونه ای برای نشخوار گیر بیاورند، در قاب نگاهش نقش بسته بود. جاییکه حرارت سراب گونه بیابان هر آنچه دورتر از آن بود را محو میکرد. کوه هایی که گوشه دور منظره نگاهش را پر کرده بودند، خورشیدی که بعد از یک روز داغ آفتابی، میرفت تا جای خود را به آرامش و خنکای تاریک شب بدهد، شبی که برای او بعد دیگری از زندگی بود. از صحرای چرا تا مامنش راه زیادی نبود، کوتاه هم نبود. او میدانست اگر وقتی سایه چوب دستیش درست دوبرابر طولش می شود راه بیافتاد، در شرایط عادی قبل از تاریکی هوا به خانه میرسید.

حرکت چوبدستی و غم صدای حزینش، وقتی برای دلش در راه میخواند، شترها

را بی هیچ زحمتی بدنبالش می کشاند. صدایش نوای غمگین صحرا بود. صدای گرم و ترانه حزن انگیزی که میخواند، شترها را بی هیچ مشکلی بدنبال او تا خانه میکشاند. طول این مسیر دائمی را فقط فکر و شعر میتوانست پر کند. نگاهش به افق خیره بود. سایه جثه کوچکش هر لحظه درازتر میشد و مسیر درازش کوتاه‌تر. دستهای کودکیش را چوبی پر کرده بود که گاهی دور سرش میچرخید تا به شترها چیزی بفهماند، گاهی او را در خطری یاری میکرد و گاهی پشت گردنش صلیب‌وار دستهایش را مسیح گونه باز میکرد.

ترانه هایش موسیقی نداشت. با صدای زنگ شتران که با نوای یکنواختی تکرار میشد، گام گرفته بود، تا حزین ترین ترانه زندگی را فریاد بزند. ترانه ای که برای او به جز درد نبود اما شتران را خوش می آمد. کنسرت با شکوهی از زخمه درد به تار و پود دل، که هیچ بیننده ای نداشت، جز بیابان خشک. نگاهش خیس بود و لبهایش تناسه بسته. مشک آب، لبش را بوسید. صدایش بازتر شد، تا نوایش کویر را پر کند. کسانی که در کویر زندگی میکنند قدر آب را میدانند، کویر قانون مخصوص به خود را دارد. گاهی جرعه آبی در دل کویر با ثروتی که یه عمر اندوخته ای، برابری میکند.

دلی که باید جای شادی و شعف و شور کودکانه باشد، پر بود از درد و نیاز و بی کسی، و او فقط روزهایش را به بودن یا نبودن هاشور میزد. به سمت جایی میرفت که خانه میخواند، اما شباهتی به خانه نداشت. چرا که نه امیدی به خانه داشت، نه خانه ای برای امید.

شترها با نزدیک شدن به شهر به عادت هر روز، در منزلگاه آرام گرفتند و شروع به نشخوار خار ناچیزی کردند که در خساست کویر جسته بودند.

از شدت خستگی و گرما چند دقیقه ای به استراحت بروی بالکنی که فقط یکی دو پله از زمین فاصله داشت، نشسته بود که دست پهن و درشتی شانه نازک و لاغرش را نوازش کرد. با ترس به سمت دست برگشت. لبخند مهربان پیرمرد، او را اندکی آرام کرد. این تنها چیزی بود که در این روزهای درد و بی کسی او را امیدوار میکرد. با دیدن عمو با احترام و سربزیری به سرعت از جایش بلند شد تا عرض ادبی کرده باشد. چرا که اعراب به آداب بسیار پایبند بودند. عمو با فشار دست روی شانه های باریک پسر، او را به نشستن دعوت کرد و خود در کنارش نشست:

"خسته نباشی مرد جوان؟ روزت را چگونه گذراندی؟ علفی به صحرا هست یا باید به فکر تغییر محله باشیم؟ زبان بسته ها به نظر سیر و پر نمی آیند."

دست عمو را از شانه به روی چشمش گذاشت و بوسید:

"صحرا مثل همیشه است عمو جان، خشک و بخیل. انگار شترها حتی ریشه همان چندتا خاری که در صحرا بوده است را هم خورده اند که دیگرچیزی به صحرا نمانده است..."

غمی که در صدای حزینش موج میزد، از عمو دور نماند. پیرمرد حال او را میفهمید. برای آرامش ذهن ملول کودک، تلاش کرد با جادوی کلام، کاری کند. او استاد اینکار بود:

"گمان میکنم باید گله را از فردا بسمت کوه بکشی جوان. آنجا بیشتر غذا گیر میاید. گناه دارند زبان بسته ها، غذا میخواهند."

حرفهایش اثری در تغییر وضعیت پسر نداشت. او جز دستورات عمو کار دیگری نمیکرد. شکرگزار بود و گوش به فرمان. دغدغه اش اما چیزی نبود که فراموشش شود. دلتنگ بود و مرهم دل تنگ سنگ صبور و این تنها هنر عمو بود:

"به روی چشم عمو جان. امرتان همیشه متاع. من غیر از شما کسی را ندارم عمو. گوش بفرمان شما نباشم، به چه کسی اقتدا کنم."

نفس عمیقی کشید تا بغضی که نفس را برایش دشوار کرده بود، برهاند، شاید بتواند اندکی خودش را برای عمو تعریف کند:

"روزهاست که چیزی در دلم سنگینی میکند مثل نفس تنگی عمو."

لبهایش به قهر و چشمهایش به اشک مبتلا شد. دل جوانش بیش از روزهای زندگی، مصیبت دیده بود. اشک، این مهمان گوشه نشین همیشه نگاهش را، به زبری دست خشک و آفتاب سوخته اش زدود. گریه را از صدایش صاف کرد و به بغض ادامه داد:

"آنقدر درد کشیده ام عمو که دلم دیگر دنیا را نمیخواهد. من چه کرده ام با دنیا که حسابش با من پاک نمیشود. به هر کسی تکیه کردم تردم کرد، هر که قبولم کرد، دنیا ردش کرد. خدا تو را نگاه دارد عمو جان. پدرم، مادرم، پدربزرگم و..."

آه تلخی کشید. نگاه سردش دیگرسوزان نبود. در آتش کویر خاکستر شده بود. نگاه سوخته اش از عمو به تاریکی شب کویر، هجرت کرد. برای عمو، درد خودش کم نبود. تن رنجورش توان بیشتری نداشت. نمیخواست عمویش دردی که مثل اشک، نگاهش را کدر کرده بود، ببیند:

"من چه گناهی به درگاه چه خدایی کرده ام که مستحق عقوبتی چنین تلخم عمو. خدا تو را برای من نگاه دارد."

بغض همیشه گلویش، به گریه نشست. دلش دامان مادر به گریه میخواست و شانه پدر به صبوری و کلام پدربزرگ به راهبری. نه میخواست، نه میتوانست عمویش را در انبوه دردهایش شریک کند. درد او هم کمتر از خودش نبود. دل عمو

هـم گریـه میخواسـت بی امـان، بی شـرم، امـا بخـل کویـر، بـا او کاری کـرده بـود که چشمهایش، حتـی اشـک را هـم ذخیـره میکرد. به گریه نرسـید اما جـز تاریکی، هیچ چیـزی نمیتوانسـت جلـوی دیده شـدن لرزش دسـتانش را بگیرد. زبری و پینه دسـتش را بـه معصومیت سـر پسـرک داد. دلیل میخواسـت بـرای تحمل دردی کـه چیزی قادر به تسـکینش نبود، جـز کلام:

"دنیا سـاده نیست عمو جان. پشـت هر علتی معلولی خفته اسـت. دنیا با هیچکس دشـمن نیسـت، پسـرم. این ماییم که با دنیا سـر جنگ داریم..."

اعتمـاد بـه نفـس و ایمـان، قدرتـی بـود کـه عموعلیرغـم فقر مالـی داشـت. اون بر عکـس بـرادران و خانـواده اش بدنبـال پول و قدرت نبود. در چشـم او دنیا جایی بیشـتر از زندگـی بـود و راهـی طولانی تـر از مـرگ را میطلبید. پیرمـرد بـه وری آنچـه خانواده اش میخواسـتند، اعتقـاد داشـت. چیـزی فراتر از پـول، طلا ، شـتر و زن:

" هرگـز فرامـوش نکـن پسـر، دنیا همـه مـا را بـرای خودش میسـازد. در خلقت ما دلیلـی اسـت کـه در زندگی تجلی میابد. تو میدانی برای زندگی در این دنیای دردناک، بایـد بسـیار قوی بـود و قوی شـدن به سـختی بدسـت می آید. هـر چه هدفت در دنیا بزرگتر باشـد، زندگی سـخت تر میشـود.

"نابرده رنج گنج میسر نمیشود."

نگاهـش در گسـتره کویـر مانـد. تـاب دیدن دردهـای رسـوب کـرده در نگاه پسـرک را نداشـت. مهربان ادامه داد:

"تولدت داستانی دارد که خالی از حکمت و دلیل نیست:

عبدالله بایـد قربانی میشـد، پدرت را میگویـم. پدربـزرگ نذر کـرده بود. رسـم بود و واجـب الاجرا، راه فـراری نبـود. پدربـزرگ عاشـق عبدالله بـود. دلش از همه ما بیشـتر

با او بود. خود هم نمیدانست چرا؟ انگار دلیلی در دل داشت، که به لب نمیگفت. سه بار قرعه کشید. سه بار عبدالله شد. باید قربانی میشد. مردم کویرِ عرب، سر میدهند، قول و عهد نمیشکنند. پدربزرگ حتی به مرگ خودش راضی تر بود، تا عبدالله. ولی نذر، نذر بود.

پدر بزرگ حال مساعدی نداشت. بی عبدالله دنیا را نمیخواست. هرآنچه در جیب و دست و آبرو داشت گذاشت، اما چاره ای نیافت. نه عهد شکستنی بود، نه نذر.

درمان درد کردن با درد، دشوار است ولی جز درد، دردشان را درمانی نبود. نفس عمیقی مهمان ریه خشک عمو شد. سر پسرک را با مهربانی بوسه ای زد: "چاره نبود تا روزی که عبدالله باید قربانی میشد. پدربزرگ خود عهد کرده بود، خود کرده را تدبیر نیست."

اندوه، میهمان کلامش بود که به لبخندی دگردیسی داد. چشمهای عمو درخشیدن گرفت. برق نگاهش، نه شب، که دل پسر را روشن کرد: "با وساطت اقوام و پیشنهاد بزرگان قوم قرار شد، به جای عبدالله دیه او که ۱۰۰ شتر بود قربانی کنند و در میان نیازمندان تقسیم. اینگونه هم نذر ادا شده، هم عبدالله نجات پیدا کرده بود. پدر توانمند بود. شترها قربانی شدند و مردم سیر. عبدالله نجات پیدا کرد."

لبخندی لبهای خشک پیرمرد را به تبسم واداشت. لب خشک کویری، وقتی به لبخند ناخواسته ای دچار شود به خون مینشیند. قطره قرمزی لبش را خیس و گرم کرد. این دیگر اشک نبود که کویر آنرا خشک کند، خونی بود که از شادی میریخت:

"پدربزرگ دوباره خوشبخت ترین پدر دنیا شده بود. این پیروزی را به فال نیک

گرفت و بیدرنگ عبدالله را به خواستگاری آمنه مادرت به خانه وهب، پدربزرگ دیگرت برد، وهب عبد مناف و دخترش را برای او خواستگاری کرد. وقتی معجزه ای، کسی را از مرگ میرهاند، مردم او را نظر کرده می پنداشتند. نظر کرده را کسی یارای پاسخ منفی نبود. "

در حالیکه فاصله کوچیکی را بین انگشتان شست و سبّابه اش نشان میداد:

"این مرگ است عزیزم، این زندگی. گاهی بین این دو فاصله قابل تشخیصی نیست."

لبانش به تلنگر لبخندی باز شد. اما خنده اش را بلعید و ادامه داد:

"دنیا طوری رقم خورد، انگار فقط قرار بود، عبدالله زنده بماند تا تو بدنیا بیایی. بعد از ازدواجش در آخرین سفر کاریش، بیماری سختی گرفت و جان به جان آفرین تسلیم کرد. اما تو مانده ای پسرم. زنده و سرحال و توانمند."

چشمان پیرمرد، به امید دیدن شادی هر چند کوتاهی، به نگاه پسر نشست. شاد نبود اما حس خاصی او را به وجد آورده بود. انگار برای رسیدن به خودش چند کلام کم داشت که عمو برایش کم نگذاشت:

"تو ماموریت بزرگی داری پسرم، خیلی بزرگ. اما این چیزیست که تنها خودت باید بیابی."

نگاهش که از روی عمو در تاریکی صحرا گم شده بود. به او برگشت. خم شد. دستش را به ادب بوسید و بلند شد. احترام گذاشت و اذن خروج خواست. عمو به لبخند پذیرفت، چون میدانست صحرا مامن اوست و جز صحرا چیزی ندارد که آرامش کند. از خانه تا کوه راه زیادی نبود اما فکر، زیاد بود. دلش درگیر سخنان عمو بود و تنگ پدر. غم سنگینی سینه اش را مچاله میکرد ولی انگار چیزی در

قلبش، نوید روشنی داشت. نوری که چون برق درخشانی چشمهایش را روشن کرده بود.

مامن همیشه شبهایش کوه بود. کوهی که همچون خاری، چشم شب را می آزرد، کوهی برنگ سیاه شب، کوه نور. کوهی که تا امروز شبهایش را پر میکرد، از فردا مقصد روزهای چرا و فرار از مردمی بود که جز درد، ارمغانی برایش نداشتند.

تاریکی و سکوت کویر برای او غنیمت بود. روشنی روز برایش پر بود از حقایق درد، اندوه و خستگی، او عاشق شب بود. شب صحرا، برای اوتنها جایی بود که همه چیز را میتوانست همانگونه که میخواست تصور کند، نه آنگونه بود. چشمهایش را دوست داشت، چون میتوانستند راه را نشانش دهند. روز برای او مفهومی جز ناکامی و شب تعبیری جز رویا نداشت. رویای اصلی او پدر بود. چشمهایش شب را می شناخت، اما با مردم بیگانه بود. در دامنه نگاهش کوه، دیگر برجستگی کوچکی گوشه قاب نگاهش نبود. تمام چشم تیره اش را حجم تاریک کوه، پر کرده بود. چشمهایش دچار کوه بود و لبانش دچار پدر. درگیر تکرار دعا گونه نام او بود: "عبدالله ... عبدالله..."

اشکهایش دیگر ترسی از خشکی کویر نداشتند. قطره اشکی را که خط قرمز قانون کویر را نادیده گرفته بود با گوشه زبان خشکش از کنار لبش شکار کرد. کوه نور تیره تر از هر تاریکی ای در نگاهش خودنمایی میکرد. سخنان عمو در ذهنش طنین انداخته بود: "تو ماموریت بزرگی داری پسرم، خیلی بزرگ"، لبخند زد.

مامن شبهای او غار کوچک و تاریکی درکوه نور بود. مونس شبهای تنهاییش بود و امید روزهای ناامیدیش. چه شبها که در تنهایی با حراء سخن میگفت و چه شبها سر بر سینه تنگ حراء به خواب میرفت. بی حراء انگار دنیا برایش جایی

نداشـت، شاید این غـار کوچک آغـوش دنیا بود، بـرای تسـکین درد تنهاییش یا رحِمِ دنیـا بـرای جایگزینـی جنینـی کـه جغرافیای جهـان را تغییـر خواهد داد. سـکوت وهم انگیـز غـار، آغـاز رویـای شبانه اش بـود. رویایـی دیگـر سـاخت. لبهایـش به لبخنـد نشسـت. صدایش از دل حراء در سـینه سـیاه کوه پیچیـد و در صحرا طنیـن انداخت:

"عبدالله... عبدالله...   دالله.... دالله.... الله.... لله..."

فصل هفتم

جاذبه

"...لله .... ماشالله" ...

صدای محمد تو گوشش آهسته آهسته بلندتر و واضح‌تر میشد.

نگاه هرا به نرمی از پشت پلکای قشنگش طلوع کرد. لباش با نگاهش به تبسم باز شد. انگار زیبایی داشت مشق هنر میکرد.

" فتبارک الله احسن الخالقین ... ماشالله ...ماشالله به قدرت خدا. الله نگهدارت. ماشالله ماشالله..."

چشمای هرا آروم مثل یه روز نو طلوع کرد. مغزش هنوز با بیداری ست نشده بود. پدر و سارا به پیشواز دکتر بیرون رفته بودند. فقط او بود و محمد که تو جذابیتش غرق شده بودند و کاری جز تحسین خداش نداشت. هرا با طنازی بلند شد. وقتی پاهای ظریفش با ناز و کرشمه ذاتی منت رو زمین گذاشت، رون کشیده و تراش خوردش از دل سرخ دامنش بیرون زد که با بلند شدنش این نمای زیبا دیدنی تر شد... هرا مردا رو کامل بلد بود.

جسم محمد روی زانو نشسته بود، روحش اما به معراج رفته بود.

هرا در کنار او حس چاهی به تاریکی داشت، سیاهچاله ای عمیق. محمد مستأصل تر از همیشه نگاه پرسشگر و پرستشگرش رو به هرا دوخت. هرا به عشوه ای کشنده تر:

"تحمل چیزی که من اونجا دیدم، اون حجاب، اون پوشش واسم غیرممکن بود. من به چه جرمی باید به این زندان تن بدم؟ تو به چه حقی میتونی این حق رو از من بگیری؟ تو ثروتمندی، من آزادم. باید قبول کنی همه تو ثروتته، همه من آزادیم. بعد تو بخودت حق میدادی منو تو همچین جهنمی ببری؟"

آتیش نگاهش چشم محمد رو سوزوند. تازه انگار داشت میفهمید چی به سرش

اومده. او به همه چیز فکر کرده بود غیر از این. هرا با گلایه و کمی خشن:

"من اعتمادم رو بهت از دست دادم، میدونی یعنی چی؟ اگه بخوای دوباره با من باشی باید اعتمادمو دوباره بدست بیاری."

با طنازی بهش نزدیک شد. درست جلوی صورتش زانو زد. با انگشتای کشیده و ظریفش چونه محمد رو بالا کشید تا نگاهش درست روبروی چشماش باشه. بعد با لوند ترین و بیچاره کننده ترین عشوه ای که بلد بود در حالیکه ازون فاصله به راحتی میدید محمد داره توی حرارت نگاهش ذوب میشه آهسته و در گوشی گفت:

"منِ ساده، چشم بسته بهت اعتماد کرده بودم، خودمو به تو سپرده بودم و تو داشتی منو به سیاهچال می کشوندی، این جواب اعتمادِ من نبود."

خشنتر و جذابتر ادامه داد:

"شما چه جوری به خودتون اجازه میدین یه انسان رو بپوشونین؟ اون لباس چه شخصیتی داره؟ من باید چی صداش کنم؟ مرده یا زن؟ یه بار فقط یه بار جرات کن اون لباس رو خودت بپوش برو بیرون. برو یکی از جلساتی که میری، که میبریش. اگه یه روزش رو تحمل کردی آفرین بر تو، نمیگم بعد من میپوشمش نه، سعی کن خودت همیشه اون لباس رو بپوشی. چون تو این پوشش رو انتخاب کردی. من هیچ ضعفی ندارم که بخوام، پشت پرده مخفیش کنم. اگه تو داری یه فکری واسه خودت بکن، من بلدم چی بپوشم که برازندم باشه."

لبه گوش خوش فرم محمد رو با دندونای سفید و قشنگش گاز کوچکی گرفت، بلند شد. محمد دلیل این کار هرا رو درک نکرد اما همون گاز کوچیک حرف هرا رو توی گوشش تثبیت کرد. دیگه نمیشد بین محمد و هرا دنبال فاصله بود، باید بدنبال راهی یا امکانی بود که وجود نداشت و محمد به خوبی اینو درک کرده بود.

او یکبار تو این امتحان رد شده بود.

دکتر تنها همدم همون لحظه های کوتاه تلفیق او بود و هرا -لحظه هایی که بر حسب اتفاق بیدار میشد- کسی روغیر اون نمی دید. او تنها کسی بود که لحظه شماری میکرد از هماهنگی چیزیکه آفریده بود، مطمئن بشه، که البته بهانه بود. دکتر مشتاق دیدن نگاه هرا بود. مدت زیادی از ترخیصش نگذشته بود اما آدام فکر میکرد سالهاست عشقش رو ندیده، عشقی که چه شبها آروم و ساکت تا صبح نگاهش کرده بود. افسون یه لبخند صورت فریبای هرا رو روشن کرد. شکوه این لبخند به قدری بود که دکتر نه تنها به کار خودش مطمئن شد بلکه ایمان آورد. دکتر ضمن سلام و احوالپرسی با خوشحالی و احترام روبروی هرا ایستاد. دست دراز کرد، با هرا دست داد. تا لطافت پوست دستش رو لمس کرد دوباره فکر یه پیوندِ قلب، از مغزش گذشت.

محمد که نمیتونست از هرا چشم برداره، غیرتی شد. بدون نگاه به دکتر سری تکون داد، دکتر هم جوابی درخور. نه محمد تاب دیدن مرد دیگه ای رو تو حریم عشقش داشت، نه دکتر. او دکتر رو دشمن میدید، دکتر اونو.

این دو مرد، یکی مرد علم، یکی مرد دین و ثروت که هر کدوم بنوبه خودشون خیلی موفق بودند، به خاطر یه نگاه، بی هیچ جنگی به نبرد با همه توانشون محکوم شده بودند. دکتر با عملی که کرده بود به یکی از بزرگترین چهره های علمی دنیا تبدیل شده بود. شرح ماجرای عملش به خیلی از دانشگاه های پزشکی مطرح دنیا رسیده بود. دعوتنامه های متعددی از بهترین مراکز درمانی با پیشنهادهای وسوسه کننده واسش میومد. اما او هنوز به خاطر هرا هیچکدوم رو نپذیرفته بود.

محمد تو قدرت از دکتر خیلی بالاتر بود. اونقدر قویتر که احتمال ولیعهدی کشورش از چندین کاندید موجود بیشتر بود. موقعیت مالی محمد جای هیچ بحثی نداشت. او بقدری ثروت داشت که میتونست همه بیمارستانها و دانشگاه هایی که واسه آدام دعوتنامه فرستاده بودند رو بخره. علاوه بر صدها کارخونه و زمین و مستغلات تو همه دنیا، درآمد پالایشگاه بزرگ نفتش از درآمد سالانه خیلی از کشورها بیشتر بود. محمد همه چیز داشت جز هرا. ولی هرا تنها چیزی بود که میخواست. او حاضر بود همه ثروتش رو نثار هرا کنه اما هرا نه با تمام ثروت محمد که با همه ثروت دنیا هم حاضر نبود، آزادیش رو از دست بده.

محمد عاشق هرا بود، هرا هم تا پیش از این عاشق محمد. اما او چیزی رو از هرا میخواست که نمیتونست قبول کنه. هرا، آزاد زیبا بود، آزاد جذاب بود، آزاد خوشبخت بود. اون بدون آزادی زن نبود، عروسک سکسی قشنگی بود که همه چیز داشت جز کشش و نه تنها هرا که هر دختری بدون آزادی، جذاب نبود و بدون جذابیت زن ...

عربها مثل محمد به شدت پایبند رسوم و عقاید و سنتهاشون بودند چیزی که تو مشرق زمین به مردونگی و غیرت معروفه. این سنتها بقدری قدرت دارند و داشتند که براحتی جون آدمها رو هم میگیرند و میگرفتند. آمار بالای مرگ و میر بر اثر سنتهای خانوادگی تو خاورمیانه گویای همین خصلته. سنتها و خرافاتی که خود محمد هم ازش دل خوشی نداشت. ایدئولوژی سخت و نامهربونی که سالهای زیادی از زندگیش رو گرفته بود، زندگیش رو کاملا تغییر داده بود و حالا میرفت تا آخرین آرزویی که داشت یعنی عشق رو هم ازش بگیره. محمد عاشق هرا بود ولی به خاطر سنتهای قومی، فامیلی و کشوری، نمیتونست واسه هرا همسر خوبی

باشه.

دکتر غرق هرا بود. هرایی که تو دایره نگاهش نشسته بود با هرای رو تخت بیمارستان، خیلی فرق داشت. این هرا علاوه بر جذابیت، زنده هم بود. محصول بی نظیری از تکامل انسان، که خودش ساخته بود. هیچ طبیعتی از او قشنگتر و البته بیرحم تر نبود. هرا بیرحم نبود، مهربونترین آدمی بود که زمین به خودش دیده بود. ولی زیبایی وحشیش، وقتی به جون کسی مثل محمد میافتاد بیرحم بود، خیلی بیرحم.

محمد واسه آخرین تلاش، جلوی پاش زانو زد، انگشتای کشیده و ظریفش رو گرفت و به لبش نزدیک کرد. درست وقتی که لباش داشت واسه بوسیدن دست هرا جمع میشد چشاش رو سیاهی تاریکی به خودش جذب کرد. نگین انگشتری هرا قسمتی از یه سنگ خاص بود که همتایی جز خودش تو دنیا نداشت، سنگ سیاهی که بقدری سیاه بود که هر نگاهی رو تو عمق خودش غرق میکرد. چشمای محمد تو طواف سنگ سیاه نگین انگشتر هرا بود و لباش، نشسته بر ضریحی از جنس لطیف دستش. هرچند به کوچکی و کرنش اما محمد همین تماس لب با دست هرا رو غنیمت میدونست. میتونست با قدرتی که داره به هر شکلی شده هرا رو بدست بیاره ولی نه بدون رضایت و عشقش. لبای محمد از دست هرا به سنگ سیاه نشست، بوسه ای به کرنش، خضوع، بندگی و بردگی... به سنگی که تو نگاهش، خیلی غریبه نبود.

هرا دستش رو کشید. بی اونکه نگاهی به محمد بندازه رو به دکتر کرد و باهاش همکلام شد. دکتر هوش سرشاری داشت و در نبود مسیح قابل مصاحبت. همین بهترین بهانه بود تا هرا بتونه سنگینی حضور محمد تو اتاق رو تحمل کنه:

"به... به جناب دکتر، خیلی دوست داشتم تنها گیرت بیارم، خیلی حرف واسه گفتن داشتم ولی متاسفانه هیچوقت امکانش نشد..."

لبخند قشنگی زد و ادامه داد:

"ولی... حالا که اینجا هستی موقعیت خوبیه..."

بقدری حالت و عشوه و نگاهش جذاب بود که هم محمد از حسادت اون نگاه مرد، هم دکتر از قدرتش. عشق کشندست چه پذیرفته بشه چه نه. هرا با خنده کمرنگی:

"اولین بار که خودمو توی آینه دیدم تو شوک بدی بودم. مخصوصا وقتی تو داشتی سعی میکردی، متقاعدم کنی که کار درستی انجام دادی. وای دکتر، دکتر میخواستم با همین دستام خفت کنم...."

چند لحظه مکث کرد. از عصبانیت به لبخند تغییر چهره داد. یه خنده شیطنت آمیز داشت با گوشه لباش بازی میکرد ولی نگاهش به قدری جدی بود که دکتر و محمد رو به سکوت وادار کنه. این بازی زیر پوستی به قشنگی توی صورت هرا نشسته بود:

"ولی الان دیگه نظرم عوض شده دکتر جان."

دکتر ته نگاه هرا به نیتش پی برده بود و صلاح دید اینجوری مدت بیشتری مهمون نگاه دلنشینش باشه. پس با خنده و طنازی:

"یعنی الان با چی، میخوای خفم کنی؟"

جواب هرا، دکتر رو سورپرایز کرد:

"الان میخوام لباسات رو دربیارم... با همین دستام روی تنت عسل بمالم..."

زبون هرا یه کم از لبای قشنگش بیرون زد و دور لباش چرخید انگار چیز

لذیذی یادش اومده باشه. لبخند ساده لوحانه دکتر هرا رو به خنده انداخت. مکث طولانیش، واسه مهار خنده اش بود. با یه کم خشونت بیشتر:

"بعد... اون آکواریوم مورچه های قرمز آفریقاییم رو باز کنم. اونا خیلی عسل دوست دارن دکتر."

محمد خندید. دکتر با همه کنترلی که روی خودش داشت، نتونست جلوی لرزش صداش رو بگیره. او که مست پیروزی بود و فکر میکرد نه تنها هرا که همه خانواده باید شکرگزارش باشن توقع چنین برخوردی رو نداشت. با دلخوری و ناراحتی پرسید:

"یعنی.... یعنی اینقدر زندگی جدیدت سخته که ارزش بودنت رو نداره؟ واقعا ناراحتی یا شوخی میکنی؟"

سارا با لبخند قشنگی که فقط رو لباش نبود:

"این چه حرفیه دکتر جون؟ ما واقعا ازتون ممنونیم. شما دو نفر رو به زندگش برگردوندید، دو تا خانواده رو از وحشت و نگرانی یا بهتر بگم از مرگ نجات دادین. من نمیدونم اگه شما نبودین چی به روز ما میومد؟ واسه من و ابراهیم، زندگی بدون دخترم مفهومی نداشت."

دکتر در برابر زیبایی و ادب سارا سر خم کرد. از جنتلمنی مثل اون غیر از این، توقعی نمیرفت. ابراهیم همونجور که با سر حرفهای سارا رو تایید میکرد، نگاهش به دکتر بود. اونقدر تجربه داشت که بفهمه مشکل دکتر بیماری هرا نیست، خودشه. ولی نمیدونست چی میتونه به دکتر بگه. نگاه نافذش از روی دکتر کشیده شد روی هرا، با لبخندی که تا برگشتن به سمت دکتر ادامه داشت. بعد با ادب و تشکر:

"دکتـر، مـن فکـر میکنـم شـما علاوه بر جراحـی بایـد تـو روانشناسـی و قضـاوت هـم سررشـته داشـته باشـید. آخـه کار شـما دکتـر بـه غیـر از یـه عمل جراحـی فـوق العاده، یـه کار روانشناسـی و قضـاوت کامـل هـم بود. پـس ناراحت نشـید و خودتونو دسـت کم نگیریـد. هِـرا همونقـدر کـه تن نـازه، طناز هم هسـت."

دکتـر مثـل یـه بچـه کـه تـوی کلاس تشـویقش میکنـن، لـذت بـرد. لبخند وسوسـه کننـده هِـرا کـه بیشـتر از لبـاش تـوی نگاهش مـوج میـزد، نشـون از هـم نظـری با پـدر داشـت و جـوری دل دکتـر رو لرزونـد کـه دکتـر از سـارا کمی آب خواسـت تا قرصی که همـراه داشـت، بخوره. اسـترس زیـاد کارش بـه این دارو محتـاج و تا حـدودی معتادش کـرده بـود. معمولا قبـل از عمـل جراحـی واسـه کـم شـدن اسـترس حیـن عمل ایـن قـرص رو میخـورد. هیچوقـت حتـی فکـر نمیکرد کـه یـه روز یـه لبخنـد ممکنـه بتونه ضربـان قلبـش رو اینجـوری بـالا ببـره. هنـوز آب بـه دکتر نرسـیده بـود که صـدای هِرا رسـید:

"دکتـر جـون عصبانیت من مـال عملی کـه کردی نبود. شـکی تـو بزرگـی کار منحصـر بفـردت نیسـت. کاری کـه کـردی خیلـی خاصـه. متاسـفانه اونقدر خـاص و منحصر به فـرد کـه مـن واقعا نمیدونـم، چیـم؟ من حتـی نمیدونـم چه آینـده ای منتظرمه؟ اینهمه تفـاوت کـه نه، پـارادوکس منو میترسـونه دکتر، خیلی."

صورتـش از لبخنـد بـه تحقیـر نشسـت، وقتـی از دکتـر روی چهره تکیـده محمد می چرخیـد و برعکـس. هِـرا هنـوز حرفـای روز آخـر دکتر، تـوی بیمارسـتان تـو ذهنش بود. اینجـور میخواسـت یـه کـم بـه دکتر گوشـمالی بده. انگشـت سـبّابش رو روی خط بینـی خوشـفرم دکتـر گذاشـت، لطافـت انگشـتش چشـمای دکتـر رو بـه لـذت روی هـم برد. انگشـتش بـه نرمـی تـا بـالای لـب دکتر پاییـن اومـد. این اولیـن بار بـود که قسـمتی از

هرا با خواست خودش باهاش تماس داشت. این وصل نبود، اما واسه عاشقی مثل دکتر کم از وصال نداشت. بیچاره محمد که میدید و میمرد.

آدام هنوز نمیتونست قبول کنه هرا این کار رو از روی عشق و علاقه انجام میده یا نه ولی لذتی که داشت غیرقابل توصیف بود و میخواست تا میتونه ازش استفاده کنه، مخصوصا وقتی شکست رو توی حسرت نگاه محمد میدید. لباش رو واسه رسیدن انگشت هرا بهشون جمع کرد. یه بوسه روسرانگشت هرا، درمان خیلی از درداش بود که موفق نشد. انگشت هرا قبل ازتماس با لب دکتر پرواز کرد.

هرا شیطونتر از چیزی بود که به نظر میرسید. او حالا صرفا یه دختر جذاب نبود، دختری بود که در کنار جذابیت، مردا رو خیلی خوب میشناخت و میدونست چه جوری میشه دیوونشون کرد و الحق که بلد بود:

"تو یه غیر ممکن انجام دادی دکتر. کاری که هیچ کسی قبل از تو نتونسته بود، بعید میدونم حتی خودت دوباره موفق به انجامش بشی."

دکتر سرمست از زبون شیرین و شیرین زبونی هرا که به چاشنی عشوه هم مبتلا بود، جرات پیدا کرد. دوباره سرتا پای هرا رو از نظر گذروند. ساق پای روی هم لغزیده و کشیده هرا که از لای درز دامن بلند لباس ابریشم قرمزش بیرون زده بود، انگار پنجره ای به رویا بود. پاهایی که وقتی از زانو به رانهای بی نظیرش میرسید، با واگرایی تا وسعت باسن خوشتراش باز میشد و بعد از همگرایی شدید، مینشست توی کمر باریکش و دوباره واگرا میشد به حجم سینه هاش. اما هیچ تعریفی نمیتونست برجسته گرایی سینه و کشیدگی گردن و افتادن توی جذبه عمیق چشمایی که هیچ تهی نداشت رو توصیف کنه، هر چی میدید قشنگ بود، اما چیزی که اونو جذابتر کرده بود، مغزش بود. فکری که چه در کلام و چه در

رفتارش به زیبایی خودنمایی میکرد. حتی عشوه های هرا که ذاتا استادش بود تو سایه فکر جدیدش بی مانند شده بود.

هرا با همون انگشت سبّابه ظریفش که صورت دکتر رو لمس کرده بود در حالیکه بقیه انگشتانش بسته بود بهش اشاره کرد:

"هر بلایی سر من بیاد مقصر تویی. تو به خیلی چیزا فکر کردی دکتر که پدر هم گفت، ممنون ازت. ولی چیزی که اصلا بهش توجه نداشتی اینهمه پارادوکسیه که تو این نفر وجود داره. اصلا با خودت فکر کردی یه مرد متاهل جا افتاده که پسرش چند سالی از من بزرگتره، چجوری میتونه یه دختر جوون جذاب بشه."

دکتر به زیبایی هرا توجه داشت، نه حرفاش اما مغز فوق العاده ای داشت. فقط دلش میخواست تا عمر داشت هرا حرف بزنه و اون بشنوه. دکتر تو همین رویا میچرخید که تو انگشتر یکی از انگشتان بسته دست هرا که بهش اشاره میکرد، سیاهی تاریکی دید که هیچ نوری رو منعکس نمیکرد. تاریکی عمیقی که هر نگاه جویای نوری رو تو خودش غرق میکرد. جذابیت تاریکی و سیاهی نگین مسیر توجه دکتر رو عوض کرد:

"واووو ... میتونم بپرسم اون تاریکی چیه توی انگشترت."

هرا به کرشمه ای انگشتای کشیده اش رو روبروی نگاه دکتر گرفت، نگاهی که اگر هرا دستش را پس نکشیده بود هیچ قصدی واسه کشیده شدن روی چیز دیگه ای رو نداشت. ابراهیم با لبخندی که نشون از یادآوری خاطرات دور بود گفت:

"حق داری تعجب کنی دکتر. نمیدونم چقدر اهل فضا و کیهانی ولی باید بگم این به سیاه چاله جواهرات معروفه. چون تنها سنگیه که مثل سیاه چاله هیچ نوری قدرت فرار و انعکاس ازش رو نداره. این یه قطعه از یه سنگیه که فقط یکی

ازش روی زمین موجوده. بعضیا میگن، شاید یه جور شهاب سنگ بوده، ولی هر چی هست سنگ خیلی خاصیه. استادم وقتی من براش کاری که خیلی وقت بود نمیتونست انجام بده رو کردم، این نگین رو به من هدیه داد. اول به نظرم احمقانه اومد. آخه تا حالا جواهر سیاه این شکلی ندیده بودم ولی بعد که به یه سری ویژگیهاش پی بردم، فهمیدم یه سنگ عادی یا حتی یه جواهر گرون نیست. چیزیه که غیر از خودش هیچ مشابهی توی دنیا نداره. من پارسال واسه تولد هرا با اون نگین براش یه انگشتر ساختم."

دکتر واسه یه لحظه از ابراهیم اجازه گرفت و از هرا خواست تا انگشتر رو بهش بده. روی انگشتر به زبونی که واسه دکتر مفهوم نبود، چیزی نوشته شده بود که کنجکاویش رو بر انگیخت:

"یه چیزی اینجا هک شده نمیدونم یه جور نقاشیه یا نوشته؟"

هرا با لبخند خوشرنگی:

"اون به زبون فارسی و خط زیبای نستعلیقه دکتر، یه ورژن قدیمی. معنیش یه چیزی مثل درست حرف زدن، درست فکر کردن و درست رفتار کردن."

مفهوم این واژه ها اونقدر بود که دکتر واسه چند لحظه ساکت موند. بعد به آرومی گفت:

"این یعنی خدا ... یعنی دین، یعنی مذهب. به نظر من این چکیده همه ایدئولوژیهاست. انسان بودن به زبون ساده."

هرا که انگار داشت برای یه مناظره با کسی غیر از مسیح آماده میشد با لبخند و اعتماد به نفس:

"خدا نه عزیزم، من با انسان بودن موافق ترم. ایدئولوژیها یا مذاهب واسه بهتر

شـدن زندگی مـا نیومدن که کلید درسـت زندگی کردن رو خیلـی سـاده در اختیارمون قرار بدند. واسـه کنترلمون اومدن. جمله قشـنگیه دکتر کسـی هم شـکی توش نداره، ولـی قبـل از هـر قضاوتی بایـد به این سـوال جواب بدیـم، چه شـاخص قابل اسـتناد معتبری واسـه خوبـی یا بـدی داریم؟"

دکتـر بـه این قسـمت از موضـوع فکر نکـرده بود. جمـلات قشـنگ گاهـی اجازه کنـکاش و فکـر کردن رو از آدم میگیره. و اینجوریه که آدما بازیچه ایدئولوژیها میشـند.

دکتـر مکـث معنـی داری کرد:

"خوب و بـد تعریف ندارند. خوب چون خوبه میگیـم خوب و به بد چون بده. من منظـورت رو درک نمیکنـم، این چه شـاخصی میخواد؟"

–"دکتـر جان خیلـی از درستهای مـا تا چند وقت پیش غلط بـود و خیلـی غلطها درست. خیلـی از غلطای مـا تو یه جـای دیگه درسـته و خیلـی از درسـتهامون غلط. تنهـا چیـزی که میتونه شـاخص کاملـی واسـه بد و خـوب باشـه آگاهیـه، نه قانون. حتی قانون هـم ثابت نیسـت، با اطلاعـات و مشـکلات جدید به روز میشـه. ولی اگـه مـا بـه آگاهـی کل دسترسـی داشـته باشـیم بـد و خوبمـون واقعـی میشـه و ثابت میمونه. پـس واسـه این شـاخص مـا احتیاج بـا آگاهی داریم. ایدئولوژیهای مذهبی یا خـدا محـور ملاک خـوب و بـد رو خـدای ایدئولوژیشـون معرفـی میکننـد. چون تو همشـون خـدا عالـم مطلقـه، پـس خوب و بدشـون میشـه گناه و ثـواب، یعنـی خوب و بـد مطلـق و واجـب الاجـرا. عـدم تبعیت ازیـن دسـتورا هـم عـلاوه بـر بهشـت و جهنـم مجازاتـای سـخت دیگـه ای تـو همیـن دنیـا داره. ظاهـرا اوایـل همـه چیـز خوب بود، چـون هیـچ مـلاک دیگـه ای واسـه خـوب و بـد وجـود نداشـت تا اینکـه آدما از نظر علمی پیشـرفتهای زیـادی کردنـد که منطق مذهب قادر به پاسـخگویی نبود. مشـخص شـد

خیلی از این گناه و ثوابا پایه منطقی و عقلانی نداره. اولین جواب از طرف مذاهب سرکوب و مجازات بود. دوره های سیاه سرکوب و خفقان مذهبی مثل قرون وسطی هنوز یادمون نرفته. کم کم دوره سلطه مذهبی با رنسانس تو قسمتای بزرگی از دنیا از بین رفت. همین باعث شد مردم زیادی به مرور اعتمادشون رو به ایدئولوژیها از دست بدن!"

هرا همیشه یه چالش توی صحبت کردن با رقیبش داشت:

"خودت دکتر جون چه مذهبی داری؟ چقدر آیین مذهبیت رو انجام میدی، عزیزم؟"

دکتر که مثل یه بچه مدرسه ای جلوی معلمش کم آورده بود با لکنت جواب داد:

"ااااا راستش... من زیاد به مسائل مذهبی اهمیت نمیدم. من سعی میکنم خودم با فکرم خوب و بد رو تشخیص بدم. فکر نمیکنم یه کتاب دستورالعملی که هزاران سال پیش اومده، بتونه به زندگیِ امروز من هیچ کمکی بکنه. خودت چی عزیزم ؟"

هرا با اعتماد به نفس و طنازی جواب داد:

"کدوممون رو میگی دکتر؟ من یا من"

وقتی این سوال رو میکرد یه اشاره به سرش و بعد با من دوم به قلبش کرد.

دکتر با تردید:

"مگه فرقی میکنه؟ شما الان یه نفرید..."

شیطنت هرا گل کرد. چالشی که میخواست شروع شده بود:

"نه دکتر جان داری اشتباه میکنی. من دو نفرم. یادت نیست؟ خودت پیوندمون زدی. یکی جسمم رو تشکیل داده که نیازایی داره که اون نفر دیگه باید کمکش کنه

تا تامین‌شون کنه، اینم دستور خودت بود.

نفر دوم منم. منم یه نیازهایی دارم که البته تا نیاز نفر اول رو تامین نکنم، نمیتونم به اونا برسم. حالا یه سوال دارم دکتر جان، به من بگو ایدئولوژی یا همون مذهب واسه کدوم یکی از ماست؟ من یا من؟"

با لبخند اشاره به سر و قلبش رو تکرار کرد. دکتر که با هر جواب به یه سوال جدید مبتلا میشد، با تردید:

"شما دو نفر نیستید که شامل تفاوت بشید. تو به عنوان مغز یه قسمت از جسمی هستی که به بهش تعلق داری و باید به عنوان یه عضو کارت رو دقیق و درست انجام بدی."

جواب دکتر از دریچه‌ای که میدید قانع کننده بود. مشکل قسمتی بود که بهش توجه نداشت. هرا با تشویق:

"آفرین. حرف قشنگی زدی دکتر جان. اگه توانایی مغز در حد تامین نیازهای جسم باشه، حق با شماست. شیر به عنوان سلطان جنگل قدرتش فقط در حدیه که خودش رو نجات بده و غذاش رو تامین کنه، هیچوقت توان اینو نداره که همه حیوانات اطرافش رو از بین ببره. ولی ما دکتر میتونیم یه جنگل مثل آمازون رو خاکستر کنیم. چرا فکر من وقتی قویترین موجود روی زمین میتونه نهایتا ۵۰ برابر وزنش رو حمل کنه، باید قادر باشه میلیونها تن مواد رو هزاران کیلومتر جابجا کنه؟ چرا وقتی همه نیازهای من روی همین کره خاکی تعریف شده، من باید بتونم سقف آسمون رو بشکافم و به سیاره های دیگه برم؟"

دکتر میتونست راجع به مسیرهای عصبی، تعداد نرونها، ارتباطشون، روند حافظه و هزاران مطلب علمی دیگه راجع به مغز، ساعتها صحبت کنه ولی اینجا حرف

زیادی واسه گفتن نداشت. متخصص مغز بود، ولی تو جواب سوالات مغزی که خودش پیوند زده بود، مونده بود:

"مغز وظایف خیلی حساسی رو توی بدن انجام میده که کار ساده ای نیست. احتیاج به بررسی زیادی داره. شاخص های زیادی رو باید پروسس کنه تا به بتونه اون تعادلی که بدن واسه ادامه حیات نیاز داره رو تامین کنه."

–"دکتر جان اینو که بدن همه موجودات زنده انجام میده حتی بعضیاشون خیلی بهتر از ما. حرف من کارهای بزرگیه که انجام میدیم. مثل کار خودت. چند تا موجود تو طبیعت تا حالا مغز پیوند زدن؟"

–"حرفت رو قبول دارم ولی ما هم از مغزمون صرفا واسه تامین نیازهامون استفاده کردیم. مثل همین عملی که روی شما انجام شد. من واسه نجات تو باید اینکار رو میکردم. یه نیاز بود."

هرا خنده دلنشینی کرد:

"مرسی دکتر جون، کارمو راحت کردی. منظور منم همینه. ما با هر پیشرفتی که میکنیم دامنه نیازهامون بیشتر میشه. با هر چیزی که درک یا کشف میکنیم با دنیای بزرگتری از سوالات مواجه میشیم. اگه به ماتریکس اعتقاد داشته باشی، میتونی درک کنی چه میکنند. اونا با یه فرمول ساده سطح نیازت رو از نیازهای اولیه به لاکچری تغییر دادن و کسایی که توی این ماتریکس دست و پا میزنند اگه با یه درآمد معمولی میتونستند نیازهای اولیشون رو تامین کنند، با هر چی پول تو دنیا باشه نمیتونند ولع نیازهای لاکچری گری رو تامین کنند و این یعنی ماتریکس."

هرا بلد بود چه جوری از تخصص افراد تو مباحثش استفاده کنه. سوال بعدی آماده بود:

"میتونی به عنوان یه دکتر به من بگی، ما وقتی نیاز به غذا داریم، آیا فرق میکنه چقدر واسش هزینه کنیم؟ وقتی واسه امنیت یه سرپناه نیاز داریم، آیا از نظر بیولوژی برامون تفاوتی هست بین یه خونه معمولی خوب با یه خونه چندین میلیون دلاری؟"

دکتر تو بحث کردن با هرا سعی داشت اطلاعات زیادش رو به رخ بکشه، اما هرا از همون اطلاعات واسه ادامه چالش استفاده میکرد:

"از نظر بیولوژیکی همینقدر که غذایی که میخوریم شامل مواد تامین کننده سلامتی و زندگیمون باشه، کافیه. مزه غذا صرفا از طریق گیرنده های دهانی حس میشند و به محض اینکه غذا رو قورت میدیم، تموم میشه. پس مزه که بیشترین هزینه رو براش میکنیم کمترین ارزش غذایی رو داره و گاهی حتی میتونه خطرناک باشه. چاقی مفرط یه بیماریه."

-"دقیقا دکتر جون. من به عنوان فکر این جسم، فقط وقتی میتونم به خودم فکر کنم، که جسمم به چیزی نیازی نداشته باشه. ولی واسه یه جسم طمّاع زیاده خواه این نیازها هیچوقت تموم نمیشن. پس تو هیچوقت نمیتونی از قدرت فکرت واسه خودش استفاده کنی."

دکتر مودبانه و با مهربونی:

"به نکات قشنگی اشاره کردی عزیزم ولی من یه چیزی رو توی حرفات نمیتونم درست درک کنم، مگه نیاز فکر، جدا از نیاز جسمه؟"

هرا باخنده:

"دقیقا دکتر جون. نیاز مغز با جسم خیلی تفاوت داره. جسم نیاز مادی داره، چون بر مبنای ماده استواره. ماده واسه بقا نیاز به انرژی و امنیت داره و واسه تداوم

نیاز به آمیزش. ما حتی با داشتن فقط یه درصد از این هوش، میتونستیم به خوبی و راحتی توی طبیعت زندگی کنیم. پس صرفا واسه زندگی تو این دنیای فانی، نیازی به فکری به این عظمت نداریم. داریم؟"

آدام با لبخند جنتلمن تر میشد. اینو خوب میدونست:

"جالبه، من تا حالا از این زاویه بهش نگاه نکرده بودم. خوب... اگه من حرف رو بپذیرم یه سوال پیش میاد، اگه هدفِ مغز صرفا کمک به جسم به عنوان یه عضو نیست، پس چیه؟"

-"تبریک میگم حالا رسیدیم به نکته ای هیچکی بهش توجه نمیکنه. خودت بهتر از من میدونی دکتر که مغز هم از ماده تشکیل شده مثل کامپیوتر. ولی یه چیزی توی مغز هست که مادی نیست. چیزی که بهش آگاهی یا روح میگیم. اجازه بده روح واسه تسلیت و داستانها و فیلمهای ترسناک یا خنده دار بمونه. بذارما بگیم آگاهی تا درگیر بازی سفسطه نشیم. شما روند حافظه و پروسس اطلاعات توی مغز رو بصورت علمی کشف کردید و کاملا بهش اشراف دارید. همونی که شکل سادش تو دستگاه کامپیوتر دیده میشه که گاها از مغز هم تو پروسس اطلاعات سریعتر عمل میکنه. ولی مغز و کامپیوتر فقط ماده اند و بدون داده ها یا همون اطلاعات کارآیی دیگه ای ندارن. درسته؟"

تایید دکتر غنچه لبای هرا رو به لبخند شکفت:

"کامپیوتر اگه به اینترنت دسترسی نداشته باشه کارایی بیشتری از یه ماشین حساب قوی یا دستگاه تایپ نداره. کاربرد کامپیوترها از وقتی همه گیر شد که به شبکه اینترنتی اطلاعات وصل شد. جایی که آخرین اطلاعات و دایتاها از همه دنیا به اشتراک گذاشته میشه. اینجا دیگه میشه گفت، کامپیوتر از یه وسیله

کاربردی ساده تبدیل به یه نیاز میشه. نیاز به اطلاعات تو هر لحظه. میدونی مغز هم همین قابلیت رو داره؟ اونم میتونه به شبکه بینهایت بزرگی از اطلاعات دسترسی پیدا کنه؟ ولی واسه اینکار نیاز به آمادگی داره. درست مثل همون کامپیوتر، ما نیاز به وسیله ای داریم که به شبکه اطلاعات دنیا وصل بشیم. چیزی که با نیازهای بی نهایتی که واسه جسم مون تعریف میکنیم عملا امکانی واسه تحققش وجود نداره. واسه رسیدن بهش باید بتونیم نیازهای جسمی مون رو به حدی تقلیل بدیم که مغزمون با همه توانش قدرت اندیشیدن داشته باشه. اغلب به اشتباه فکر میکنیم که پیشرفتهای ما از آزمایشگاه و مراکز علمی میاد، اما برعکس اونا فقط تئوریهای مارو تایید یا رد میکنند. چیزی که باعث پیشرفت زیاد ما شده اندیشه و ایده است، نه آزمایشگاه. تا قبل ازینکه ژولورن ایده هلیکوپتر یا زیر دریایی رو تو کتابش بده هیچ آزمایشگاهی نتونسته بود اونو بسازه. سفر به فضا اول یه ایده بود. بمب اتم ایده بود. تئوری نسبیت ایده بود. گردی زمین ایده بود..."

آدام آچمز شده بود. هرا با اعتماد به نفس ادامه داد:

"اندیشیدن استعداد ویژه انسان تو طبیعته و این قابلیته که انسان رو از بقیه موجودات زنده جدا کرده. عمیق اندیشیدن همون پروسه اتصال به آگاهی کله و این ویژگیه که به ما اینهمه قدرت داده."

بحث داغ شده بود اما دوتا گوش دیگه تحت تاثیر این بحث داغ قرار گرفته بود. محمد همه نقاط ضعفی که داشت رو پوست اندازی کرد. ادب ویژگی آدمای قدرتمنده. محمد مودبانه:

"خانم سارا و جناب ابراهیم ازینکه این مدت پذیرای من بودید از صمیم قلب شاکرم، امیدوارم بتونم جبران کنم."

دست سارا رو بوسید. با پدر دست داد:

"اگه اشتباهی از من دیدید یا اصرار نابجایی داشتم، عذر تقصیر دارم پدر. گاهی دل افسار پاره میکنه و کار فکر سخت میشه."

با دکتر فقط دست نداد، بغلش کرد:

"شما انسان بزرگی هستید دکتر، من از برخورد ناشایستم با شما خیلی شرمنده شدم، امیدوارم منو عفو بفرمایید. این کارت ویزیت منه، مطمئن باشید تو هر زمینه ای هر کمکی ازم بر بیاد کوتاهی نمیکنم. در مورد استعدادتون هم ضمن تبریک میتونم این پیشنهاد رو با افتخار بهتون بدم که هر امکاناتی لازم داشته باشید من در اختیارتون میذارم تا این کار خارق العاده رو ادامه بدید. دنیای ما به امثال شما خیلی نیاز داره دکتر."

هرا از برخورد محمد خوشش اومد. نفرتش جای خودش رو به احترام داد. محمد انگشتای هرا رو به آرومی به لبش نزدیک کرد. با وقار بوسه گرمی روی دستش گذاشت. نگاهش از دست هرا تا چشمش اوج گرفت و خیس شد:

"زندگی ما رو عادتامون کنترل میکنند بانوی من. عادتهایی که یا داریم یا بهمون تحمیل شده. من واقعا نمیدونم با چه زبونی ازت عذرخواهی کنم هرا. اون پوشش، تو زندگی من یه عادت بود که چون خودم هیچوقت درگیرش نبودم، نمیتونستم درک کنم تحملش چقدر میتونه دشوار باشه. به من چیز بزرگی یاد دادی هرای عزیز. ما سنتی داریم که هر کس مرا کلامی آموزد تا ابد بنده خود کرده است. من اینجا بدون هیچ چشمداشتی بهت قول میدم همه تلاشم رو خواهم کرد تا این مشکل دیگه هیچکس رو تو خانواده و مملکت من نرنجونه. من به تو یه جون مدیونم. هر وقت هر کاری داشتی، رو کمکم هیچ شکی نکن."

هـرا بـا حرفـای محمـد غافلگیـر شـد، چنـد لحظـه بـا چشـمای قشـنگش نگاهـش کـرد، بـا لونـدی:

"محمـد عزیـز، فکـر میکنـم اینجـا بـا کل مشکلی کـه واسـه مـن پیـش اومده آشـنا شـدی. حـال میتونـی بفهمـی چـرا مـن تـوی بیمارسـتان نمیتونسـتم تـو رو بیـاد بیـارم. بایـد اعتـراف کنـم، خیلـی بـا خـودم کلنجـار میرفتـم کـه بفهمـم چـه جـوری دختـر معصومـی مثـل هرا میتونسـته عاشـق مرد مسـتبدی مثـل تو بشـه، کـه الان فهمیدم. امیـدوارم مـن رو بـه خاطـر حرفایـی کـه زدم عفو کنی، دلیلـش بی اطلاعـی بـود، نه بی ادبی."

دست محمد رو مثل یه مرد محکم تکون داد:

"ممنون از پیشنهادی که دادی."

محمـد دچار یه انقلاب شـده بـود، یه دگرگونی. هـرا، پـدر، مـادر و آدام از این برخـورد مودبانـه جـا خـورده بودنـد. مثل یه جنتلمن واقعـی بـا همراهی سـارا و پدر بعد از خداحافظـی از هـرا و دکتـر اونـا رو تـرک کـرد. بـا بیـرون رفتنش، دکتر بـا لحن صمیمی و طنازی:

"حـالا کـه اینجـا فقـط خودمونیـم، میخـوام بدونـم واقعا دلـت میخواد منو بکشـی؟ مـن فکـر کـردم تـا بیـام و منـو ببینـی بـا خوشـحالی بغـل میکنـی، حداقل ازینکـه به زندگـی برگردوندمـت ازم تشـکر میکنـی..."

بـا دلخـوری سـرش رو پاییـن انداخت. شـاید اگر هـر دختر دیگه ای بود با این عشوه هـای مردونـه دکتـر، بغلـش میکـرد. او فقـط دکتـر معروفـی نبـود. مـرد جذابـی هـم بـود. هـرا بـه عنـوان یـه زن نقشـی تـو این مصاحبـت نداشـت. یـک مـرد، همصحبـت دکتر بـود. مـردی کـه کنار چیزایـی که بدسـت آورده بـود، خیلـی چیزها رو از دسـت داده بود:

"ببین دارم همه تلاشمو میکنم با این مشکلاتی که واسم پیش اومده کنار بیام. وگرنه نمیدونم چی به سرم میاد."

صورتش قرمز شده بود. رگه هایی از خشم لبه های ظریف بینیش رو تکون میداد. محکم و تند:

"میدونی وقتی یه پدر که داره دهه ششم زندگیشو پر میکنه تبدیل به یه دختر جذاب ۲۰ ساله میشه، یعنی چی؟ همین مرد وقتی یه پسر جوون حدود ۲۸ ساله داره، چجوری میتونه واسش نقش پدر رو بازی کنه؟ واسه زنش چی؟ کارش چی؟ همکاراش چی؟ زندگیش چی؟"

خیلی ناراحت شده بود. واسه کنترل خودش مکث کرد، تا داد نزنه:

"فقط یه لحظه خودتو بذار جای من، اگه جای من باشی و پسرت عاشقت بشه چیکار میکنی... یعنی چکار میتونی بکنی؟.... اگه بی تو نتونه زندگی کنه چی؟ چه جوری کمکش میکنی؟ باهاش میخوابی یا منتظر میمونی خبر خودکشیش بیاد؟"

صداش فریاد شد:

"جواب بده دکتر... چرا ساکت شدی؟"

حتی تصور چیزی که هرا میگفت، فاجعه بود، تو چالشی افتاده بود که هیچ راه فراری نداشت. پدری که واسه حفظ جون پسرش باید، باهاش وارد رابطه میشد. اگه میشد، کانون زندگیش از هم میپاشید. چجوری میتونست به ماریا بفهمونه به خاطر جون مسیح اینکارو کرده. به پدر و مادرش چی میگفت؟ سارا و ابراهیم چی؟ اگه وارد رابطه نمیشد، فاجعه بدتر بود. هم کانون زندگیش متلاشی میشد، هم مسیحش مصلوب.

جو بینشون خیلی سنگین بود. دکتر زیر این حجم از فشار مچاله شده بود:

"چرا منتظری دکتر، جواب بده. اگه ازدواج کنی، زنت ازت یه مرد میخواد یا یه زن؟ اصلا تو میدونی چجوری میشه مثل یه زن رفتار کرد؟"

با عصبانیت بلند شد. خیسی مژه های سرکشش رو با لبه انگشت گرفت. عشق، مشکلش با ماریا رو حل کرده بود اما با مسیح رو بدتر! ظاهرا مسیح رو به راه درستی راهنمایی کرده بود ولی خوب میدونست، چی داره به سرش میاد. دکتر زیر اینهمه اتهام فقط یه دفاع داشت که موثر بود، با صدای کمی عصبی و بلند:

"تو تنها امکان یه غیر ممکن بودی.... میفهمی یعنی چی؟"

نگاه خیسش روی چشمای تر هرا موند. لباش تکون خورد. خواست سفره دلش رو باز کنه و بی هیچ شرمی داد می بزنه:

"از وقتی روی تخت بیمارستان واسه اولین بار بیهوش دیدمت، عشقت نذاشت، بذارم بمیری."

اعتراف کرد هرچند همیشه از اعتراف به عشق میترسید. با همون لحن تند و کمی دلخور ادامه داد:

"بودن یا نبودن، مسئله فقط همین بود، هر اتفاق دیگه ای میفتاد، هر فکر دیگه ای میکردم یا حتی اگه نمیتونستم درست عملت کنم، الان نبودی. پس وقتی داری گله میکنی، مشکلات الانت رو با نبودن مقایسه کن، نه با گذشته؟"

دکتر با گفتن این حرف بلند شد. با ناراحتی کیف چرم همراهش رو برداشت و آماده رفتن شد که ابراهیم و سارا برگشتند. ابراهیم که به سمت آشپزخونه میرفت از بقیه واسه داشتن یه قهوه سوال کرد. سارا با دیدن ناراحتی توی نگاه دکتر و آماده شدنش واسه رفتن متوجه فضای مکدر بین اونا شد. کنار هرا واستاد، دستی به موهاش کشید. با لبخند جذاب و چشمای قشنگش نگاه مهربونی به دکتر

انداخت:

"هرا تو شرایط سختیه دکتر جان. بهتره قبول کنیم گاهی نتونه خودش رو کنترول کنه. اون هیچی از ما یادش نمیاد، هیچ چیش به خونواده ای که داشته نمیاد. قبول کن روزای غیرقابل تصوری رو داره میگذرونه. به کمکت نیاز داره."

نگاهش از دکتر جذب چشمای خیس دخترش شد. انتقادایی که هرا ازش کرده بود با حرفای سارا کمرنگ شد. امید رسیدن به هرا کمی تو دلش رنگ گرفت.

سارا با تعارف مجدد دکتر رو به نشستن دعوت کرد:

"بعد از توصیه شما تو بیمارستان دکتر جون، ما به دمنوشهای گیاهی پناه آوردیم. باید از شما واسه توصیه فوق العادتون تشکر کنم. اگه افتخار بدین، تا شما چند لحظه با هرا جون صحبت میکنید من یه فنجون دمنوش براتون بیارم. شاید دیگه لازم نباشه اون داروهای ضد استرس رو استفاده کنید."

سارا رفت تا واسه یه دمنوش تازه به پدر کمک کنه. کسی نمیتونست از دم کردنیهای های سارا و ابراهیم بگذره. دکتر که نمیخواست دوباره تو دایره نگاه جادویی هرا باشه با استفاده از موقعیتی که پیش اومده بود، آهسته از پشت به هرا نزدیک شد. بدون اینکه بدنش باهاش تماسی داشته باشه تو نزدیکترین فاصله ممکن پشت سرش واستاد. درست کنار گوش هرا آهسته زمزمه کرد:

"منو ببخش که اول با این زیبایی بی نظیرت احمق شده بودم. من همه حرفات رو قبول دارم، درست و منطقیه. باور کن شرایط سختت رو درک میکنم. ولی باید خودت هم یه کم به خودت کمک کنی.

خواهش میکنم هیچوقت شرایطت رو با گذشتت مقایسه نکن، تو با این شکل گذشته ای نداری، گذشته تو مرده. باید خودت رو واسه الان و این شرایطت آماده

کنی. تو یه انسان جدیدی با همه ویژگیهای منحصر بفردت. هر کسی که تورو دوست داره باید با همین وضعیت تورو بپذیره. باید قبول کنی که تو نجات پیدا نکردی، تازه بدنیا اومدی. تو یه نوزادی که خیلی چیزا رو توی زندگیت باید یاد بگیری. مثل همین مشکلاتت."

آب دهنش رو قورت داد. نیم سرفه خشکی کرد. با زمزمهِ مهربونی تو گوشش:

"من بهت کمک میکنم تا سریعتر با این مشکلات کنار بیای. ولی خودت هم باید تلاش کنی. این کار من تنها نیست. تو یه انسان عادی نیستی که بتونی با بقیه عادی زندگی کنی. تو یه انسان فوق العاده ای و شرایط ویژه خودت رو داری که کسایی که دوستت دارن اگه واقعا بخوان داشته باشنت، باید این شرایط روبپذیرن."

آرامش قشنگی به چشمای هرا برگشت. حرفای دکتر حالش رو بهتر کرده بود. دکتر با اعتماد بنفس:

"تو، یه آدم عادی نیستی عزیزم. این یه معجزه است."

خودش رو از پشت هرا کشوند جلوش. انگار تا قبل از این تحمل دیدن اونهمه زیبایی که باید از دست میداد، براش سخت بود. ولی حالا که دوباره یه روزنه امید داشت، دلش نمیومد حتی یه لحظه بی دیدن هرا بگذرونه، یا از دیدن چشماش محروم بشه. توی نگاه هرا ایستاد:

"من با همه وجودم به استعداد فوق العاده تو باور دارم."

به هرا نزدیک شد. اونقدر نزدیک که حتی بازدمش رو حس میکرد. تو چشمای جذابش خیره شد. با یه لبخند مردونه:

"من و تو اگه با هم باشیم، توانایی این رو داریم که به هر چی میخوای برسیم، هرچی. خیلی دوست دارم بدونم هدف این معجزه قرن چیه؟ چقدر آرزوش بزرگه؟

یـه چیـزی تـوی دلم نوید میده که هرچی که بخوای بهش میرسیم. فقـط دلم میخواد بدونـم اون چشـمای قشـنگ از این دنیـای زشـت چی میخـواد؟" آرزوش چقدر بزرگه؟"

غـرور یـه لبخنـد شـد و نشسـت رو لبـای مردونـه دکتـر، کـه بـا جواب هـرا زیـاد دووم نیاورد:

-"مطمئنّی تحمل شنیدنش رو داری، دکتر جون؟"

واسـه یـه لحظـه دل دکتـر فـرو ریخـت، جـا خـورد. مطمئـن بود هیـچ کـی تـو دنیـا نمیتونـه بـه انـدازه اون بـزرگ فکـر کنه. همیشـه آرزوهاش بقدری عجیـب بود که همه فکـر میکـردن دیوونسـت، ولی ثابـت کرده بود که نیسـت. بـا سـر جواب تاییـد هـرا رو داد و بـا دلهـره منتظـر جواب شـد:

-"حکومت دنیا، عزیزم."

چند لحظه تو سـکوت مطلق گذشـت. از شـور دکتر خبری نبود. انگار از یه سـونای خشـک و داغ یهو پریده باشـه، تو یه اسـتخر آب سـرد. نفس عمیقی کشـید. دسـتاش رو بـه علامـت تسـلیم بـالا بـرد. ولی از چهـره اش معلوم بود تـو درک هدف هـرا مونده. یـه دختـر بیسـت سـاله روبـروش واسـتاده بـود کـه نهایـت میتونسـت، ازش گرونتریـن جواهـرات یـا خونـه یا ماشـینای موجود رو بخـواد. ولی اون چیزی خواسـت کـه نه تنها تـو ذهـن دکتـر نمی گنجیـد، بلکـه تـا حالا هیـچ وقت اتفـاق نیافتاده بود. دکتـر با تردید:

"مـن روی حرفـم هسـتم. تـا تهش کنارت میمونم، شـک نکن. ولی مطمئن نیسـتم درسـت فهمیـده باشـم چی میخوای؟"

راسـت میگفت. اون نمیدونسـت منظور هـرا از حکومـت دنیا چیه؟ هرچـی که بود تـو مغـزش نمیگنجیـد. بـا خـودش غـر زد کـه مـن گفتـم بـزرگ ولـی نـه اینقـدر دیگه. چشـمای شـهلای هرا برق قشـنگی داشـت، برعکس دکتر اون خوب میدونسـت چی

میخـواد، حتـی برنامـه مسـیرش رو هـم نوشـته بـود. دکتـر دیگه واسـش مزاحـم نبود، یـک غنیمت بود، یه همراه واسـه رسـیدن به رویـاش. رویایی که علیرغم همه خواسته هـاش، اصلا کوچیک نبود.

هـرا شـوق رسـیدن بـه آرزوش رو داشـت و دکتـر شـوق رسـیدن بـه هرا. کدومشـون میتونسـتند به رویاشـون برسـند.

این چیزی بود که زمان مشخص میکرد.

ان الحق

"بابای قشنگم. شنیدی میگن زمان نسبیه؟"

هـرا مثل هر شـب مهمـون بازوهای قدرتمنـد پـدر بود. او با همه جذابیت و هوشـش هنـوز واسـه ابراهیـم همـون دختـر خـوش زبـونِ یکـی یدونـش بود کـه تو بغـل بابـا خوشـحال تریـن دختـر دنیـا میشـد. او دیگـه فقـط هـرا نبـود مغز هوشـیاری هـم بـود، تشـویش غیـاب عشـقش هم بـود. با اینکه خیلی از دیدن ماریا نگذشـته بـود ولـی حس دلتنگـی سـالها غربـت تـو دلـش نشـسته بـود. از فرصت خوشبختشـون اسـتفاده کـرد و ایـن سـوال رو مطـرح کـرد. پدر کـه خودش رو واسـه یـه بحث علمـی آمـاده مـی کرد:

"نسبیت زمان نظریه انشتینه و من اینو قبول دارم چه تو فیزیک چه زندگی."

با زبون بچگونه ای گفت:

"خوب میشه به من بگی سه روز چقدره؟"

ابراهیـم کنایـه هـرا رو گرفت ولـی همونجـور کـه هـرا باهـاش شـوخی میکـرد اونـم دوسـت داشت جبـران کنه:

"فکر کنم میشه ۷۲ ساعت، درسته؟"

خندید. انگار هـرا چیـز خنـده داری گفتـه بـود. هـرا هـم خندید. وسط خندهـای بچگونش بـا شـیرین زبونـی:

"پـس... پس چرا من فکر میکنم هزار ساله بابایی؟..."

لباش مثل بچه ها حالت گریه گرفت:

"میشه بریم بیاریمش خونمون...خواهش میکنم؟"

احتیـاج بـه تکـرار نبـود پـدر کلیـد بـه دسـت آمـاده بـود. او بـه قـدر کافـی بـا هـوش بـود کـه دلیـل نخـواد. او واسـه هـرا جـون میـداد چـه برسـه کـه دختـرش یه چیز سـاده بخـواد. چنـد دقیقـه بعد ماشینشـون جلو خونـه ماریا ایسـتاده بـود. ماریا که بـا پیام هـرا

آمـاده شـده بـود مثـل دختـر بچـه تـازه بالغـی کـه دلش واسـه اولیـن قـرارش بیقـرار بـود، بیـرون پریـد و سـوار شـد. نـه راننـده رو دیـد، نـه چیـزی غیـر از هـرا. آغـوش و بوسـه اونـا معاشـقه نبـود، مغازلـه بـود. یه دیوان غزل عاشـقانه، پیچش دوتا نیلوفر زیبـا دور هم به قـدری جـذاب بـود کـه پدر نـه از روی ادب کـه بـا عشـق ایـن دیوان غـزل رو خط به خط حـس و دوره میکـرد. خوشبختیش، خوشـحالی هـرا بـود و الان حـس میکرد دختـرش خوشبخت تـرینه.

عشـق ابراهیـم بـه هـرا، کمـال عاشـق نبـود، چـون او هـرا رو واسـه خـودش نمیخواسـت، بیشـتر از خـودش میخواسـت، غیـر از خوشـبختی و خوشـحالیش، هیـچ آرزویـی نداشـت. ابراهیـم حاضـر بـود واسـه هـرا حتـی از جـون خـودش بگـذره و ایـن کمـال معشـوق بـود. عشـق هـرا نه پدر میشـناخت، نه غریبه. وحشـی بـود و مرگبار، مرگـی کـه پایـان نبـود، آغـاز عشـق بـود و آغـاز زندگی.

انـگار کسـی مسـیح رو گوشـه پنجـره، کـه غـرق تماشـای این منظـره عاشـقانه بود، نمیدیـد. وقتـی حسـرت هـرا کمی تـو وجود ماریـا فروکش کـرد، تازه فهمیـد کس دیگه ای هـم تـوی ماشـین هسـت. وقتـی پـدر رو دیـد، گونـه هـای برجسـتش سـرخ شـد. بـا خجالت تلنگـری بـه اعتـراض بـه هـرا زد کـه چـرا بهـش نگفتـه بـود. سلام بریـده و کوتاهـی تحویـل پـدر داد. پدر مثـل یه جنتلمن بـا وقار:

"سلام عزیـزم... ببخشید مـن اونقـدر غـرق احسـاس پـاک و عاشـقانه شـما دو نفر شـده بـودم کـه یـادم رفت سلام کنـم.... اجـازه میدین؟"

صـورت سـرخ ماریـا، از چشـم شـیطون هـرا دور نمونـد. خنده ریـز هـرا باعـث سـکوت پـدر شـد. امـا سـعی کـرد حرفـی نزنـه. گاهـی سـکوت بهتریـن اقدامـه. چشـمای هـرا از پدرش دوبـاره گـم شـد تـو چشـمای ماریـا کـه بـا یه آرایش سـبک، انـگار دوبـاره بیسـت

ساله شده بود. گونه های سرخ ماریا، هرا رو به خنده انداخت. هر دو مثه دختـرای نوجووون با شیطونی خندیدند. تلنگرش به هرا واسه ساکت کردنش اثری نداشت.

نه هرا و نه خودش نمیتونستن جلو خنده اشون رو بگیرند.

خنده و شیطنتای هرا و ماریا که تموم شد ابراهیم با لبخند و ادب:

"خانم ماریا و هرای عزیزم من شما رو درک میکنم و کاملا بهتون احترام میذارم. ولی اگه اجازه بدین واسه آشنایی بیشتر با شما یه کم با هم بی تعارف صحبت کنیم. عزیز بابا، تو واسه من هرایی. هرچی باشی عشق همیشه منی، ولی میدونم توی مغزت کسی زندگی میکنه که چیز زیادی از تو نمیدونه، منم همینجور. کنار اومدنت با هرا قابل تحسینه. واقعا من فکر نمیکردم بتونی از عهده اش بر بیای..."

نگاه فرشته زیباش توی آینه عقب ماشین، نشون از توجه عمیق به پدر داشت. ته چشمای بینظیر هرا انگار، نگاه مردونه ای داشت پدر رو دوره میکرد. پدر سنگینی این نگاه رو حس میکرد:

"من میخوام الان که کنار عشقت ماریا هستی، راجع به خودت بیشتر بدونم. نوع برخوردی که دوست داری باهات بشه. زمینه هایی که دوست داری حرف بزنیم، علاقه هات که یکی شو دارم میبینم..."

نگاهش توی آینه عقب روی ماریا لغزید، با لبخند مردونه ای مودبانه:

"خانم ماریای عزیز. هرچند هرا جان میدونه، عشق من و سارا یه عشق اساطیریه، ولی خیلی به حال شما حسودیم میشه و خیلی خوشحالم که هرا، میتونه این عشق رو تجربه کنه."

پلکی زد:

"ممنون میشم اگه کمکم کنی."

- "پدر عزیزم..."

هـرا بـا لحـن مردونـه ای صـاف و بـی آلایش پدر خطابـش کرد. اینجـوری بهش این اطمینـان رو داد بـه عنوان پدر قبولش داره:

" مـا آدمـا عـادت کردیـم همو بـا قیافه بشناسیـم، چیزی کـه نیسـتیم. یا با اسـم، هر اسـمی میلیونهـا آدم داره. فامیـل اضافـه کردیم کـه تعداد کم بشـه ولـی هیچوقت یک نشـد. مـن هیـچ شـباهتی به چیـزی کـه بودم نـدارم. ولی هنـوز خودمم. البته شـما منو هـرا میبینیـد و مـن بایـد سـعی کنـم برای شـما هـرا باشـم. یکـی از این نیازهـاش شما و مامـان هسـتید و خوشـحالم کـه عضـو یه خونواده بسـیار فهیم مثل شـما شـدم. این شـانس بزرگیـه کـه مـن آوردم و بایـد بابت این مسـئله شـکرگذار باشـم."

ابراهیم با احترام حرف دخترش رو قطع کرد:

"مـن بایـد ازت تشـکر کنـم. واقعـا نمیدونـی تا روزی کـه دوبـاره دیدمت یه لحظه از این فکـر کـه قـراره دختر قشـنگمو به کـی بسـپارم، در نمیومدم. شـانس بزرگـی آوردم کـه تـو مهمـون دختـرم شـدی. من اینو یه معجـزه میدونـم."

- "شـما خیلـی بـه مـن لطـف داریـد، پدر. من هیچوقت اینو فرامـوش نمیکنـم. چون ازم خواسـتید بـه روی چشـم. مـن یه مقدار راجع به چیـزی که بـودم بگم، یکـم راجع بـه چیـزی کـه هسـتم. اغلب آدمـا گذشتشـون رو سانسـور میکنند و نمیخوان یادشـون بیـاد از کجـا اومـدن. ولـی من میخوام همیشـه یادم باشـه، چـی بودم؟ از کجـا اومدم؟"

ابراهیم حرفای هرا رو با تکون سر دنبال میکرد:

"آدرس آدمایـی مثـل مـن منطقـه نیسـت. مـا رو بایـد تو جامعـه پیـدا مـی کـردی، تـو لایه هـای اجتماعـی. میدونـی منظـورم از لایه هایـی کـه برحسـب نیازهـای اولیه تشـکیل میشـند. میدونـی منظـورم از نیازهـای اولیـه چیـه پدر؟"

پدر که با دقت به دخترش گوش میداد گاهی توی آینه رو صورت معصومش مکث میکرد:

" هرم نیازهای مازلو رو میگی عزیزم؟"

"دقیقا پدر، این نیاز آدماست که لایه های اجتماعی رو تعیین میکنه. قاعده هرم مازلو نیازای اولیه و فیزیولوژیکه. اونایی که تو جامعه درگیر تامین همین نیازان، اولین لایه اجتماعی رو تشکیل میدن. آدمایی که حتی تو تامین غذاشون موندن. اون زمونا اگه وارد این هرم طبقاتی جامعه میشدی، همون اولین طبقه بی کفش و لباس منو میدیدی که دارم با باارزشترین و بی ارزشترین اسباب بازی دنیا، بازی میکنم.

هی ، هی، هی، لذتی داشت اون خاک خوشرنگِ خوشبو. اونی که فقط کافی بود با یه ذره آب قاطی شه تا به شکل هر ایده ای که داری در بیاد."

حرفای هرا رو پدر با سر دنبال میکرد:

"آدمای این گروه هیچ هدفی ندارند غیر از نیازاشون و این یعنی صرفا زنده موندن. همه تجربیاتشون هم همون کارایی هست که کردن تا زنده بمونن. فکر میکنی این آدما چی ی دارن که به بچه هاشون یاد بدن، غیر از چیزی که هستند؟ فقط زنده موندن. اونا همه عمر فقط دارن تلاش میکنند، زنده بمونند. من بچه همون گروه بودم. به نظرت، شیش تا بچه واسه یه خانواده با حقوق یه کارمند زیاد نیست؟

بابام بزور دیپلم ریاضی گرفته بود. کارمند شده بود. کار دولتی واسه طبقه ما، پیشرفت خوبی به حساب میومد، بازنشستگی داشت. از کارگری به کارمندی جهش بدی نبود ولی بازم نیازای اولیمون تامین نمیشد.

ده ساله نشده بودم که انقلاب شد. شنیدی میگن تو عصبانیت تصمیم نگیر. انقلاب دقیقا همینه، تصمیم گیری تو عصبانیت. واسه همینه که هیچ انقلابی درست پیش نمیره. مال ما هم نرفت. بچه بودم. هنوز ریش و سبیلم کامل نشده بود که جنگ شد. لاشخورا سر غنایم دعواشون شده بود. یه کشور ثروتمند سقوط کرده بود و آسمونش پر شده بود از لاشخور.

به ما یاد داده بودن به حکومت وفادار باشیم. بودیم، اما انقلاب نبود. هیچ انقلابی نبوده. همون اول، مثل یه گربه نر، بچه های خودش رو خورد، همشون میخورن.

اول جنگ فقط دوازده سال داشتم. شش سال از بهترین روزای زندگی من، تو قحطی و فقر و ترس گذشت. یکی قدرت میخواست، یه ملت تاوان میدادند. قبل از ریاضی و علوم با بمب و موشک آشنا شدم و قبل از دانشگاه و درس با مین و گلوله. شما نمیدونی، ولی من واسه کشورم تا پای جونم واستادم، جنگیدم. دوستامو از دست دادم. عمرم رو از دست دادم. زمانی که میتونستم اوج بگیرم، رو از دست دادم. ناراحت نبودم. میگفتم واسه کشورم بوده، واسه جایی که توش بدنیا اومده بودم. جایی که اسمش خونه بود."

آه تلخش دل پدر رو شکست:

"کشوری که گذرنامه اش، تنها نقطه ضعف زندگیم شد. من واسه همون کشور جنگیده بودم. میدونی توی جبهه من ۱۸ ساله تو گروه تخریب افتادم که یه شعار ترسناک داشت: "اولین اشتباه آخرین اشتباست". ولی من نه ترسیدم، نه اشتباه کردم."

نفس عمیقی کشید. یادآوری درد خودش دردناکه:

"تو همه دنیا طبقه ما مسئولیت همه چیز رو به عهده داره از مالیات تا جنگ؟ میدونی چرا؟ چون ارزونیم. قیمتمون هزینه یه زندگی بخور و نمیره. هیچکی تو طبقه ما بلد نبود واسه خودش قیمت تعیین کنه، هنوزم نیست. وقتمونو ارزون میفروختن، سودشون رو هم کم میکردن، قبول میکردیم. چرا؟ چون اونا یه چیزی درست کرده بودن که هیچ ارزشی نداشت ولی ما نداشتیم. بعد یه قانون گذاشته بودن که فقط با اون چیز بی ارزش کاغذی، میتونید خرید کنیم، میتونیم نیازهامون رو تامین کنیم. ما مجبور بودیم واسه یه لقمه غذا از صبح تا شب سگدو بزنیم تا یه کم از اون چیزی که درست کرده بودند، بهمون بدن تا غذا بخریم. تا وقتی این پول توی جوامع بشری حکومت کنه همه ما ارزشمون همینه، چه مالی، چه جونی."

شنیدن این حرفا از دهن هرا واسه یه پدر یه پدر دردناک بود. پدری که همه توانش رو گذاشته بود واسه رفاه دخترش:

طبقات پایین فقط یاد میگیرن تقلید کنند، چون فکر نمیخواد. چون کسی بهشون فکر کردن یاد نمیده. تقلید میکنند و به بچه هاشون یاد میدن. کسی با تقلید به جایی نمیرسه. علل مشخص، معلول مشخصی دارند."

مکث کرد. پدر به دقت گوش میکرد:

"کی و چی بودن من واسه شما زیاد مهم نیست، مهم اینه که چی هستم. راستی بابایی میشه بپرسم به تناسخ یا حلول اعتقاد داری؟"

مذاهب ابراهیمی مثل یهودیت یا مسیحیت و اسلام اعتقادی به تناسخ ندارند. فقط ایدئولوژیهایی مثل هندوییسم، سیک گرایی و بودیسمند که به تناسخ و زندگی مجدد تو یه قالب دیگه معتقدند. تناسخ با مذاهب ابراهیمی متناقضه، یعنی اعتقاد

به بهشت و جهنم نمیتونه با تناسخ یا حتی قانون بقای ماده و انرژی کنار بیاد. هر کدوم رو بپذیری اون یکی رو رد کردی. ابراهیم مذهبی نبود ولی تا جایی که منطقش قبول میکرد مفاهیم رو میپذیرفت یا رد میکرد. پدر با لبخندی که نشون از رضایتش از این مصاحبت داشت:

"تناسخ واسه ماده رو قبول دارم. همون قانون بقای ماده و انرژیه. ولی من به چیزی به نام روح معتقدم. طبق قانون ماده و انرژی جسم مادی ما میتونه به هر شکل دیگه ای در بیاد ولی چیزی که مارو از بقیه موجودات جدا میکنه، روح ماست نه جسممون. پس باید بگم نه. به تناسخ واسه انسان اعتقادی ندارم."

– "آفرین ددی، من با شما هم عقیده ام، تناسخ مربوط به ماده است. ولی بقول خودت ما یه روح داریم یه بعد غیر مادی که بعد از مرگ از جسم جدا میشه. خوب، به نظرت آیا همین روح میتونه تو یه جسم دیگه حلول کنه؟"

سوال سنگینی بود. چیزایی از حلول شنیده بود ولی فقط در حد چندتا داستان مذهبی. توی فکرش دنبال یه جواب منطقی میگشت، مکشش یه کم طولانی شد. چشماش تو خیابون غرق بود، خودش تو فکر. هرا با شیطنت دست ماریا رو به سمت خودش کشید و گوشه لبش رو بوسید. لباش از ماریا جدا نشده بود که پدر:

"من نمیتونم با فرضیه حلول ارتباط برقرار کنم. چون اگه حلول تعمیم به عام داده بشه، یعنی شامل همه میشه.."

توی آینه هرا رو نگاه کرد تا ببینه چه عکس العملی نسبت به حرفاش نشون میده، هرا حرفاش رو با حرکت سر تایید میکرد.

"اگه اینجوریه چرا من چیزی یادم نمیاد؟..."

– "من و هرا وقتی بیداریم، یکی هستیم. من نمیتونم کاری، غیر از خواست اون

انجام بدم. ولی وقتی هرا میخوابه یا به هر دلیلی هوشیاریش رو از دست میده، من وارد رویاهایی میشم که خیلی واقعی به نظر میاد. اونقدر واقعی که تا بیدار نشم نمی فهمم فقط یه رویا بوده. چند شب پیش، رویای جالب و عجیبی دیدم که مربوط به هزاران سال قبل بود. ولی اونقدر واقعی بود که نمیتونم باور کنم، فقط یه خواب یا رویا بوده. هیچ توجیه منطقی ای نمیتونم براش پیدا کنم؟"

با باز شدن درب بزرگ عمارت، حضور قشنگ و منتظر سارا با لباس اصیل ایرونیش که یادگار قدیم بود تو چارچوب در، یکی از زیباترین تصاویری بود که میشد از خونه داشت. هرا لپ پدر رو گرفت، یه کم کشید، انگشتاش رو برد سمت لبای قشنگش و بوسید:

"دلم لک زده بود ببوسمت، بابایی. ولی داشتی رانندگی میکردی."

پدر که دلش واسه ساراش، لک زده بود، به محض ورود بغلش کرد و بوسید. ماریا و هرا هم با بوسیدن سارا وارد خونه شدند. خونه ای که الان میتونستن ادعا کنند عاشقونه ترین محفل دنیاست. میز شام به بهترین شکلی که امکان داشت آماده بود. همه دور میزِ خوشبخت، نشستند. غذا خوردن با اونهمه عشق، مفهوم واقعی خوشبختی بود.

ابراهیم که از مصاحبت با هرا و شناخت مغزی که توی سر دختر قشنگش زندگی میکرد، تو پوستش نمیگنجید. از داشتن یه دوست جدید ذوق زده شده بود. هرا حالا فقط دخترش نبود، دوست و همدمش بود. او به زندگی به شکلی که جریان داشت اعتقادی نداشت، واسه همینم مذهبی شده بود. اما با درس بزرگی که پدرش بهش داد، فهمید مذهب هم اون چیزی نیست که دنبالش بوده. پدر که

معلوم بود ذهنش هنوز درگیر حرفای هرا بود:

"من فکر میکردم، مفهوم زندگی رو تو مذهب پیدا کردم که پدرم ثابت کرد، اشتباه میکنم. بعد از اون زندگی من شد سارای قشنگم و با اومدن تو شد شما دو نفر. ولی هنوز بزرگترین چالش زندگیم، مفهومشه. یعنی واقعا بعد از مرگ همه چیز تموم میشه؟"

ـ"هدف زندگی که مشخصه بابایی. راهش رو باید پیدا کنیم."

ـ"مشخصه؟ چه جالب. من یه عمره دنبال هدف زندگیم تو میگی مشخصه؟ میتونم بپرسم هدف چیه؟"

ـ"ساده است بابایی. از روزی که خودت رو شناختی واسه چی تلاش میکردی؟"

ـ"خوب مسلمه عزیزم هر کسی تلاش میکنه تا موفق بشه تا پیشرفت کنه."

ـ"دقیقا پدر قشنگم. هدف زندگی پیشرفت کردن یا تکامل یافتنه. موفقیت واسه مغز یه موجود زنده مفهومی غیر از زنده موندن نداره، ولی داری میبینی که دغدغه اصلی خیلی از ما آدما موفقیته. پس علاوه بر اختلافای ظاهری یه تفاوت فاحش دیگه هم با بقیه موجودات زنده داریم. این که فقط ما هستیم که به موفقیت و پیشرفت فکر میکنیم، فقط ماییم که بدنبال درک اطلاعاتیم. دغدغه تو و من و همه آدمایی که نمیتونن قبول کنن، زندگی فقط مثل یه موجود زنده خوردن و خوابیدن و سکسه، ابعاد بالاتری هم داره. منم مثل خودت بابا جون از وقتی از مذهب بریدم یه لحظه آروم نشدم، تا حقیقت رو پیدا کنم."

ابراهیم از چیزی که میشنید، بهت زده شده بود. تا چند روز پیش بزرگترین دغدغه زندگیش مغزی بود، که داشت پشت صورت فریبای دخترش ریشه میدوند ولی الان از مصاحبت با همون عامل ترسش، لذت میبرد. پدر انگار گم کرده

سالهای دورش رو پیدا کرده باشه از واژه واژه هرا ذوق زده میشد. با تعجبی که سعی میکرد کم رنگتر نشونش بده پرسید:

"یعنی پیداش کردی؟"

-"تا جایی که فکر من یاری میده، بله بابا جون. من جهت تکامل رو پیدا کردم، دنبال راهشم."

-"خوب منتظرم بشنوم. ذوق زده شدم، انگشتام داره میلرزه که چیزی رو که یه عمر دنبالش بودم، حالا از زبون عزیزترینم میشنوم."

-"فکر میکنم باید اسم رومی به گوشت خورده باشه. محاله ایران رو دوست داشته باشی، دنبال اصل وجودیت بگردی و مولانا نشناسی."

-"بله پری کوچولوی من، مگه میشه رومی رو نشناخت. از کجا آمده ام آمدنم بهر چه بود... من عاشق شعراشم."

هرا با لبخند قشنگ همیشگیش دل پدر رو لرزوند:

"رومی معتقده ما از عالم دیگه ای هستیم و موقتی اینجا زندگی میکنیم.

مرغ باغ ملکوتم نیم از عالم خاک

چند روزی قفسی ساخته اند از بدنم."

پدر مصرع دوم رو با دخترش تکرار کرد:

"من عاشق این شعر رومیم ولی باغ ملکوت کجاست؟ من تو هیچ شعری نه از اون نه از بقیه عرفای نامی ایران چیزی بیشتر از این نشنیدم."

هرا که شور پدر رو میدید ذوق زده شده بود. با انرژی زیادی شروع به تفسیر رومی کرد:

"رومی فکر میکرد، چیزی توی جسمش هست که به جسمش مربوط نیست،

ولی نمیدونست چیه.

کیست در گوش که او میشنود آوازم
یا کدامست، سخن میکند اندر دهنم
کیست در دیده که از دیده برون می نگرد
یا چه جانست نگویی که منش پیرهنم

مـن معتقـدم دنیـای مـا داره بـا یـه شبکه عظیـم آگاهـی اداره میشـه. یه شـبکه که همـه اطلاعـات دنیـا اونجـا هسـت. خـودت میدونی کـه الان دیگـه قدرت تـوی زور یا پـول یا تفنـگ نیسـت، تـوی اطلاعـات هـم نیسـت، چـون اطلاعـات هـم بـه تنهایی هیـچ قدرتـی نـدارن، کامپیوتـر و اینترنـت پـر از اطلاعاتنـد. چیـزی کـه باعـث قدرت میشـه توانایـی درک و اسـتفاده از اوناسـت کـه بهـش میگیـم آگاهـی. واسـه همینه که ایـن شبکه عظیـم آگاهـی توانایـی کنتـرل همـه جهـان رو داره. منظـورم رو از آگاهـی درسـت توضیـح دادم ؟"

– "آره دختـرم یعنی همه اطلاعاتی که تـوی دنیا موجود هسـت."

– "درسـته بابایی ولی نـه فقط اطلاعـات. شبکه اطلاعات صـرف یه چیزیه مثل اینترنـت. خـودش به تنهایی هیـچ قدرتی نداره میدونی چـرا؟ چـون کامپیوتر فقط میتونه اطلاعـات رو پروسـس کنـه ولـی قـادر بـه درکشـون نیسـت. وقتی شـما بتونی بـه ایـن شبکه آگاهـی کـه عـملا هـر کـدوم از مـا یـه قسـمت کوچکـی ازش هسـتیم دسترسـی پیـدا کنی بـه قدرتـی مثـل خـدا میرسـی، این یعنـی تکامـل مـا از جسـم به آگاهـی، مـن بهـش میگم خدا شـدن."

پدر با لبخند جواب داد:

"خدا شدن. واوو چه وسوسه کننده. پس تو معتقدی ما در نهایت به خدا میرسیم، درسته؟"

- "به خودمون میرسیم، این همون چیزیه که هستیم. فقط باید خودمون رو پیدا کنیم. ما واسه رسیدن به خود اصلی مون باید از موانع زیادی رد شیم، موانعی که یه عده بهش میگن ماتریکس. چیزی راجع بهش شنیدی باباجون؟"

- "آره من حتی یه فیلم هم ازش دیدم. فیلمی که این باور رو القا میکرد که ما تو یه شبکه مجازی گیر کردیم."

- "درسته بابایی ولی فراموش نکن ماتریکسی که ما توش گیر کردیم، پیچیده نیست. خودمون پیچیدش کردیم. مثل داستان ماهی و آب، به همین سادگیه. نیازهامون، همه توان فکری مارو گرفتند. همه زندگیمون شده همین. مشکل نیازهای اولیه سالهاست حل شده. سالهاست از گرسنگی مردن اتفاق نادریه. پس چرا کسی به فکر خودش نیست؟ ماتریکس جواب همین سواله. سوالی که هیچکی غیر از خودت نمیتونه جواب بده."

پدر نگاهش به غذا بود ولی نمیخورد، نگاه ماریا هدفی غیر از چشم هرا نداشت، سارا ظرف سالاد دستش بود و فقط نگاه میکرد. هرا از اینهمه توجه ذوق زده شد:

"اگه به قول رومی قبول کنیم که اصل وجودی ما تو جسم مادیمون گیر کرده، پس باید قبول کنیم اون چیزی جز آگاهی نیست. ولی ما واسه اینکه بتونیم از این آگاهی بهتر استفاده کنیم، باید خیلی بیشتر بهش توجه کنیم. ولی متاسفانه، یه ضعف بزرگ داریم. ما هم مثل بقیه موجودات زنده فقط وقتی نیاز شدید داریم یا جونمون در خطره میتونیم بطور کامل باهاش ارتباط برقرار کنیم. استفاده کامل

یعنی بتونیم به شبکه آگاهی کیهانی وصل بشیم. اما بدون نیاز شدید و خطر جونی، اتصال به این شبکه صرفا با تمرکز و اندیشیدن امکان داره."

سارا به خودش اومد. ظرف سالاد رو به ماریا داد. با تعجب:

"کی نمیذاره ما از این قدرتمون استفاده کنیم، ونوس من."

هرا به صورت قشنگ مادرش لبخند زد:

"اونایی که پول تولید میکنند، اونایی که پول رو نگه میدارن، اونایی که حکومت میکنند، اونایی که مذهب میفروشن. همه ما تلاش میکنیم پول بدست بیاریم تا نیازامون رو برطرف کنیم. همونجور که میبینی الان دیگه نیازهامون هیچ انتهایی نداره. نیازای اولیه الان دیگه نیازای لاکچری شدن. ما به جای تکامل و پیشرفت تو بعد آگاهیمون، همه توانمون رو تو بعد جسمیمون گذاشتیم. فقط تلاش میکنیم پول بدست بیاریم و پولمون رو ذخیره کنیم. این ویژگی همه موجودات زنده است، ذخیره کردن منابع غذایی. کاری که مورچه ها و زنبورها هزاران ساله که انجام میدند. خوب حالا سوال اینجاست که این پول از کجا میاد؟ ارزشش رو کی تعیین میکنه؟ پولی که ذخیره میکنیم کجا نگهداری میشه؟"

سارا با زیر و بم همه حرفایی که هرا میزد، آشنا بود. رشته تحصیلی و سیاسی بودن خانوادش خیلی چیزا بهش آموخته بود. اما شنیدن این صحبتها از هرا براش تعجب برانگیز بود. دختری که غیر از خوشحالی چیزی از زندگی نمیخواست. هرا به نگاه متعجب مادرش لبخندی زد:

"بذار یه داستان برات تعریف کنم مامان، شاید بهتر متوجه بشی:

یه روز یه کدخدایی بود، که به امانت داری معروف بود. به خاطر همین شهرتش، مردم آبادی پولایی که پس انداز میکردند پیش کدخدا به امانت میسپردن. کربلایی

حسین یکی از روستاییایی بود که زمین خوبی داشت و کدخدا خیلی تلاش کرد تا زمینش رو بخره ولی قیمتی که میگفت واسه کدخدا زیاد بود. اونروز کربلایی پول زیادی واسه امانت به کدخدا داد. روز بعد کدخدا به پسرش گفت:

"پاشو پسر، پاشو آماده شو بریم. امروز بالاخره میخوایم زمین کربلایی حسین رو بخریم."

پسر کربلایی با تعجب پرسید:

"ولی ما که پول نداریم پدرِ من."

پدر با اشاره به پولای امانتی کربلایی گفت:

"این هم پول."

پسر با تعجب بیشتر پرسید:

"ولی این که پول ما نیست، اگه فردا کربلایی پولش رو بخواد چه کنیم."

پدر با لبخند شیطنت آمیزی گفت:

"نترس پسر جان، همین پولم برمیگردونه همینجا."

لبای هرا به خنده متبسم شد:

"خوب مامان امیدوارم تونسته باشم توضیح کاملی بدم."

پدر انگار گیج تر شده بود پرسید:

"خوب ما چه کاری میتونیم بکنیم تا ازین به اصطلاح ماتریکس فرار کنیم؟"

هرا به گرمی به جواب پدر رو داد:

"همین که بهش نگیم ماتریکس نصف مشکلمون حل شده. کلمه ماتریکس اونقدر پیچیدگی داره که به مغز ما اجازه نمیده به هیچ راهی واسه فرار، فکر کنیم. خیلی از ما هم هیچ تمایلی به خروج ندارن و ازین زندگی راضیند.

وقتی تونستی به خودت بقبولونی که راه فرار وجود داره، پیداش میکنی. مثل خیلی چیزا که وقتی فهمیدیم شدنیه، تونستیم. مثل همین سفر به فضا. حالا فقط کافیه خودت رو از افتادن توی تله لاکچری گری نجات بدی. به جای اینکه به فکر بالا بردن کیفیت ماشین و خونه ات باشی به فکر بالا بردن کیفیت خودت باش، فکرت، روحت، آگاهیت. همه ما واسه پیدا کردن یه شغل، سالها درس خوندیم، مطالعه کردیم، ولی هیچکی بهمون نگفته حتی یه ساعت به خودمون فکر کنیم. به اینکه از خودمون چی میخوایم، از زندگیمون، از وقتمون. به اینکه اگه هیچ مشکلی نبود، هیچ محدودیتی نداشتیم، دلمون میخواست چی بشیم؟ همون بشیم."

ماریا و سارا به دقتِ پدر، هرا رو دنبال میکردند. اینجور بحثها واسه ماریا عادی بود ولی سارا رو ذوق زده کرده بود. هرا به سمت سارا برگشت. گونه برجسته مادرش رو بوسید و گفت:

"آدم وقتی یه غذای خوب به معنی واقعی میخوره. منظورم فقط خوشمزگی غذا نیست، کیفیتش، مزه اش، مواد تشکیل دهنده اش خوب باشه بعد از خوردنش یه حس خوب بهت دست میده. یه حال قشنگ. من امشب اون حس رو دارم. خیلی ازت ممنونم مامان."

ماریا مکث کرد تا مونده غذای جویده شده تو دهنش رو با یه جرعه آب تمیز کنه :

"وای چه توصیف خوبی، منم یه حسی دارم که فقط میتونم بگم قشنگه، چقدر بده که صفتها رو محدود میکنیم. عزیزم سارا، شام فوق العاده ای بود، خیلی لذت بردم، قشنگم."

***

هـرا داشـت تو حمـوم، موهـای بلنـد و خوشـرنگش رو زیـر دوش، از کف شـامپوی معطـری کـه زده بـود، میشسـت. عطـر موهـاش و تنـش یـه نفـر دیگـه رو دیوونـه کرده بود.غرق شستشوی موهـاش بود کـه لغزش چیـزی رو پوسـت پشتش، مخصوصا رو کفـلای گـرد و شـهوت انگیـزش، یـه لحظـه غافلگیـرش کرد. کف شامپو نمیذاشت چشماشـو بـاز کنـه. سـریع بـا یـه جیـغ کوچیـک برگشـت. این اولیـن بـاری بود کـه تـوی حمومـش، وجـود کسـی غیـر از خـودش رو حـس میکـرد. بـه محـض اینکـه برگشـت فشـار نـرم یـه لـب گوشـت آلـود هـوس انگیـز، لبـاشـو بهـم دوخـت. طعم لبـای ماریا غافلگیـرش کرد. این بهتریـن طعمـی بـود کـه تـو همـه عمـرش تجربـه کـرده بـود. تلفیقـی از طعـم تـوت فرنگـی رژ لبـش، بـا لـذت ترکیب بـزاق ماریا و بافت نرم و لطیف و خیـس لبـاش، هـرا رو بـه جنون کشـید.

دسـت ماریـا به طمـع بوسـه هـای سـفت تـر و طولانیتـر دور گردنش حلقـه شـد. دسـت هـرا ولـی هـوس دیگـه ای داشـت. یه نوسـتالژی قدیمی کـه هیچـوقت واسـش تکراری نمیشـد. دسـتاش سـر خورد پاییـن و دور گودی کمرش حلقه شـد. بعد از قوس کمرش، کف دسـتش رو گذاشـت روی گـردی باسـن ماریا و فشـار محکمی بـه سـفتی گـرد باسـنش داد. ماریـا ازیـن حرکت تکـون تندی خورد و بیشـتر کشـیده شد سـمت هـرا، این حرکت فشـار سـینه هـای ماریا بـه سـینه هـای سـفت هـرا رو بیشـتر کرد. بقـدری لـذت بخـش بـود که نفس هر دوشـون بند اومد. دسـت ماریا بعـد از این حرکت

هـرا، از دور گردنش، بـه یـه هـوس دیگـه سـقوط کرد. ماریا دنبال یـه چیز دیگـه بود. دسـتش از گـردن هـرا سـر خـورد پاییـن و یـه جـا بیـن هردوشـون گم شـد. بـه محض گـم شـدن دسـتش، پلـکای هـرا بـا آه قشـنگی آروم روی هـم رفت، مثل یـه غـروب عاشـقانه. گرمـا و بخـار حمـوم، نفسـای نصـف نیمـه از بوسـه و شـهوت، ادامـه این معاشـقه روبراشـون سـخت میکـرد. ماریـا تـو بغـل هـرا چرخید و پشـت به هـرا خودش رو فشـرد بهـش. این حرکت مـورد علاقه شـوهرش بود. هرا یـه کـم زانوهـاش رو خم کـرد تـا بدنشـون تـو بهترین پوزیشـن ممکن قـرار بگیـره و گرفـت. اونجا داشـت یکی از هـوس انگیزتریـن اتفاقـای دنیا رقم میخورد. سـینه های درشـت و سـفت ماریا بازیچه انگشـتای ظریـف هـرا بـود. گاهـی ایـن فشـار با فشـار محکـم کمرش بـه باسـن ماریا هردوشـون رو دیونـه میکـرد. باسـن خیـس و مواج ماریـا زیر فشـار هـرا از پهلوی پاهاش بیـرون زده بـود. حمـوم خیـس و داغ بـود و ادامـه این عشـقبازی داغ، غیـر ممکـن.

ماریـا اول از حمـوم خـارج شـد. حولـه سـفیدِ لطیـف و نرمـی کـه سـارا بـراش آمـاده کـرده بـود رو پوشـید تـا جا واسـه هرا تو حمـوم کوچیکش باز بشـه. خشـک شـدنش که تمـوم شـد، خـودش رو از یـه طـرف انداخـت روی تخـت هـرا و بـه پشـت ولو شـد. ماریا دوسـت داشـت وقتـی روی تخت دراز میکشـه، سـرش رو آویـزون کنه. این پوزیشـن با خونرسـانی بیشـتر بـه مغـزش حس قشـنگی بهش میـداد. هرا بـا یه حوله دور سـینش کـه تا زیر باسـن گـردش اومده بـود از حموم بیـرون اومد. پشـت میز توالتش نشسـت. دسـتگاه پخـش صـوت بـا کنترل روشـن شـد و موزیـک روحنوازی پخش شـد. نگاهش از آینه پرکشـید روی معشـوق جذابش. پوزیشـن ماریـا با نمایی از سـینه های درشـتش کـه از زیـر حولـه بیـرون زده بـود، تحریکش کـرد. چونه و لبای برجسـته ش تو وضعیتی بـود، کـه نمیشـد ببینـی و بگـذری. هـرا پـای میز توالـت بود. ولی چشـاش تو آینه روی

ماریا قفل شده بود که حوله سفیدش از بالای سینه تا بالای رونش رو پوشونده بود و یه پاش خم بود.

این پوزیشن مورد علاقش روی تخت وقتی مطالعه میکرد یا با تلفنش ور میرفت، بود. یه قسمت از خالی گاهی بین رونـاش بین پای خـم شده و صافش، زیر حوله معلوم بود که هرا وقتی میدید، زبونش مورمور میشد. نتونست تحمل کنه. آروم بدون اینکه توجه ماریا که چشاش بسته بود و به موزیک گوش می داد و تکرار میکرد، جلب کنه. خودش رو رسوند به پایین تخت، جلوی چشمای بستش زانو زد. لبه های بینی ماریا تکون خورد. انگار بوی چیزی رو حس کرد. اما سعی کرد، هیچ عکس العملی نشون نده. لبای هرا آهسته و برعکس رو لباش نشست. چشمای ماریا باز شد. قبل از اینکه ماریا هیچ عکس العملی نشون بده لبای هرا رو لباش محکم شد. دستاش که سر ماریا رو نگه داشته بود، آهسته شروع به شیطونی کرد. نمیتونست از چیزی که میدید بگذره. برجستگیهای جذاب و تحریک کننده ای که از زیر حوله سفیدش بیرون زده بود، حال خراب هرا رو خرابتر کرد. دستاش به هوس چنگ از کنار صورت ماریا کشیده شد رو گردنش به سمت پایین و سر خورد، زیر حوله پیچیده رو سینش. رفت سراغ بازیچه های دوست داشتنیش. حرکت دستای هرا زیر حوله، گره حوله ماریا رو باز کرد. همه برجستگیای تِپلِش، برهنه شد. بدن ماریا با اینکه سنی ازش گذشته بود، به خاطر ورزش روزانه ای که میکرد فیت و خوش فرم و سفت بود، با برجستگیهای بزرگتر و دلپذیرتر از معمول. لباش جوری به خارش افتاده بود که نمیتونست کنترلشون کنه. بعد از دستاش، لباش همون مسیر رو دنبال کرد تا به سینه هاش رسید. فقط لبش نبود، که ماریا رو دیونه میکرد. زبونش رو از بین لبای شهوت انگیزش بیرون آورده بود که کل

مسیر حرکت لباش رو، خط خیسی از شهوت میکشد. بازدم گرم نفسش وقتی با حرارت و تند از بینیی خوشتراشش بیرون میزد، پوست و مخصوصا موهای ریز بیرنگش رو تحریک میکرد. ماریا دیگه نمیتونست تحمل کنه. تا لبای حریص هرا، به نوک سینه هاش رسید، دچار رعشه شد سینه های درشتش منقبض شد. نوک سینش سفت و محکم رو به بالا واستاد. زبون هزا به آرومی سینه ماریا رو طواف کرد. آه بلند ماریا بیشتر تحریکش کرد. زبون، جاش رو به یه گاز کوچیک داد، آه ماریا جیغ تندی شد. شهوت لبای ماریا، حسرت سینه های هرا رو داشت. نوک ظریف و روشن سینه هرا که با تحریک شدنش جلوی لبای ماریا جمع شده بود، با برجستگیهای ریز و قشنگش، منظره ای درست کرده بود که ماریا هیچوقت از دیدنش سیر نمیشد. زبون ماریا به آرومی مثل یه مار خوش خط و خال می پیچید دور نوک سینه هرا. دستاش هم بیکار نبود.

سر هرا دوباره به تکاپو افتاد. زبونش از نوک سینه ماریا سر خورد پایین و کشیده شد به سمتی که دلش اونجا بود. دور ناف فرو رفته و کوچیکش مکث کرد، چرخید. حال ماریا قابل توصیف نبود، تو اوج لذت بود که زبون هرا به پیشروی ادامه داد، نبرد بی رحمی بود. شکم زیبای هرا هم جولانگاه لبها و زبون ماریا شده بود. زبونش که دور ناف هرا چرخید، کمر هرا قوس بیشتری گرفت. فشار بدنش به لبای ماریا رو بیشتر کرد. این بهترین راه سکس بود چون هرکدوم هرچی رو دوست داشتند همون رو واسه نفر دیگه هم انجام میدادند و حتی زمانش رو هم با هم هماهنگ میکردند. زبون هرا از شیب تند زیر شکم ماریا رفت به جایی که بیتابش شده بود. تا زبون هرا به منطقه ممنوعه رسید، ماریا آه بلندی کشید. با آهی که کشید، خودش رو به بالا فشار داد. زبون هرا تو بهترین جایی بود، که

ممکن بود. شروع کرد به رقصیدن رو لذتبخش ترین پیست رقصی که تا حالا دیده بود. لبای ماریاهم بعد آه تحریک کننده ای که کشید با یه تکون رسید به جایی که میخواست. زبونش روی بافت لطیف و خوشرنگ بدن هرا بی تابی میکرد. برجستگی لبه های تپل و نقطه بالایی هرا زبون ماریا رو وحشی کرده بود. رقص نبود، سماع زبان بود و عروج روان. عشق بود و رنگ. نفس بود، تنگ.

هردو با زبونشون مشغول بودند. دستای هرا از پهلوی ماریا رفت زیر باسن گردش. با دستاش باسن ماریا رو کشید به سمت خودش. اینجوری زبونش با فشار بیشتری، بیتاب میشد. پایین تخت پاهای باز هرا، دو طرف صورت ماریا مونده بود و سر ماریا بیتاب. هر چه سرعت زبونش بیشتر میشد فشار کمر هرا به پایین بیشتر میشد. اینکار باعث میشد هرا هم حرکت و فشار زبونش رو بیشتر کنه تا حدی که زبونش وارد بدن ماریا شد، کمر ماریا بشدت منقبض شد. هرا فهمید واسه جلوگیری از جیغش، خودش رو محکمتر به صورتش فشار داد. با فشار هرا قسمتی از زبون ماریا هم وارد بدن خودش شد. همین کافی بود تا جیغ هرا هم در بیاد. اما اینبار پاهای ماریا به کمکشون اومد. پاهاش حلقه شد دور گردن هرا و سرش رو محکم فشار داد بین پاهاش تا صدای جیغ ماریا نتونه از گلوش در بیاد.

روی سفیدی ملافه تمیز تخت، دو موجود بی نهایت جذاب برعکس هم دراز کشیده بودند. هرا خیس عرق، با دستای باز ولو شده بود روی تخت و ماریا همونجور که سر و گردنش از تخت آویزون بود ولو شده بود کنار هرا. چند لحظه تو سکوت گذشت. هیچکدوم نفس حرف زدن هم نداشتند. ماریا نیم خیز شد و با آخرین انرژی و زوری که واسش مونده بوده سر و ته شد. در حالیکه پشت خودشو میچسبوند به هرا، زمزمه کرد:

"اگه این سمه نمیخوام بره."

هرا با این حرف ماریا خندید. لباش رو به گردن ماریا چسبوند. نفسای هرا که حالا ماریا رو از پشت محکم بغل کرده بود تو گوشش مثل افسون یه لالایی میپیچید. قشنگترین لالایی دنیا دو فرشته معصوم رو به خواب عمیقی فرو برد. خوابی به عمق مرگ.

***

چشمهای دادار به سختی از هم باز شد. پارچه خاک آلودی که دور صورتش پیچیده بود تنها حفاظ بین صورتش با گلوله های ریز ماسه، در طوفان شن کویر بود. جویبار گل آلودی که از گوشه چشمانش جاری بود، در کویر خاک گرفته دستمالی که تا زیر چشمهایش بالا کشیده بود، تا پوست صورتش را از ضربه های توام و بی امان ماسه محافظت کند، به گل نشست. مثل عاقبت همه رودهایی که به کویر میریزند. راه رفتن در طوفان ماسه در کویر امکان ندارد. آنها توانسته بودند با خواباندن شترها و پناه گرفتن پشت آنها تا حدودی از شر آسیبهای طوفان در امان بمانند، تا طوفان آرام گیرد.

با کم شدن شدت طوفان شترها به تکان درآمدند و برخاستند. کاروانیان هم با شترها بلند شدند و شروع به تکاندن ماسه های سمج از لباس و بدنشان کردند. راهیان کویر با این قانون کویر آشنا هستند. آنها برای گریز از گزند گرما اغلب در کویر، ساعتهای گرم روز را استراحت میکردند و ساعتهایی که هوا خنک تر بود مخصوصا شبها، راه میرفتند.

آن شب اما به دلیل طوفان، حرکتشان با تاخیر انجام شده بود. حضور زیبای ماه بعد از فروکش شدن طوفان، کویری را که تا دقایقی پیش جهنمی بیش نبود، به تصویری از آرامش تبدیل کرده بود. خشکی هوای کویرِ پوشیده شده از ماسه های صیقل شده، نور ماه را بی هیچ کم و کاستی از ماه به ماسه و از ماسه به چشم هدایت میکرد. سکوت و عظمت کویر در کنار انرژی عظیمی که ماه متصاعد میکرد، فضایی ملکوتی ساخته بود. انگار اینجا تنها جایی در زمین بود که نه ثروت مهم بود، نه مقام. تنها جایی که انسان با خودش روبرو میشد.

کاروانیان که برای کشف حقیقت تا خانه خدا رفته بودند، برمیگشتند. با اشتیاق رفته بودند، به هوای آنکه به خدایشان رسیده اند. برمیگشتند، غافل از آنکه راه درازی به جستجوی خویش رفته بودند و بی خویش تر، بر میگردند.

در جنب و جوش کاروان، او به نرمی موهایش را تکاند. پارچه روی صورتش را باز کرد، تا با تکاندن، تمیزش کند. راه زیاد بود و امکان نیاز بیشتر. پارچه آنقدر ماسه گرفته بود که نفس کشیدن از ورای آن دشوار بود. اگر در طوفان ماسه چیزی از مسیر تنفس محافظت نکند، در زمان کوتاهی بینی و ریه پر از ماسه میشود که میتواند حتی، باعث مرگ شود. گردی که زیر نور ماه از تکاندن لباسش در اطراف پیچیده بود، او را در هاله ای خاکستری رنگ از ماه، محصور کرد.

کاروان در پی شترها، روان شد. صدای زنگوله های آویخته بر گردن شتران و تکرار یکنواخت و ریتمیک آن، تنها موزیک شب صحرا بود. یک موسیقی بکر که گاهی با زوزه باد یا صحبت کاروانیان می آمیخت، صدایی که در قیاس با صدای زنگ، پچ پچ کوچکی، بیش نبود.

"یا ابن منصور، کلامی گوی تا هم راه کوتاه شود، هم فکرمان بلند."

هـوا از غبـار خالـی شـده بـود. حرکت شـنها روی زمیـن ادامه داشت. دسـتمال را از صورتـش بـاز کـرد، تـا کـرد و در جیـب گذاشت. تنفس از پشت پارچـه برایـش دشـوار بـود، حـرف زدن در آن حـال دشـوارتر. بـه سـوالی نگاهـش از مرد بـه ماه رسـید، عروج کـرد بـه نـور:

"روزهـا در راه بودیـم تـا بـه کعبـه رسـیدیم و روزها میکشـد تا برگردیم. سـوالی دارم، در کعبه چـه یافتید؟"

او کـه میخواسـت پنـد بیامـوزد، در کمنـد گرفتـار شـد. شـب کویر برخلاف روزهایش بسـیار سـرد اسـت کـه اگـر فعالیـت یا پوشـش درخـوری نداشـته باشـی، تحمل سـرما برایـت ممکـن نخواهـد بود. بـه کشـتن وقت پوسـتین خود را بالاتر کشـید، درنگی کرد، امـا چیـز درخـوری بـرای گفتـن نیافت. نه خدا را دیده بـود نـه علامتـی از وی، که هر چـه دیده بـود، سـرگشـتگی بـود و گرد خویـش چرخیـدن. سـنگی را نیایـش کرده بود، کـه سـیاه بـود و جز جاذبه چیـزی نداشـت. خدایی ندیده بـود، ولی به شـیطانی موهوم سـنگ زده بـود. بـه شـوق رفتـه بـود و به ذوق برمیگشـت کـه خانـه ای را زیـارت کرده کـه منتسـب بـه خداسـت. اما چیـزی از خدا نیافته بـود. نگاهش برقـی زد سـوال را بـه سـوالی کشـاند و بـه حسـین برگرداند:

"یـا ابـن منصـور، تو خود بسـیار بیشـتر از من بـه کعبه آمده ای. تو چه یافتـه ای؟ ما را هـم در آنچـه یافتـه ای شـریک کن، کـه زکات دانش در نشـر آنسـت."

نگاهش از مـاه به مرد برگشـت. سـقوط سـردی بود برای نگاهی که آسـمانی شـده بود:

"مـن در کعبه چیزی نیافتم که در راهش"

تبسـمی کـرد. همراهـان را کـه مبهـوت نگاهـش میکردنـد از نظـر گذراند. مکث او

باعث جذب بیشتر مخاطبانش شد:

"خود را یافتم. چرا که جویای حق بودم."

نوای زنگ شتران بود و سکوتی که برای شنونده ها به تفکر گذشت و برای او به تاثیر آنچه گفته بود. هیچ کس اما چیزی نگفت. انگار همه آنچه او یافته بود را، گم کرده بودند. دل یکسره کرد. تاب ترس و سکوت نداشت. بند از زبان به اعتراض گشود:

"مرا اگر توانی بود، کار ابره یکسره میکردم و از کعبه ویرانه ای میساختم."

آه از نهاد جمع متاثر خدا جوی، برخواست. کفر هم نهایتی داشت، که انگار منصور از آن هم گذشته بود. چه نفعی میتوانست در تخریب خانه خدا باشد که حسین بن منصور که بارها و بارها حج کرده بود و درد راه و هجران به جان خریده بود، اینگونه میگفت. حسین که دقیقا میدانست سکوت جمع از چه روی است دوباره لب به سخن گشود:

"من بارها به جستجوی حق به مکه رفتم و هر بار خالی تر از قبل برگشتم. اما وقتی خود را در راه یافتم، دانستم که خدا در کعبه نیست. پس کاش میتوانستم کعبه را ویران کنم تا مردم خود را بیابند که این اولین گام از خداجویی است."

جایی که تعصب بر تعقل پیشی گیرد، زبان منطق از بین میرود و چون زبان منطق دلی برای شنیدن نیابد، سخن شمشیر بر دل مینشیند. خنکای کویر و گرمای دوستی و مریدی اما، زبان شمشیر کوتاه کرد. سخن منصور که در ابتدا نیش بود، هر چه گذشت بر مریدان نوشتر شد و دست از قبضه شمشیر دورتر. همراه دیگری که از او جز خاک چیزی نمایان نبود، نزدیک شد و با احترام سوالی پرسید:

"یا حسین، سوالی ذهن مرا درگیر کرده که توان فکر کردن به هر چیزی را از من ستانده است. بیاد دارم رمضان بود و تو روزه بودی. اما تا به سفره جذامیان رسیدی به تعارفی با ایشان، هم غذا شدی. به گاه اذان مغرب اما، از خدا خواستی روزه ات را قبول کند و افطار کردی. این روزه چه روزه ایست و آن افطار چه افطاری؟"

لبخند گرمی لبانش را متبسم کرد. دستی به شانه مرد کشید که غبار شد. زبان به پاسخ باز کرد:

"ما میهمان خدا بودیم. روزه شکستیم، ولی دل نشکستیم. خدایی که من میدانم بر حق خود رحیم است و بر حق دیگران قهار.

آن شب که دلی بود، به میخانه نشستیم

آن توبه صدساله به پیمانه شکستیم

از آتش دوزخ نهراسیم، که آن شب

ما توبه شکستیم، ولی دل نشکستیم"

مرد اول که هنوز از جوابی که گرفته بود، سردرگم بود. ادراکش به تقلید بیشتر میکشید تا به تفکر. لب به سوالی دیگر گشود:

-"اگر خدای عالم، در کعبه نیست، کجاست؟"

-"آیا در کعبه نشانی از او یافتی؟ در خلقی که گرد خویش میچرخیدند چه؟ نشانی از خدا دیدی؟"

-"جز سردرگمی وتکرارِ تقلید چیزی نیافتم. فقط حالی در من بود که قبل از آن نبود."

-"خدای اگر آنگونه که میدانیم خالق و عالم باشد، در سنگی مخفی نمیشود. خدایی که از رگ گردن به تو نزدیکتر است، تو را به کعبه ای که روزها از تو دور است، نمیکشاند. خدایی که خداست، اگر براستی او را میجویی، در تو راهی به خود گذاشته است، نه در سنگ. خدایی که در آیه شانزدهم سوره بقره میگوید: (و ما انسان را خلق کرده‌ایم و از وسوسه ها و اندیشه‌های نفس او کاملا آگاهیم که ما از رگ گردن او به او نزدیکتریم)

در توست نه در سنگ. آنچه کعبه و زیارت خانه خدا با ما میکند، غربت و فراغ است نه قربت و وصال."

-"حرفهایت بر دل مینشیند یا حسین. اما چگونه است که همه در کعبه طواف میکنند، نه در خود."

-"فراموش نکن یافتن خویش دشوار است اما راه کعبه را همه میدانند. آنکه این بیابد بدنبال آن نمیرود و آنکه به دنبال آن برود خود را گم میکند."

-"خود که پیداییم یا ابن منصور، خدای گم کرده ایم."

-"خداوند از رگ گردن به تو نزدیکتر است. خود را که بیابی خدا همان حوالی است."

-"چگونه خود را بیابم یا حسین؟"

-"راهش در توست. در خود بجوی و بدان هیچکس نمیتواند تو را به خود نشان دهد، جز خودت."

-"من بنده ای هستم مانند دیگر بندگان خدا. چه دارم که باید بشناسم. چه دارم که خدایی در آن باشد؟"

-"در تو و دیگران تفاوتهایی است که تو آنی. آنچه تو را به اینجا کشیده است،

همانندی تو با دیگران است. تفاوت هایت را بیاب."

-"چگونه خدایی که در همانندی انسانها نیست که همه دارند، میتواند در تفاوتهای شان باشد؟"

-"همانندی و مشابهات آموختنی است، این تفاوتها است که کمال می آورد."

-"کمال چیست؟"

-"قسمتی از تو که باید بیابی و همراهی کنی. بیابی و بسط دهی. بیابی و نشر دهی که آگاهی با نشر به کمال میرسد."

-"پس خدا کجاست؟"

"در کمال تو. تا خود را نیابی اینی، هرچه کنی همینی. جسمی که میمیرد. اما خود را که بیابی، کمالت خداست."

-"کلام را به بازی گرفته ای یا مرایا ابن منصور؟ چگونه ممکنست مخلوق، خالق خود شود؟"

"خالق، بینهایتی است از آنچه میدانی. از عشق، از آگاهی، از مهر، با آنچه میپرستی که غریبه نیستی مرد، هستی؟"

مکثی کرد. نگاه سردرگم مرید نشان از تسلیم داشت. دیوار تقلید بلند تر از آنست که فکر را یارای عبور از آن باشد. مرید اما فکر بلندی داشت، که دیوار تقلید را کوتاه میکرد. حسین ابن منصور که صدایی خوش داشت به نوایی گوشنواز آیه ۷۲ صوره "ص" را تلاوت کرد:

"پس آن گاه که او را به خلقت کامل بیاراستم و از روح خود در او بدمیدم بر او به سجده در افتید."

خدا تو را مانند دیگر موجودات زنده از خاک آفرید. آنچه تو را از دیگر حیوانات

جدا میکند، دمی است که خدا در تو دمید، نه جسم خاکیت. بدان که دمی از بینهایت، بینهایت است و نفسی از خدا، خدا. ملکوتش چنان بینهایت است که نه خالق پیدا است نه مخلوق. که ایندو جدای هم نیستند. خالق ذات مخلوق است و مخلوق عمل خالق. نه بی ذات، عملی انجام شود، نه بی عمل ذاتی بماند، که خیسی اثر همیشه آب است."

فصل نهم

تردید

شوق، تشویش، دلهره یا شاید عشق چه چیزی اونو از پله ها بالا میکشید، نمیدونست. انگار ترکیبی بود از همه. لبه پله های کوتاه با نور مخفی ای از زیر با ضربه گیرهای شبتاب پلاستیکی پوشیده شده بود. فاصله بین پله ها زیاد بود و این بالا رفتن رو ساده تر میکرد. فضای رومانتیک ورودی رستوران با نور کم و مخفی، ناخواسته هر بیننده سختگیری رو عاشق میکرد، روح دکتر که جای خودش رو داشت. طنین لطیف برخورد انگشتای پیانیست، رو کلیدای سفید و استخونی پیانو، نوایی رو منتشر میکرد که نوای عشق بود.

با رسیدن به پله آخر چشم اندازی نگاهش رو نوازش داد که میتونست هر روح سرکشی رو رام کنه. خورشید چنان تو بستر افق آروم گرفته بود که شب قبل از حلول، عاشق شد. بهترین میز رستوران توی جایگاه ویژه رزرو شده بود. این کمترین کاری بود که میتونست واسه منحصر بفردترین موجودی که دیده بود، انجام بده. دو تا دختر قشنگ با لباسی مثل فرشته ها کنار میز آماده پذیرایی بودند. هیجان اونجا بقدری زیاد بود که حتی بطری شراب قرمز خزیده تو بغل یخ هم، عرق کرده بود.

صدای همهمه ای رستوران رو به جنبش درآورد. انگار روح مقدسی، تو خشکی لاکچری رستوران نفوذ کرده بود. نور زرد رنگ مخروطی شکلی، زیباییِ زیبایی رو بدرقه میکرد که حتی نور هم از دیدنش تب کرده بود. رستوران مجهز به سیستم نور و تصویربرداری متحرکی بود که برای فیلمبرداری از شخصیتهای مهمی که به رستوران میومدن استفاده مشید. اما داستان اینبار فرق داشت. دوربین ها همرا با نور و هر نگاهی که اونجا بود کرشمه و طنازیِ با شکوهی رو دنبال میکرد که گذشتن ازش واسه نور هم غیر ممکن بود.

دکتـر بـا ادب و متانـت جلـوی پـای هـرا بلنـد شـد، بـا غـرور همـه نـگاه هـای خیـره به هـرا رو مـرور کـرد. انـگار میدونسـت چـه حسـادتی تـو دل همـه بـه پـا کـرده، بـا احترام خـودش صندلـی هـرا رو آمـاده کـرد تـا بشـینه. هـرا بـه وقـار و شـکوه جلـوس ونـوس بر سـریر عشـق، نشسـت. عشـوه و لونـدی وقتـی بـا هـوش ترکیـب بشـه، میشـه جذابیت محـض. هـرا ذاتـا دلنشـین بـود. بعـد از نشسـتنش، دکتـر درسـت روبـروش نشسـت، نگاهـش رو بـه چشـم نوازتریـن چشـم انـدازی کـه امـکان داشـت سـپرد و تـوش غـرق شـد. خشـونت لاکچـری رسـتوران، انعـکاس تصویـر وحشـی غـروب رو تـو دریـای بـی انتهـای نـگاه هـرا رو خدشـه دار کـرده بـود. دکتـر کـه نـگاهش غـرق لذت بـود بـه لونـدی مردونـه ای:

"معمـولا مـا بـه چیـزی کـه حـس خوبـی بـه نگاهمـون بـده میگیـم زیبـا... میشـه بپرسـم، خـود زیبایـی رو چـی صـدا بزنـم؟"

پاسـخ هـرا کوتـاه بـود و کامـل:

"هرا"

نمیتونسـت انـکار کنـه. نظـر خودشـم مثـل همـه اونایـی کـه هنـوز نگاهشـون دنبال هـرا بـود، همیـن بـود. دختـر قشـنگ اونجـا کـم نبـود ولـی هـرا فقط قشـنگ، نبـود. دکتر از حـس اونهمـه نـگاه روی خـودش معـذب بـود. ایـن اتفاقـی نبـود کـه غیـر از بیمارستان موقـع تدریـس جـای دیگـه ای بـراش، بیافتـه.

"خانم هـرا..."

لبخند قشـنگی چاشـنی اسمش کرد:

"میشه بفرمایید با چی شروع میکنید؟"

هـرا کـه هـم تـو غـروب غـرق شـده بـود هـم غـروب و دکتـر تـو چشـماش، بـا لبخند

گرمی:

– "با صحبت، عزیزم. من معمولا موقع غذا، جدی صحبت نمیکنم. بعد از غذا هم خیلی جدی به صحبتا گوش نمیکنم. من اینجا دعوت شدم تا به سوالای شما جواب بدم. پس اول سوال آقای دکتر؟"

لحن جدی هرا واسه بازی کردن با دکتر بود که موفق هم شد. آدام از اینکه بعد از اونهمه تلاش دوباره آقای دکتر شده بود، راضی نبود. او با شوخ طبعی مغز هرا آشنا نبود:

"بله حتما... میشه اول بفرمایید من با کی صحبت میکنم؟"

بعد اول به سر هرا اشاره کرد و بعد به قفسه سینش و در همین حین گفت:

"با شما یا با شما؟"

با این حرکت دکتر هرا لبخند ملیحی بهش هدیه کرد:

"با من دکتر. من دیگه نه اینم.... نه این.... هرام."

اونم مثل دکتر با گفتن این جمله به سر و سینه خودش اشاره میکرد. دکتر با ادب و احترام:

"باعث افتخاره همصحبت پریچه ای مثل شما شدن."

نگاهش یه بار دیگه رو چشمای هرا رو هدف گرفت تا شاید بتونه راهی به قلبش باز کنه، اما چیزی جز زیبایی ندید. نمیدونست از کجا شروع کنه. سوال داشت، درخواست داشت، خواهش داشت، التماس داشت فقط طاقت نداشت، طاقت تحمل اون جذابیت ممنوعه ای که فقط یه نفس باهاش فاصله داشت رو نداشت. بی قرارِ قراری بود که قرار از دلش گرفته بود:

"اونروز وقتی با هم حرف می زدیم، چیزی توی تو دیدم که احساس کردم ما

توانایی این رو داریم که با هم، هر غیر ممکنی رو ممکن کنیم. اگه بخوام رک و بی پرده صحبت کنم به هر چیزی فکر میکردم، غیر از اونی که گفتی. فکر میکردم شاید بخوای ثروتمندترین آدم دنیا بشی، یا نه شاید میونت با قدرت بهتر باشه و بخوای رهبری یه کشور رو به عهده بگیری. میدونی راستش یه هوش سرشار، یه زیبایی منحصر بفرد فقط یه قدرت کم داره تا یونیک ترین آدم دنیا بشه. فکر میکنم تا هنوز ما یه رئیس جمهور یا یه ملکه با این ویژگیها، نداشتیم."

مکثی کرد و بعد با تعجب ادامه داد:

"اما چیزی که گفتی و خواستی خیلی بیشتر از فکر من بود. بهت تبریک میگم. فکر میکردم من خواسته های خیلی بزرگی دارم ..."

خنده تندی صحبتش رو یه لحظه قطع کرد:

"هیچوقت توقع یه همچین چیزی رو نداشتم. حکومت دنیا؟ حتی فکرش هم غیرممکنه."

خنده جاشو به تعجب داد:

"خواهش میکنم از من رنجشی به دل نگیری، نمیخوام ایرادی از هدفت بگیرم. به نظر من هر چی یه هدف بزرگتر باشه، جذابتره. ولی منظور من اینه که چه جوری میشه جلو اینهمه قدرت واستاد؟ اینهمه کشور؟ اینهمه ارتش؟... مگه امکان داره؟"

هرا خونسرد و مغرور گوش میکرد. انگار داشت راجع به چیزی حرف میزد که از اول تا آخرش رو بارها برنامه ریزی و مرور کرده بود. اعتماد به نفس بالای هرا با اولین سوالش دکتر رو حیرت زده کرد:

"نه دکتر عزیز. حکومت دنیا، چیزی نیست که من دنبالش باشم. من یه لحظه

آزادیمو به همه این حکومتا و خوشبختیای خیالی نمیدم. هیچ رهبری اگه دغدغه مردمش رو داشته باشه، خوشبخت نیست، نمیتونه خوشبخت باشه. ولی حالا که حرف قدرت زدی، میتونی به من بگی قدرت واقعی کجاست؟"

دکتر میدونست، هرا سوال الکی و ساده نمیپرسه ولی قصد هرا از این سوال رو نفهمید. پس مثل یه بچه که سرکلاس جواب سوال استاد رو نمیدونه با شک و تردید:

"خوب... بزرگترین و پر هزینه ترین قدرت نظامی دنیا مال آمریکاست. با اونهمه اسلحه های پیشرفته و بمب اتمی بعید میدونم کسی بتونه حریفش بشه؟"

هرا با لبخند قشنگی جواب داد:

"نه عزیزم همون آمریکای افسانه ایت هم قدرتش رو از جای دیگه میگیره؟"

چشمانش روی منظره و چشم انداز ابدی رستوران گم شد و برگشت توی نگاه کسی که غرق نگاهش بود:

" حکومت بالاترین قدرتیه که یه انسان میتونه تو این دنیا داشته باشه. پس فقط کسایی که عاشق قدرتند دنبالش میرن. هدف آسونی نیست ولی اونایی که تشنه قدرتند یه شعار دارن: "هدف وسیله را توجیه میکند" هدف که مشخصه. وسیله هم هر چیزی میتونه باشه. خوب حالا که بحث قدرت شد تو واسه رسیدن به قدرت حاضری چه کارایی انجام بدی، دکتر؟"

صحبت واسه دکتر بهانه بود. اون به خاطر چشمای هرا اونجا بود و غیر از این چیزی براش مهم نبود:

"میتونم یه خواهشی داشته باشم؟ میشه منو دکتر صدا نزنی؟ اونقدر همه جا با شغلم صدام میکنند که خودم رو فراموش کردم. خواهش میکنم."

دستای هرا به نرمی چند بار به هم خورد اما بیصدا. هرا واسه اینکه صدای دستاش کسی رو اذیت نکنه فقط دستاش رو به هم نزدیک و دور میکرد، اما حرکت تشویقی نگاهش دل دکتر رو لرزوند. دلی که دیگه چیزی ازش تو سینه دکتر نمونده بود.

"براووو، داری جذاب میشی دکتر. کمتر کسی تو این زمونه خودش رو از اسم یا شغلش جدا میدونه. مردم اونقدر تو چیزی که هستن، غرق میشن که خودشون رو فراموش میکنند."

با یه لبخند قشنگ:

"خوب من چی میتونم صداتون بزنم که معرف شما باشه. جناب دکتر ...؟

دکتر با طنازی بلند شد تعظیم قشنگی کرد دستش رو به سمت هرا دراز کرد و گفت :

"آشنایی با شما برای من باعث افتخاره خانم هرا. من آدام هستم ولی میتونم ازت بپرسم چی بهم میاد. یعنی چه اسمی میتونه منو تعریف کنه؟"

هرا با لبخند مهربونی باهاش دست داد:

"خیلی از آشنایی تون خوشبختم، دکتر آدام."

از شنیدن واژه دکتر قبل از اسمش ناراحت شد ولی از طنازیش خوشش اومد. محترمانه و مثل یه جنتلمن واقعی گفت:

"میتونم خواهش کنم منو فقط، آدام صدا کنید؟"

سر هرا با عشوه دلنشینی به تایید بالا و پایین رفت:

"حتما جناب آدام...."

دست دکتر به علامت صبر بالا اومد:

"آدام خالی، لطفا"

صدای خنده بلند هرا نگاه های منتظری که دنبال یه بهونه واسه دیدنش بودن رو به سمتشون کشید:

"آدام عزیز، آدام جون، دلبندم؟ هرکدوم رو میپسندی بگو. فقط سعی نکن با این حاشیه ها از جواب دادن طفره بری."

آدام مسخ شد:

"هرچه از دوست رسد نیکوست، فقط اگه واقعی باشه بهتره."

هرا با خنده لوندی پذیرفت. خنده ای که بعد ازون آدام دیگه آدم نبود، مجنون بود:

"هیچوقت با یه کلمه، دنبال کشف احساس نباش. چون کلمه ها دروغگوهای خیلی خوبیند. احساس هیچ سنخیتی با کلام نداره. به نظر من تکلم بزرگترین اختراع بشر صرفا واسه آموزش بود و دقیقا به همین دلیل ما از نظر علمی خیلی پیشرفت کردیم ولی همین کلمات هیچوقت نتونستن، حسی که داریم رو بدرستی منتقل کنند. آمار طلاق رو که میدونید!"

دکتر تازه فهمیده بود کسی که روبروش نشسته یه دختر معمولی نیست که بشه با این عشوه های مردونه جذبش کرد. زیبایی چیزی نبود که به تنهایی دکتر رو جذب کنه، ولی هرا بود. دیدن آدمایی که بیشتر از انسانیت به ظاهرشون فکر میکردند، بیشتر از جذاب بودن واسش مشمئز کننده بود. ولی هرا فقط قشنگ نبود. مکثش طولانی شد:

"من سالها عمرم رو درس خوندم، دکتر شدم چون به زنده بودن آدما بیشتر از هر چیزی اهمیت میدم. من راه کوتاهی نیومدم تا به اینجا رسیدم. به غیرممکن

اعتقادی ندارم چون اگه داشتم من و تو الان اینجا نبودیم. تو حضورت نفی غیرممکنه عزیزم. تلفیق فوق العاده ای که روبروی من نشسته یه معجزه است. تو زیباترین امکان یه غیرممکنی. نه حکومت نه هیچ چیزی بزرگتر از اون، نمیتونه منو مجبور کنه کسی رو بکشم یا حتی اذیت کنم. من هفته ای یه روز بیمارایی رو جراحی میکنم که هیچ پول و شانسی واسه زندگی ندارن. حتی هزینه بیمارستانشون هم رایگانه، چه جوری میتونم به قدرتی فکر کنم که رسیدن بهش بدون قتل و تهدید و ارعاب و زندان و مرگ، راه دیگه ای نداره."

دستاش نه، اینبار این نگاه هرا بود که تشویق میکرد. نگاهش جوری دل دکتر رو لرزوند، که دکتر تازه داشت به این درک میرسید که چقدر زبون و کلام واسه گفتن احساسش ناتوانه. آدام تازه داشت مفهوم یه هم صحبت واقعی رو درک میکرد. هرا با دلخوری از دکتر پرسید:

"تو با این طرز فکر، چجوری تونستی فکر کنی من دنبال حکومت دنیام؟ تو به عنوان یه دکتر مغز و اعصاب آدما رو چه جوری میشناسی؟"

–"آدما یا آدم. ماهیت رفتاری مردم به عنوان مجموعه ای از آدمها خیلی با ماهیت رفتاری یه نفر فرق داره. حتما راجع به ناخودآگاه فردی و جمعی اطلاعاتی داری. ولی به طور کلی نژاد انسان بواسطه ژنتیک خاصی که داره تو خیلی چیزا شبیه بقیه موجودات زنده است. واسه همین ما آدما وقتی تنهایی تصمیم میگیرم انتخابامون خیلی با وقتی که تو یه جمع هستیم فرق داره. رفتار جمعی ما ربطی با فکر نداره و تابع ناخودآگاه جمعیه."

"واوو براوو آدام جون، ممنون. از مصاحبت با آدمای باهوش خیلی لذت میبرم!"

آدام با شرمندگی:

"خیلی از لطفی که به من داری ممنونم عزیزم. خواهش میکنم عذرخواهی منو بابت قضاوتی که کردم، بپذیر. مغز من نتونست با شنیدن این کلمه حدس درستی از هدفت داشته باشه. حالا یه توضیح کاملتر خیلی میتونه کمک کنه؟"

-"خیلی جذابه با کسی صحبت کنی که درک بالایی داره. پس بذار خیلی کوتاه بگم. ما آدمها هرجای این کره خاکی که باشیم نیازهامون یکیه. هممون انسانیم و نیازهای مشخصی داریم. خوب سوال من اینه که وقتی همه جای دنیا از شرق تا غرب از شمال تا جنوب، آدما نیازهای مشابهی دارند چرا باید قانون متفاوتی داشته باشند؟ چرا باید هر کشوری به مصلحت حکومتش قانون وضع کنه، نه مردمش. نمیدونم تونستم منظورم رو با کلمه ها منتقل کنم؟"

دکتر مثل هرا نتونست جلوی خودش رو بگیره، بلند شد، پشت میز واستاد و شروع به کف زدن کرد. هر اتفاقی که سر اون میز میافتاد انگار غنیمتی بود، که نگاه منتظر عشاق هرا رو واسه یه لحظه کوتاه هم که شده به سمت اونا بکشه. دکتر ایستاده دست میزد اما نگاه مردم روی هرا بود:

"حالا منظورت رو گرفتم، فرشته من. من بهت قول میدم از همین لحظه دربست، تمام و کمال تا روزی که به نتیجه برسی، حتی تا پای جونم، کنارت بمونم. تو تا امروز واسه من یه الهه زیبا بودی از امروز خدای منی."

اعتماد به نفس هرا بیشتر از این بود که از حضور توی کانون نگاه مردم معذب بشه. ولی با اشاره و لبخند قشنگی از آدام تشکر کرد:

"خوب حالا که منظور منو گرفتی چی فکر میکنی؟ بازم معتقدی غیرممکنه؟"

-"اول میخوام ازت یه خواهش بکنم، لطفا اجازه بده من تو رو عشقم صدا کنم. این تنها کلمه ایه که میتونه حس من رو کامل نشون بده؟ من تورو چیزی جز

عشق نمیبینم عشقی که فقط مرگ میتونه از دل من پاک کنه و اما جواب...»

دست هرا رو گرفت. با دوتا دستش انگشتای ظریفش رو، یک به یک مثل یه تسبیح دوره کرد، تسبیحی که هر دونه اش مفهوم قشنگی از عشق بود:

«عشقم، من به غیرممکن اعتقادی ندارم. چون قشنگترینش رو دارم با همه وجود حس میکنم. ولی به تو دارم.»

حضور سرآشپز سر میزشون نشون از آماده بودن پذیرایی داشت. نگاه آدام بدون هیچ حرفی سوال سرآشپز رو به هرا منتقل کرد ولی با احترام:

«خوب عشقم، دوست داری صحبتمون رو ادامه بدیم یا غذا بخوریم؟ گرسنه نیستی؟»

« قبل از شروع نمیدونستم چقدر میتونیم همو درک کنیم، واسه همینم نمیخواستم چیزی مثل غذا تمرکز روی صحبت هامون رو کم کنه. ولی الان! میتونیم حین صرف غذا ادامه بدیم.»

خودش رو کمی عقب کشید تا مهماندارا بتونند پذیرایی رو شروع کنند:

«دنیای ما به جایی رسیده که اگه الان فکری براش نکنیم دیگه هیچوقت این امکان رو نخواهیم داشت. میدونی دکتر خیلی وقت نیست که یه ویروس تو همه دنیا پخش شد. نمیخوام بگم هدف این ویروس مثل همه شایعاتی که میگن کنترل جمعیت و برگردوندنش به حدود یه میلیارد نفره یا اینکه یه حکومتی با این ویروس میخواست جمعیت مردمِ از کار افتاده و مسنِ خودش رو ازبین ببره تا بتونه کشورش رو با هزینه کمتری کنترل کنه. ولی میخوام بگم این واقعا ممکنه اتفاق بیافته.

تو ماهیت ویروسها رو بهتر از من میدونی. جهش هایی که توی ویروسها بوجود

میاد گاهی میتونه خیلی خطرناک باشه، تا حد انقراض، کدومشون به این نکته فکر کرده بودند. کی تونسته پیش بینی یا تضمین کنه که یکی از جهشاش بقدری قدرت نداشته باشه که بتونه نسل انسان رو به انقراض بکشونه. حالا تصور کن این اتفاق با چیز خطرناکتری مثل بمب اتم بیافته؟"

یه قاشق از سوپ لذیذی که داشت هم میزد، تست کرد:

"دنیا با این شکل هیچوقت نمیتونه به صلح برسه. چون متاسفانه تو موقعیتی قرار گرفتیم که حتی تو دموکرات ترین کشور دنیا هم امکان نداره یه آدم خوب، انتخاب بشه. میدونی چرا؟ بدو دلیل: یکی اینکه هیچ آدم خوبی مثل خودت سودای قدرت تو سرش نداره و دوم اینکه واسه به قدرت رسیدن باید از اونایی که الان توی قدرت هستند، بدتر بود، بیشتر ولع قدرت داشت، چون امکان نداره براحتی ازش بگذرند."

نگاهش از سوپ به دکتر رسید. دکتر بیدل تر از همیشه جرعه سوپی که تازه خورده بود رو قورت داد و با دستچاپگی:

"خوب حالا فهمیدم، تو دنبال گلوبالیسم هستی، عشقم. چیزی که یه سری دستای پشت پرده با قدرت و شدت دارن تلاش میکنن تا بهش برسن. یه حکومت جهانی، یه قدرت بلامنازع. یه برده داری نوین به وسعت همه دنیا."

هرا با عقب رفتن توی صندلیش به مهماندار اجازه داد شراب قرمزی که خیلی وقت بود منتظر نوشیدن بود تو گیلاس خوشکل روی میز جا خوش کنه. با نگاه از مهماندار تشکر کرد و به آدام برگشت:

"دقیقا. راه نجات یکیه ولی یه فرق بزرگ اینجاست، خیلی بزرگ..."

دکتر با خنده طنازی:

"فرقش اینه که توی این یکی، عشق من حاکم میشه..."

خنده دکتر باعث شد کمی غذا توی گلوش بپره و سرفه شدیدی گرفت. دستمال روی پاش صورتش رو پوشوند و بعد از چندتا سرفه و جرعه ای آب بهتر شد. بعد با خنده:

"منو ببخش عزیزم یه شوخی کردم، تاوانِ شم دادم."

دوباره با هم خندیدند. حال و هوای میز اونا این تصور رو توی جمع ایجاد کرده بود که این زوج خوشبخت ترین زوج دنیان. اونا چیزی از خوشبختی تو نگاه مردم کم نداشتند. به شکل حیرت آوری جذاب بودند، تو بهترین رستوران شهر غذا میخوردند، میخندند و شاد بودند. تصوری که با واقعیت فاصله زیادی داشت. فاصله ای که با چشم مشخص نمیشد.

هرا با خنده:

"شوخیت با مزه بود ولی من از تاوانش بیشتر خوشم اومد...."

خندش رو کنترل کرد و با لحن جدی تری:

"فرق یه دهکده جهانی که مردم حاکمش باشن با یه جامعه جهانی که قدرت طلبها اداره کنند خیلی زیاده، خیلی زیاد. اندازه فاصله بردگی تا خدایی."

دکتر که دوست نداشت مصاحبت با فرشته ای که روبروش نشسته بود تموم بشه:

"دموکراسی امتحان خودش رو پس داده یه مهره سوختست. یه چیزی که مثل بقیه چیزای زندگیمون، فقط بزکش کردیم و هیچ نکته مثبتی نداره. مردم به کی رای میدن؟ به کسی که بشناسن. خوب چه کسی رو میشناسن؟ کسی که بتونه بیشتر تبلیغات کنه یا حتی فیلمایی بسازه که روی ذهن مردم اثر بذاره.

خـوب کـی می‌تونـه اینجـوری خـودش رو معرفـی کنـه؟ کسـی کـه پـول زیادی داشـته باشـه یا چندتـا پولدار بهـش کمـک کننـد. ولـی اینجـا یه مشکلـی پیـش میاد کـه ما نـدیـده می‌گیریمـش، تـو این دموکراسـی‌ها ما قـدرت و قانون رو میفروشـیم. هیچکس اینهمـه پـول رو واسـه خوشایند مـردم هزینـه نمیکنه. اینجاست کـه همونایـی کـه ما انتخـاب میکنیـم مجبـورن واسـه کسـی کار کننـد کـه بهشـون پـول داده، نـه مـردم. همیـن آمریـکا مهـد آزادی و دموکراسـی دنیـا رو ببیـن، نزدیـک نیـم میلیارد انسـان تو این کشـور بـزرگ زندگـی میکننـد. یعنی تو این کشـور با این جمعیت غیـر از همین دو حـزب کسـی حرفـی واسـه گفتـن نـداره؟ چیـن، کـی رئیس جمهورش عوض میشـه؟ انتخابـات روسـیه رو چـه اصولـی اجـرا میشـه؟ از ایـران و ترکیـه و بقیـه چیـزی نمیگـم، خـودت میدونـی. انتخابـات همیشـه همیـن بـوده و هسـت. کشـورای دیگـه هـم بدتر نباشـند، بهتر نیسـتند."

هرا که تازه دهانش خالی شده بود با دستمال لباش رو پاک کرد :

"ایـن دموکراسـی نیسـت کـه داره اجرا میشـه آدام جـون. این یه شـو انتخاباتیـه. حکومتهـای اصلـی تو سـایه زندگـی میکننـد. اونا هیچوقت عوض نمیشـن. دموکراسـی وقتی دموکراسـی میشـه کـه تمرکز قدرت نداشـته باشـه. فرد حاکم نشـه. پـول ملاک همـه چیـز نباشـه. هیـچ قـوم یا رنـگ یا نـژاد خاصـی تصـور برتـری از خودش نداشـته باشـه. از همـه مهمتـر دیدگاه‌هـا و تعاریف عوض بشـن. تو وقتـی با یه دیدگاه خاص بـه همه چـی نگاه کنـی خواسـته یا ناخواسـته درگیر بایدهـا و نبایدهـای اون دیدگاه یا ایدئولـوژی میشـی مثل همـه حکومتـای توتالیتر. ایدئولـوژی بقدری تـوی این حکومتا اهمیت پیـدا میکنه کـه حتی جـای حاکـم و مـردم و کشـور رو هـم میگیره."

نفس عمیقی کشید که با یه آه قشنگ از سینش خارج شد:

"واسه رسیدن به چیزی که میگم ما نیاز به یه انقلاب فکری داریم. یه انقلاب کامل تو همه چیز، نه فقط حکومت. ما یه نظام مالی کارآمد میخوایم. نظامی که ملاک ارزشش، چیز بی ارزشی مثل پول نباشه. پول بدترین رکن نظام مالی دنیاست، اینو فراموش نکن دوسر هر جنایتی فقط یه چیزه، پول! این واحد احمقانه مالی نمیتونه، به ارزش واقعی بها بده. شما یه میلیون دلار پول داشته باشی یه میلیون دلار ارزش داره منشاء پول مهم نیست، از دزدی باشه ؟ قتل باشه ؟ غارت باشه، قاچاق یا هرچیز بدتری."

مکث کوتاهی کرد:

"این یه قسمت از مشکل مردمه. مرزها، ایدئولوژیها و حکومتها ضعفای بزرگ ما تو رسیدن به دهکده جهانیه. یه دهکده که درست مثل یه روستای خوش آب و هوای صمیصمی هیچ کانونی واسه جنگ و دزدی و قتل و غارت نداره."

قیافه عاشق پیشه آدام به دکتر دگردیسی داد. با لحن جدی:

"صبر کن صبر کن یه لحظه صبر کن... اینجوری که تو میگی من دارم دوباره به مفهوم غیر ممکن نزدیک میشم."

هرا با دلخوری چشمای دکترو از نظرگذروند و با تاثر:

"غیرممکن نه، سخته، خیلی سخت."

***

غذاشون تموم شده بود. قصد آدام از این دعوت صرفا صحبت راجع به هدف هرا نبود، خودش هم هدف بزرگی داشت. با اشاره دستش نورپردازی عوض شد.

موزیک قشـنگی فضـای رسـتوران رو پـر کـرد. نـور زرد مخروطـی رویاگونـه ای دوباره روی سر هـرا روشـن شـد. دوربینهـای فیلمبـرداری از چنـد جهـت شـروع بـه ثبت این لحظه تاریخی واسـه دکتر کردند. گارسـون با لباس رسـمی و دنبالـه دارش که داشـت، نزدیـک شـد، خـم شـد و بـا تعظیـم جعبـه گرانبهایـی کـه دسـتش بـود رو بـا ادب و احترام روبـروی آدام نگـه داشـت. آدام جلـو پـای هـرا زانـو زده بود. جعبـه رو گرفت. بـا احترام و عشـق جلـو چشـمای شـهلاش بـاز کرد و نگه داشـت. حلقه ای کـه همه قشـنگیش از سـادگیش بـود جلـو چشـمای متعجب هـرا خودنمایـی کـرد. همه چیز طبق سـلیقه هرا بـود، انـگار دکتـر کامـل میشـناختش، حافظه قدرتمندی داشـت. لبخند مردونـه ای زد و عاشقانه:

"ای زیباترین حادثه زندگیم،

برای قلب من سینه تو کافیست،

برای آزادی تو، بالهای من.

من را با روح سرکِشت، بپذیر.

مرا در سخاوت رویایت، به پروازی به وسعت یک عمر دعوت کن."

ذوق گنگی چشـمای هـرا رو بـه اشـک کشـید. بیقرار بلند شـد. دسـتاش بـه لطافت ذوق یـه دختـر بچهِ قشـنگ از دیـدن عروسـک جدیدش، بـا هـم روی سـینش جمع شـد. ایـن قشـنگترین لحظه واسـه یه دختـر تو زندگیش بـود، دختری مثل هـرا تا بتونه بـا مـردی ازدواج کنـه کـه هـم جونـش رو مدیونـش بـود، هـم رسـیدن به هدفش رو. لبـاش به گفتن بله لرزید.

صدای قشـنگش با لرزش لباش هماهنگ نشـده بود که درخشـش چشـمای ترش به اشـک دگردیسـی داد و بـا هـق هـق گریـه ازگلویـش همـراه شـد، ولی لبـاش هنوز میلرزید. عبـور فکـر وحشـتناکی هـرا رو بـه آتیش کشـید. سـاکت شـد. نشسـت، توی

خودش مرد، وقتی چشمای تِرماریا، تو قاب زنگار گرفته ذهنش، به سرخی خیسی

دچار بود و کنار قاب، نگاه مسیح به صلیب سرد انزجار...

به پایان آمد این دفتر   حکایت همچنان باقیست